SOPHIE KINSELLA

Schau mir in die Augen, Audrey

GOLDMANN
Lesen erleben

Buch

Audrey wächst in einer liebevollen, leicht durchgeknallten Familie auf: Ihr großer Bruder ist ein Computernerd, ihre Mutter eine hysterische Gesundheitsfanatikerin und ihr Vater ein charmanter Teddybär. Doch Audrey weiß, dass sie selbst am durchgeknalltesten ist – sie leidet unter Angststörungen, kann nicht mehr zur Schule gehen und niemandem in die Augen sehen, weshalb sie stets eine Sonnenbrille trägt. Als sie auf Anraten ihrer Therapeutin beginnt, einen Dokumentarfilm über ihre verrückte Familie zu drehen, gerät ihr immer häufiger der gar nicht so unansehnliche Freund ihres Bruders vor die Linse – Linus. Und langsam bahnt sich etwas an, das viel mehr ist als der Beginn einer wunderbaren Freundschaft …

Weitere Informationen zu Sophie Kinsella
sowie zu lieferbaren Titeln der Autorin
finden Sie am Ende des Buches.

Sophie Kinsella

Schau mir in die Augen, Audrey

Roman

Aus dem Englischen
von Anja Galić

GOLDMANN

Die englische Originalausgabe erschien 2015
unter dem Titel »Finding Audrey« bei Doubleday,
an imprint of Random House Children's Publishers UK.

1. Auflage
Taschenbuchausgabe Februar 2017

Umschlaggestaltung: UNO Werbeagentur, München
Umschlagmotiv: FinePic®, München
MR · Herstellung: Str.
Druck und Einband: GGP Media GmbH, Pößneck
Printed in Germany
ISBN: 978-3-442-48557-4
www.goldmann-verlag.de

Für meine Kinder,
die mich alle auf ihre eigene Art beim Schreiben
dieses Buches inspiriert haben.

1. Kapitel

Oh Gott. Mum ist verrückt geworden.

Nicht so wie sonst, nicht normal Mum-verrückt. Richtig verrückt.

Normal Mum-verrückt geht so: Mum sagt, »Lasst uns zusammen diese tolle glutenfreie Diät machen, von der ich in der *Daily Mail* gelesen habe!«, und kauft drei glutenfreie Brote, die so widerlich schmecken, dass sich uns im Mund alles zusammenzieht. Die Familie tritt in einen Hungerstreik, Mum versteckt ihr Sandwich heimlich im Blumenbeet, und eine Woche später sind wir nicht mehr glutenfrei.

Das ist normal Mum-verrückt. Aber diesmal ist es ernst.

Sie steht am Schlafzimmerfenster, das auf die Rosewood Close hinausgeht, so heißt die Straße, in der wir wohnen. Wobei »sie steht« viel zu normal klingt. Und was sie tut, ist definitiv nicht normal. Sie lehnt sich bebend aus dem Fenster und hat einen irren Ausdruck in den Augen. Vor ihr auf dem Fensterbrett balanciert der Computer von meinem Bruder Frank, der sich in einem gefährlichen Winkel dem Abgrund entgegenneigt. Er kann jeden Moment in die Tiefe stürzen. Ein siebenhundert Pfund teurer Computer.

Ist ihr das klar? Siebenhundert Pfund! Ständig hält sie uns Vorträge darüber, dass wir keinen blassen Schimmer davon hätten, was das Leben heutzutage eigentlich kostet, und sagt solche Sachen wie »Habt ihr überhaupt eine Ahnung, wie hart es ist, zehn Pfund zu verdienen?« oder »Ihr würdet nicht so verschwenderisch mit Strom umgehen, wenn ihr selbst dafür aufkommen müsstet«.

Tja, wie steht's damit, siebenhundert Pfund zu verdienen und sie dann freiwillig – und buchstäblich – zum Fenster rauszuschmeißen?

Unter uns rennt Frank aufgelöst in seinem *Big Bang Theory*-Shirt auf dem Rasen vor dem Haus hin und her, rauft sich die Haare und redet verzweifelt auf Mum ein.

»Mum.« Seine Stimme überschlägt sich vor Entsetzen. »Mum, das ist mein *Computer.*«

»Natürlich ist das dein Computer!«, schreit Mum hysterisch. »Denkst du vielleicht, das wüsste ich nicht?«

»Mum, bitte. Lass uns darüber reden, ja?«

»Ich hab versucht, darüber zu reden!«, gibt Mum aufgebracht zurück. »Ich hab es auf die nette Tour versucht, mit vernünftigen Argumenten, mit Bitten und Betteln, mit Bestechung … Ich habe alles versucht! ALLES, Frank!«

»Aber ich brauche meinen Computer!«

»*Nein, du brauchst deinen Computer nicht!*«, kreischt Mum so laut, dass ich zusammenzucke.

»Mummy schmeißt den Computer aus dem Fenster!«, ruft Felix, der gerade in den Vorgarten gelaufen kommt, und schaut mit staunender Begeisterung zu ihr hoch. Felix ist unser kleiner Bruder. Er ist vier. Er begegnet so ziemlich allem im Leben mit staunender Begeisterung. Ein Lastwagen in der Straße! Ketchup! Eine extralange Pommes! Dass Mum kurz davor ist, einen Computer aus dem Fenster zu werfen, ist nur ein weiterer Punkt auf der langen Liste der täglichen Wunder.

»Ja, genau. Und wenn sie das macht, dann ist der Computer kaputt«, sagt Frank finster. »Und du kannst nie wieder *Star Wars* spielen. Nie wieder.«

Felix verzieht erschrocken das Gesicht, und Mums Wut entfacht sich von Neuem.

»Frank!«, schreit sie. »Hör auf, deinen Bruder zu ärgern!«

Mittlerweile stehen die McDuggans, unsere Nachbarn von gegenüber, vor der Tür und starren zu uns rüber. »Neeeiiin!«, schreit ihr zwölfjähriger Sohn Ollie, als er sieht, was Mum vorhat.

»Nicht, Mrs Turner!« Er kommt über die Straße in unseren Vorgarten gerannt und schaut gemeinsam mit Frank flehend zu ihr hoch.

Ollie und Frank treffen sich manchmal online, um *Land of Conquerors* zu spielen, wenn Frank sich gnädigerweise dazu herablässt, weil er gerade niemand anderen zum Zocken hat. Ollie sieht sogar noch panischer aus als Frank.

»Bitte tun Sie das nicht, Mrs Turner«, ruft er mit zitternder Stimme. »Auf dem Computer sind alle Game-Kommentare von Frank drauf. Die sind super witzig.« Er sieht Frank an. »Sind sie echt.«

»Danke«, murmelt Frank.

»Deine Mum ist wie …« Ollie blinzelt nervös. »Sie ist wie die Goddess Warrior im siebten Level.«

»Ich bin was?«, will Mum wissen.

»Das war ein *Kompliment*«, zischt Frank und verdreht die Augen. »Was dir klar wäre, wenn du schon mal gespielt hättest. Im achten Level«, korrigiert er Ollie.

»Ach ja, stimmt«, beeilt Ollie sich zu sagen. »Im achten.«

»Du kannst dich ja schon gar nicht mehr in deiner Muttersprache unterhalten!«, flippt Mum aus. »Das echte Leben besteht nicht aus einer Reihe von Leveln!«

»Mum, bitte«, ruft Frank. »Ich mache alles, was du willst. Ich räum den Geschirrspüler ein. Ich ruf jeden Abend Granny an. Ich ...« Er überlegt verzweifelt. »Ich lese tauben Menschen vor.«

Er will tauben Menschen vorlesen? Hört er sich überhaupt selbst reden?

»Du willst tauben Menschen vorlesen?«, explodiert Mum. »*Tauben Menschen?* Wenn hier verdammt noch mal jemand taub ist, dann du! Nie hörst du, was ich dir sage – ständig hast du diese elenden Stöpsel in den ...«

»Anne!«

Dad greift in die hitzige Debatte ein, die mittlerweile noch mehr Nachbarn aus ihren Häusern gelockt hat. Das hier ist besser als jede Reality-TV-Show.

»Anne!«, versucht es Dad noch einmal.

»Lass mich das regeln, Chris«, sagt Mum warnend, und ich sehe, wie Dad schluckt. Mein Vater ist groß, sieht aus wie einem Auto-Werbespot entstiegen und macht den *Eindruck*, als hätte er das Sagen, aber im Grunde seines Herzens ist er kein Alphatier.

Nein, das ist gemein. Ich glaube, dass er in ganz vielen Dingen ein Alphatier ist. Nur ist Mum eben ein *noch viel größeres Alphatier*. Sie ist durchsetzungsstark und dominant und hübsch und dominant.

Habe ich gerade zweimal dominant gesagt?

Tja. Zieht eure eigenen Schlüsse daraus.

»Ich weiß, dass du wütend bist, Liebling«, sagt Dad besänftigend. »Aber findest du nicht, dass du es ein bisschen übertreibst?«

»Ich übertreibe es? *Er* ist derjenige, der es übertreibt! Er ist süchtig, Chris!«

»Ich bin nicht süchtig!«, protestiert Frank.

»Ich meine ja nur …«

»Was?« Mum funkelt Dad an. »Was meinst du ja nur?«

»Wenn du ihn genau hier runterwirfst, triffst du möglicherweise den Wagen.« Der Gedanke lässt Dad sichtlich zusammenzucken. »Könntest du vielleicht etwas weiter nach links zielen?«

»Was kümmert mich der Wagen! Hier geht es darum, aus Liebe drastische Maßnahmen zu ergreifen!« Sie kippt den Computer in eine noch gefährlichere Schräglage und wir – inklusive der zuschauenden Nachbarn – keuchen kollektiv auf.

»Liebe?«, ruft Frank zu Mum hoch. »Wenn du mich wirklich liebtest, würdest du meinen Computer nicht kaputtmachen!«

»Tja, und wenn *du* mich wirklich liebtest, Frank, würdest du nicht hinter meinem Rücken um zwei Uhr nachts aufstehen, um online mit irgendwelchen Leuten in Korea zu spielen!«

»Du bist um zwei Uhr morgens aufgestanden?«, fragt Ollie mit großen Augen.

»Um zu trainieren«, antwortet Frank achselzuckend. »Ich hab *trainiert*«, sagt er noch einmal mit Nachdruck und schaut dabei wieder zu Mum hoch. »Ich hab bald ein Turnier! Du hast doch immer gesagt, dass ich mir im Leben ein Ziel setzen soll! Und genau das hab ich!«

»*Land of Conquerors* zu spielen ist kein *Ziel*! Oh Gott, oh Gott …« Sie lehnt die Stirn gegen den Computer. »Was hab ich nur falsch gemacht?«

»Hey, Audrey«, ruft Ollie, als er mich plötzlich in meinem Zimmer am Fenster stehen sieht. »Wie geht's so?«

Ich weiche erschrocken zurück. Mein Fenster liegt leicht versetzt in einer Erkernische, und eigentlich hatte ich gehofft, dass mich niemand bemerkt. Vor allem Ollie nicht, von dem ich ziemlich sicher bin, dass er ein bisschen auf mich steht, obwohl er zwei Jahre jünger ist und mir kaum bis zur Brust reicht.

»Hey, da oben steht unser Filmstar!«, witzelt Ollies Dad Rob. So nennt er mich schon seit vier Wochen, obwohl Mum und Dad jeweils getrennt zu ihm rüber sind und ihn gebeten haben, damit aufzuhören. Er hält es für witzig und glaubt, meine Eltern hätten keinen Sinn für Humor. (Mir ist schon öfter aufgefallen, dass man »Sinn für Humor haben« mit »ein unsensibler Vollidiot sein« gleichsetzen kann.)

Aber ich glaube, diesmal haben weder Mum noch Dad Robs ach so lustigen Witz überhaupt gehört. Mum jammert weiter »Washabichnurfalschgemacht? Washabichnurfalschgemacht?« vor sich hin, und Dad behält sie nervös im Auge.

»Du hast gar nichts falsch gemacht!«, ruft er. »Alles ist gut! Komm runter, Liebling, und wir trinken erst mal einen kleinen Schluck zur Beruhigung. Stell den Computer ab … nur vorläufig«, fügt er hastig hinzu, als er den Ausdruck auf ihrem Gesicht sieht. »Du kannst ihn auch noch später aus dem Fenster werfen.«

Mum rührt sich keinen Millimeter von der Stelle. Der Computer neigt sich noch ein Stück weiter dem Abgrund zu, und Dad zuckt zusammen. »Schatz, mir geht es einzig und allein um den Wagen … Wir haben ihn doch gerade erst abbezahlt …« Er stellt sich mit ausgebreiteten Armen vor das Auto, als könnte er es so vor herabfallender Hardware abschirmen.

»Holt eine Decke!«, ruft Ollie plötzlich. »Rettet den Computer! Wir brauchen eine Decke. Dann bilden wir einen Kreis …«

Mum scheint ihn noch nicht einmal zu hören. »Ich hab dir die Brust gegeben!«, schreit sie Frank an. »Ich hab dir *Pu der Bär* vorgelesen! Alles, was ich wollte, war ein aufgeweckter Sohn, der gern liest und sich für Kunst interessiert, der gern draußen in der Natur ist und ab und zu ins Museum geht und vielleicht irgendeinen Wettkampfsport macht …«

»*LOC* ist ein Wettkampfsport!«, ruft Frank. »Du hast echt nicht die leiseste Ahnung! Hier geht es wirklich um was! Das Preisgeld für das internationale *LOC*-Turnier in Toronto liegt dieses Jahr bei sechs Millionen Dollar!«

»Das erzählst du uns immer wieder!«, ruft Mum wütend zurück. »Und du glaubst tatsächlich, dass du dieses Turnier gewinnst? Und reich wirst?«

»Vielleicht.« Er wirft ihr einen finsteren Blick zu. »Wenn ich hart genug *trainiere*.«

»Wach auf, Frank!« Ihre Stimme hallt schrill und fast unheimlich durch das Viertel. »Du wirst *nicht* am internationalen *LOC*-Turnier teilnehmen! Du wirst diese verdammten sechs Millionen Dollar *nicht* gewinnen! Und du wirst deinen Lebensunterhalt *nicht* mit Computerspielen verdienen! AUF GAR KEINEN FALL!«

2. Kapitel

Ein Monat früher

Angefangen hat alles mit der *Daily Mail.* Ziemlich viele Dinge bei uns zu Hause fangen mit der *Daily Mail* an.

Mum beginnt auf diese ganz bestimmte Art zu zucken. Wir haben gerade zu Abend gegessen und den Tisch abgeräumt, und sie liest bei einem Glas Wein die Zeitung und nimmt sich ihre »Ich-Zeit«, wie sie es nennt, als sie plötzlich innehält. Ich kann über ihre Schulter hinweg die Überschrift des Artikels sehen:

ACHT ANZEICHEN DAFÜR, DASS IHR KIND COMPUTERSPIELSÜCHTIG IST

»Oh mein Gott«, höre ich sie murmeln. »Oh mein Gott.« Ihr Finger fährt die Liste ab, und ihr Atem geht schneller. Ich erhasche einen Blick auf einen der Punkte:

7. Gereiztheit und Launenhaftigkeit

Ha. Haha.

Ich meine, mal im Ernst, *launisch*?

James Dean war in *Denn sie wissen nicht, was sie tun* ein launischer Teenager (ich habe das Plakat – bestes Filmplakat der Geschichte, bester Filmstar der Geschichte, heißester Filmstar der Geschichte – warum, warum, warum nur musste er sterben?).

Dem Zeitungsartikel der *Daily Mail* zufolge müsste James Dean also absolut computerspielsüchtig gewesen sein? Ähm, was?

Genau.

Aber das meiner Mum zu erklären wäre völlig zwecklos, weil es logisch ist und meine Mum nicht an Logik glaubt.

Sie glaubt an Horoskope und an grünen Tee. Ach so, und natürlich an die *Daily Mail.*

Acht Anzeichen dafür, dass meine Mum nach der* Daily Mail *süchtig ist:

1. Sie liest sie jeden Tag.
2. Sie glaubt alles, was darin steht.
3. Wenn man versucht, sie ihr aus der Hand zu nehmen, reißt sie sie an sich und knurrt: »Finger weg!«, als würde man versuchen, einem Muttertier ihr Junges wegzunehmen.
4. Wenn sie darin einen Artikel über Vitamin-D-Mangel liest, scheucht sie uns alle halb nackt in den Garten, damit wir ein »Sonnenbad« nehmen. (Frostbad würde es besser treffen.)
5. Wenn sie darin einen Artikel über Hautkrebs liest, müssen wir uns alle sofort mit Sun-Blocker einschmieren.
6. Wenn sie darin einen Artikel über »Die Anti-Falten-Creme, die wirklich hält, was sie verspricht« liest, holt sie sofort ihr iPad raus und bestellt sie sich.

7. Wenn sie ihre Zeitung im Urlaub nicht bekommt, entwickelt sie heftige Entzugserscheinungen. Ich sage nur: reizbar und launisch.
8. Einmal hat sie in der Fastenzeit versucht, damit aufzuhören. Sie hat den halben Morgen durchgehalten.

Was soll's. Es gibt nichts, was ich gegen die tragische Abhängigkeit meiner Mum tun kann, außer zu hoffen, dass sie ihrem Leben keinen allzu großen Schaden zufügen wird. (Unserem Wohnzimmer hat sie schon erheblichen Schaden zugefügt, nachdem sie im Lifestyle-Teil einen Artikel mit der Überschrift »Wie Sie Ihren Möbeln mit Handmalerei eine ganz persönliche Note verleihen können« gelesen hat.)

Einen Moment später kommt Frank in die Küche geschlendert. Er hat sein schwarzes »Ich modde, also bin ich«-Shirt an, seine Stöpsel in den Ohren und sein Smartphone in der Hand. Mum lässt die *Daily Mail* sinken und starrt ihn an, als würde es ihr wie Schuppen von den Augen fallen.

(Ich habe diese Redewendung nie verstanden. Schuppen? Aber egal.)

»Frank«, sagt sie. »Wie viele Stunden hast du diese Woche mit Computerspielen verbracht?«

»Definiere *Computerspiele*«, sagt Frank, ohne von seinem Handy aufzuschauen.

»Was?« Mum wirft mir einen unsicheren Blick zu, und ich zucke mit den Achseln. »Du weißt schon. Computerspiele. Wie viele Stunden? FRANK!«, schreit sie, als er keine Anstalten macht zu antworten. »Wie viele Stunden? Und nimm endlich diese Dinger aus den Ohren!«

»Was?« Frank nimmt die Ohrstöpsel heraus und schaut sie blinzelnd an, als hätte er die Frage nicht gehört. »Ist das wichtig?«

»Und ob das wichtig ist!«, faucht Mum. »Ich will, dass du mir sagst, wie viele Stunden du pro Woche mit Computerspielen verbringst. Jetzt sofort. Rechne es aus.«

»Das kann ich nicht«, sagt Frank ruhig.

»Du kannst nicht? Was soll das heißen, du *kannst nicht*?«

»Ich weiß nicht, worauf du dich beziehst«, antwortet Frank übertrieben geduldig. »Meinst du reine Computerspiele? Oder meinst du alle Videospiele, einschließlich Xbox und PlayStation? Zählst du auch die Spiele auf meinem Handy dazu? Drücke dich bitte genauer aus.«

Frank ist so ein Vollidiot. Sieht er denn nicht, dass Mum kurz davorsteht auszuflippen?

»Ich meine alles, was dir dein Hirn verdreht!«, sagt Mum und fuchtelt mit der *Daily Mail* herum. »Ist dir nicht klar, wie gefährlich diese Spiele sind? Dass sie die Entwicklung deines Gehirns hemmen? Deines GEHIRNS, Frank! Das wertvollste Organ, das du hast.«

Frank prustet verächtlich, worüber ich kichern muss. Frank kann manchmal ziemlich witzig sein.

»Ich werde das ignorieren«, sagt Mum mit versteinerter Miene. »Es beweist nur, dass ich mit dem, was ich gesagt habe, genau richtigliege.«

»Tut es nicht«, sagt Frank und macht den Kühlschrank auf. Er holt sich einen Kakao heraus und trinkt ihn direkt aus dem Karton. Igitt.

»Muss das sein?«, frage ich.

»Entspann dich. Ist noch einer da.«

»Ab sofort wirst du das Spielen einschränken, junger

Mann.« Mum klopft auf die *Daily Mail*, um ihre Worte zu unterstreichen. »Mir reicht es nämlich.«

Junger Mann. Das bedeutet, dass sie Dad in die Sache mit hineinziehen wird. Immer wenn sie *Junger Mann* oder *Junge Frau* sagt, findet am nächsten Tag mit Sicherheit eine grauenvolle Familienkonferenz statt, bei der Dad versucht, Mum in allem, was sie sagt, zu unterstützen, obwohl er noch nicht einmal die Hälfte davon versteht.

Egal. Ist diesmal nicht mein Problem.

Bis Mum an dem Abend in meinem Zimmer auftaucht und fragt: »Audrey, was ist *Land of Conquerors*?«

Ich schaue von meiner *Grazia* auf und mustere sie prüfend. Sie wirkt angespannt. Ihre Wangen sind gerötet, und ihre rechte Hand ist so verkrampft, als hätte sie gerade erst eine Computermaus losgelassen. Sie hat »süchtig nach Computerspielen« gegoogelt, ich *weiß* es einfach.

»Ein Computerspiel.«

»Ich weiß, dass es ein Computerspiel ist« – Mum klingt verzweifelt –, »aber warum spielt Frank es die ganze Zeit? *Du* spielst es nicht die ganze Zeit, oder?«

»Nein.« Ich habe *LOC* ein paarmal gespielt und kann den Hype nicht wirklich nachvollziehen. Ich meine, ein oder zwei Stunden lang ist es ganz okay.

»Was ist der besondere Reiz daran?«

»Tja, also …« Ich denke einen Moment nach. »Es ist spannend. Und die Helden sind ziemlich cool. Die Grafiken sind der Hammer, und erst vor Kurzem gab es ein Upgrade mit einem neuen Warrior-Team, das ganz viele neue Fähigkeiten hat …« Ich zucke mit den Achseln.

Mum sieht verwirrter aus denn je. Das Problem ist, dass sie selbst keine Computerspiele spielt. Also ist es praktisch unmöglich, ihr den Unterschied zwischen *LOC 3* und, sagen wir, *Pacman* von 1985 verständlich zu machen.

Plötzlich habe ich eine Eingebung. »Auf YouTube kann man sich Videos dazu anschauen«, sage ich. »Mit Game-Kommentaren von den Spielern. Warte.«

Während ich auf meinem iPad nach einem Video suche, setzt Mum sich zu mir aufs Bett und schaut sich in meinem Zimmer um. Sie versucht dabei betont entspannt zu wirken, aber ich spüre förmlich, wie ihre wachsamen blauen Augen alles ganz genau unter die Lupe nehmen, als wäre sie auf der Suche nach … was? Egal was. Allem. In Wahrheit gehen Mum und ich schon eine Weile nicht mehr entspannt miteinander um. Unser Verhältnis ist in jeder Beziehung belastet.

Nach allem, was passiert ist, gehört das zu den Dingen, die ich am traurigsten finde. Wir können nicht mehr normal miteinander umgehen. Mum stürzt sich auf jede Winzigkeit, die ich sage, und versucht sie einer tiefenpsychologischen Analyse zu unterziehen, auch wenn ihr das selbst gar nicht bewusst ist. Ihr Gehirn schaltet sofort in den höchsten Gang. *Was hat das zu bedeuten? Geht es Audrey gut? Was will Audrey tatsächlich damit sagen?*

Ich sehe, wie ihr Blick an einer alten zerrissenen Jeans, die ich über die Lehne meines Bürostuhls geworfen habe, hängen bleibt, als hätte sie irgendeine dunkle Bedeutung. Dabei bedeutet sie nur eines: Sie passt nicht mehr. Ich bin im letzten Jahr ungefähr sieben Zentimeter in die Höhe geschossen, sodass ich jetzt knapp ein Meter achtzig bin. Ziemlich groß für eine Vierzehnjährige. Die Leute sagen, ich sehe aus wie Mum, aber ich bin nicht so hübsch wie sie. Ihre Augen sind so unfassbar blau. Wie Saphire. Meine sind verwaschen – nicht dass sie im Moment besonders sichtbar wären.

Nur damit ihr eine bildliche Vorstellung von mir habt: Ich bin ziemlich dünn und ziemlich unscheinbar und habe ein Trägertop und eine Skinny-Jeans an. Und ich trage die ganze Zeit eine Sonnenbrille, sogar zu Hause. Es ist ... Tja. So eine Sache. *Meine* Sache, schätze ich. Deswegen die »Filmstar«-Witzeleien von unserem Nachbarn Rob. Er hat gesehen, wie ich bei strömendem Regen mit meiner Sonnenbrille aus dem Auto gestiegen bin, und meinte sofort: »Was soll die Sonnenbrille? Hältst du dich vielleicht für Angelina Jolie?«

Ich versuche nicht, *cool* zu sein. Es gibt einen Grund dafür.

Den ihr jetzt natürlich gern wissen würdet.

Glaube ich.

Okay. Eigentlich ist es etwas ziemlich Persönliches. Ich bin mir nicht sicher, ob ich bereit bin, darüber zu reden. Haltet mich ruhig für seltsam, wenn ihr wollt. Ihr wärt nicht die Einzigen.

»Hier, schau«, sage ich zu Mum, als ich ein Video von einem *LOC*-Wettkampf mit Kommentaren eines gewissen »Archy« gefunden habe. »Archy« ist ein YouTuber aus Schweden, dessen Kanal Frank so genial findet, dass er ihn abonniert hat. Die Videos zeigen »Archy«, wie er *LOC* spielt und dabei witzige Kommentare von sich gibt. Wie befürchtet, brauche ich eine Ewigkeit, um Mum das Konzept zu erklären.

»Aber warum soll man jemand anderem beim Spielen zuschauen?«, wiederholt sie immer wieder verblüfft. »Wozu? Ist das nicht komplette Zeitverschwendung?«

»Tja.« Ich zucke mit den Achseln. »Das ist *LOC*.«

Einen Moment lang bleibt es still. Mum betrachtet den Bildschirm wie eine Wissenschaftlerin, die versucht, alte ägyptische Hieroglyphen zu entschlüsseln. Als es im Video zu einer mächtigen Explosion kommt, zuckt sie zusammen.

»Warum muss es dabei immer ums *Töten* gehen? Wenn ich ein Spiel entwickeln würde, würde es um Ideen gehen. Politik. Wichtige Themen. Aber ja! Ich meine, warum nicht?« Ich kann förmlich dabei zusehen, wie ihr Gehirn blitzschnell eine neue Idee abfeuert. »Wie wäre es mit einem Computerspiel, das *Diskussion* heißt? Der wettkämpferische Aspekt würde beibehalten werden, aber die Punkte sammelt man, indem man möglichst kluge Argumente bringt!«

»Das ist der Grund, warum wir keine Milliardäre sind«, sage ich an ein imaginäres Publikum im Raum gerichtet.

Ich suche gerade nach einem anderen Video, als Felix ins Zimmer gerannt kommt.

»*Candy Crush!*«, ruft er, kaum dass er mein iPad entdeckt hat. Mum keucht entsetzt auf.

»Woher kennt er das?«, fragt sie. »Stell das aus. Ich werde nicht noch einen Süchtigen in dieser Familie dulden!«

Ups. Kann sein, dass ich diejenige war, die Felix *Candy Crush* gezeigt hat. Nicht dass er auch nur den Hauch einer Ahnung hat, wie man es richtig spielt.

Ich schalte das iPad aus, und Felix zieht eine enttäuschte Grimasse. »*Candy Crush!*«, ruft er. »Ich will *Candy Cruuuuush* spielen!«

»Es ist kaputt, Felix.« Ich tue so, als versuchte ich, das iPad wieder einzuschalten. »Siehst du? Kaputt.«

»Kaputt«, bestätigt Mum.

Felix' Blick wandert von uns zum iPad. Man spürt förmlich, dass sein Verstand so hart arbeitet, wie seine vierjährigen Gehirnzellen es zulassen. »Wir müssen einen Stecker kaufen«, ruft er plötzlich und greift nach dem iPad. »Wir kaufen einen Stecker und reparieren es.«

»Der Stecker-Laden hat zu«, lügt Mum, ohne mit der Wimper zu zucken. »Wie schade. Wir gehen morgen hin. Hey, weißt du was? Jetzt machen wir uns Toast mit Nutella!«

»Toast mit Nutella!« Felix strahlt übers ganze Gesicht. Als er die Arme in die Luft reißt, nimmt Mum ihm das iPad ab und gibt es mir zurück. Fünf Sekunden später habe ich es hinter einem Kissen versteckt.

»Wo ist das *Candy Crush* hin?«, ruft Felix anklagend und sieht sich suchend um.

»Wir bringen es zum Stecker-Laden, schon vergessen?«, sagt Mum wie aus der Pistole geschossen.

»Stecker-Laden.« Ich nicke. »Genau. Aber, hey, du kriegst Toast mit Nutella! Was meinst du, wie viele du essen kannst?«

Armer kleiner Felix. Völlig verwirrt lässt er sich von Mum aus dem Zimmer führen. Komplett ausmanövriert. So läuft das, wenn man vier ist. Ich wette, Mum wünscht sich, bei Frank liefe das auch so.

3. Kapitel

Mum weiß jetzt also, was *LOC* ist. Und laut Kofi Annan, der mal Generalsekretär der UNO war, ist Wissen Macht. Aber Leonardo da Vincis Spruch: »Wo man schreit, ist keine klare Erkenntnis«, passt vielleicht besser zu unserer Familie. (Bitte denkt jetzt nicht, ich wäre super belesen oder so was. Mum hat mir letzten Monat ein Buch mit Zitaten berühmter Menschen gekauft, in dem ich beim Fernsehschauen ab und zu herumblättere.)

Jedenfalls kann man in diesem Fall nicht von »Wissen ist Macht« sprechen, weil Mum keine Macht über Frank hat. Es ist Samstagabend, und er spielt seit dem Mittagessen *LOC*. Gleich nach dem Nachtisch ist er in sein Zimmer verschwunden. Als es einen Moment später an der Tür klingelte, habe ich mich schleunigst ins Fernsehzimmer verzogen, das so etwas wie mein persönlicher Rückzugsort ist.

Jetzt ist es kurz vor sechs, und ich husche schnell für eine Handvoll Oreos in die Küche, wo Mum nervös auf und ab tigert. Sie atmet geräuschvoll ein, schaut auf die Uhr und atmet genauso geräuschvoll wieder aus.

»Die sind alle computerspielsüchtig!«, bricht es plötzlich aus ihr heraus. »Ich habe sie bestimmt fünfundzwanzigmal gebeten, die Kiste auszumachen! Warum kriegen sie das nicht hin? Sie müssen doch einfach nur auf den Schalter drücken! An, aus.«

»Vielleicht sind sie gerade in einem Level ...«

»Level!«, unterbricht Mum mich aufgebracht. »Ich habe es satt, mir ständig irgendwas über *Level* anzuhören! Ich gebe ihnen noch eine Minute. Dann ist endgültig Schluss.«

Ich hole die Packung Oreos aus dem Schrank und reiße sie auf. »Mit wem spielt Frank da eigentlich?«

»Mit einem Freund aus der Schule. Ich habe ihn noch nie gesehen. Ich glaube, er heißt Linus ...«

Linus. Ich erinnere mich an ihn. Er hat in der Schule bei dem Theaterstück *Wer die Nachtigall stört* mitgemacht und Atticus Fink gespielt. Frank gehörte zum Pöbel.

Frank geht auf die Cardinal-Nicholls-Schule, die in der Nähe der Stokeland-Mädchenschule liegt, auf der ich bin. Manchmal veranstalten beide Schulen gemeinsame Theateraufführungen und Konzerte und so. Aber genau genommen ist die Stokeland nicht mehr »meine Schule«. Seit Februar bin ich nicht mehr hingegangen, weil dort ein paar Dinge passiert sind. Keine guten Dinge.

Egal.

Das Leben geht weiter. Danach wurde ich krank. Jetzt werde ich die Schule wechseln und ein Jahr wiederholen, weil ich so viel verpasst habe. Meine neue Schule heißt Heath Academy, und die Schulleitung ist der Meinung gewesen, es wäre vernünftiger, wenn ich erst im September anfange statt mitten in der Prüfungszeit vor den Sommerferien. Bis dahin bleibe ich zu Hause.

Ich meine, es ist nicht so, als würde ich *nichts* tun. Die Heath hat mir jede Menge Lektürevorschläge, Mathebücher und französische Vokabellisten geschickt. Alle sind sich darüber einig, wie wichtig es ist, dass ich unterrichtstechnisch auf dem Laufenden bleibe, und beteuern: »Das wird dir so guttun, Audrey!« (Von wegen.) Also maile ich hin und wieder einen Geschichtsaufsatz oder so etwas in der Art an die Schule, den ich dann ein paar Tage später mit ein paar roten Anmerkungen wieder zurückgemailt bekomme. Mir kommt das alles ein bisschen sinnlos vor.

Egal. Was ich eigentlich sagen wollte, ist, dass Linus in dem Stück mitgespielt hat und ein wirklich toller Atticus Fink gewesen ist. Er war großmütig und heldenhaft, und jeder hat ihm die Rolle zu hundert Prozent abgenommen. In einer Szene musste er zum Beispiel einen tollwütigen Hund erschießen, und an dem Abend funktionierte die Pistole aus der Requisite nicht, aber niemand im Saal hat gelacht oder auch nur ein Raunen von sich gegeben. So gut war er.

Einmal ist er vor einer Probe bei uns zu Hause gewesen. Nur ungefähr fünf Minuten lang, aber ich habe es nicht vergessen.

Keine Ahnung, warum ich das überhaupt erzähle.

Als ich Mum daran erinnern will, dass Linus Atticus Fink gespielt hat, fällt mir auf, dass sie gar nicht mehr in der Küche ist.

Eine Sekunde später höre ich ihre Stimme: »Du hast für heute genug gespielt, junger Mann!«

Junger Mann.

Ich hechte zur Tür und spähe durch den Spalt. Frank kommt gerade mit vor Wut bebendem Gesicht hinter Mum in den Flur gelaufen.

»Wir hatten das Ende des *Levels* noch nicht erreicht! Du kannst doch nicht einfach so den Computer ausschalten! Kapierst du denn gar nicht, was du damit angerichtet hast,

Mum? Hast du überhaupt eine Ahnung, wie *Land of Conquerors* funktioniert?«

Er klingt richtig sauer. Seine schwarzen Haare fallen ihm in die blasse Stirn, er fuchtelt mit seinen langen Armen herum und gestikuliert wild mit seinen riesigen knochigen Händen. Ich hoffe, dass Frank eines Tages in seine Hände und Füße hineinwachsen wird. Sie können nicht so überproportional groß bleiben, oder? Der Rest von ihm holt sie doch bestimmt noch ein? Er ist fünfzehn, er könnte also durchaus noch ein paar Zentimeter wachsen. Dad ist ein Meter zweiundachtzig, sagt aber immer, dass Frank bestimmt mal größer wird als er.

»Ist schon in Ordnung«, sagt eine Stimme, die ich kenne. Sie gehört Linus, aber er steht außerhalb meines Blickfelds. »Ich geh dann mal nach Hause. Vielen Dank für alles.«

»Geh nicht!«, ruft Mum mit ihrer bezauberndsten Gastgeberinnenstimme. »Bitte bleib doch noch, Linus. Ich wollte dich damit keinesfalls aus dem Haus jagen.«

»Aber wenn wir nicht spielen können…« Linus klingt verwirrt.

»Willst du damit sagen, dass Computerspiele die einzige soziale Kontaktform ist, die ihr kennt? Weißt du eigentlich, wie traurig das ist?«

»Was sollen wir deiner Meinung nach denn sonst machen?«, fragt Frank finster.

»Warum geht ihr nicht in den Garten und spielt eine Runde Badminton? Es ist so ein schöner Sommerabend – und hier, sieh nur, was ich gerade gefunden habe!« Sie hält Frank unser altes Badmintonspiel hin. Das Netz ist total verzogen, und die Federbälle sehen aus, als hätten irgendwelche Tiere daran herumgeknabbert.

Beim Anblick von Franks Gesicht würde ich am liebsten laut loslachen.

»Mum …« Er wirkt fast sprachlos vor Entsetzen. »Wo hast du das denn *ausgegraben*?«

»Oder Krocket!«, fügt Mum strahlend hinzu. »Das macht einen Heidenspaß, du wirst sehen.«

Frank antwortet gar nicht erst darauf. Allein die Vorstellung, Krocket zu spielen, scheint ihn so mitzunehmen, dass er mir sogar ein bisschen leidtut.

»Oder Verstecken?«

Ich presse mir prustend eine Hand auf den Mund. Ich kann nicht anders. *Verstecken.*

»Oder Rummikub!« Mum klingt verzweifelt. »Früher hast du Rummikub immer geliebt.«

»Ich mag Rummikub«, sagt Linus. Ich halte überrascht inne. Das ist ziemlich nett von ihm. Er hätte auch einfach gehen und auf Facebook posten können, dass es bei Frank zu Hause total ätzend ist. Aber er klingt, als wollte er Mum wenigstens ein bisschen entgegenkommen. Als würde er zu den Menschen gehören, die kein Problem damit haben, sich selbst auch mal zurückzunehmen, wenn es dazu dient, allen Beteiligten das Leben etwas leichter zu machen. (Jep. Das habe ich alles aus drei Worten herausgehört.)

»Du willst Rummikub spielen?«, fragt Frank fassungslos.

»Warum nicht?«, antwortet Linus achselzuckend, und einen Moment später verschwinden die beiden wieder im Spielzimmer. (Mum und Dad haben es neu gestrichen und in Hausaufgabenraum umgetauft, als ich dreizehn wurde, aber es ist immer noch das Spielzimmer.)

Kurz darauf steht Mum wieder in der Küche und schenkt sich ein Glas Wein ein.

»Na bitte!«, sagt sie. »Sie haben nur eine kleine Orientierungshilfe gebraucht. Ein bisschen elterliche Einflussnahme. Ich habe ihnen einfach etwas auf die Sprünge geholfen. Sie sind nicht computerspiel*süchtig*. Man muss sie nur daran erinnern, was es sonst noch so da draußen gibt.«

Sie spricht nicht mit mir, sondern mit dem imaginären *Daily-Mail*-Richter, der über ihr Leben wacht und Punkte von eins bis zehn dafür verteilt.

»Ich glaube nicht, dass es sonderlich viel Spaß macht, zu zweit Rummikub zu spielen«, sage ich. »Ich meine, das dauert doch ewig, bis man alle seine Spielsteine loswird.«

Ich kann förmlich sehen, wie Mum den Gedanken in ihrem Kopf wälzt. Mit Sicherheit stellt sie sich dasselbe Szenario vor wie ich: Frank und Linus, die sich mit finsteren Gesichtern am Rummikub-Tisch gegenübersitzen, sich zu Tode langweilen und zu dem Schluss kommen, dass alle Brettspiele total scheiße sind.

»Du hast recht«, sagt sie schließlich. »Vielleicht sollte ich mich einfach zu ihnen setzen und mitspielen. Damit es mehr Spaß macht.«

Sie fragt nicht, ob ich auch mitspielen will, wofür ich dankbar bin.

»Okay, viel Vergnügen«, sage ich und laufe mit meinen Oreos ins Fernsehzimmer zurück. Ich habe gerade angefangen, durch die Sender zu zappen, als Mums Stimme aus dem Spielzimmer durchs Haus hallt.

»Von Online-Rummikub ist nie die Rede gewesen!«

Unser Familienleben funktioniert ganz ähnlich wie das Wetter. Es gibt Hoch- und Tiefdruckgebiete, Windstille und orkanartige Böen. Manchmal ist der Himmel tagelang strahlend blau, dann wieder wolkenverhangen, oder es bricht wie aus dem Nichts ein Gewitter los. Gerade zieht das Gewitter in meine Richtung. Donner-Blitz-Donner-Blitz, Frank-Mum-Frank-Mum.

»Wieso? Das macht doch überhaupt keinen Unterschied.«

»Und ob das einen Unterschied macht! Ich hab euch gesagt, dass ihr die Finger vom Computer lassen sollt!«

»Oh Mann, Mum. Es ist doch trotzdem dasselbe Spiel!«

»Ist es nicht! Ich will, dass du dich von diesem Bildschirm fernhältst! Ich will, dass du mit deinem Freund ein Spiel spielst! IM ECHTEN LEBEN!«

»Aber zu zweit ist Rummikub total öde. Da können wir ja gleich, keine Ahnung, Schnipp-Schnapp spielen.«

»Ich weiß!« Mums Stimme überschlägt sich fast. »Deswegen bin ich ja auch zu euch gekommen, um mitzuspielen!«

»Woher hätte ich das denn WISSEN SOLLEN, VERDAMMT NOCH MAL?«

»Hör auf, Kraftausdrücke zu verwenden, junger Mann! Sonst...«

Junger Mann.

Frank macht sein »Frank ist wütend«-Geräusch. Es ist eine Art Rhinozeros-Grunzen Schrägstrich frustrierter Schrei.

»Verdammt ist kein Kraftausdruck«, presst er schwer atmend hervor.

»Und ob es einer ist!«

»In den *Harry-Potter*-Filmen sagen sie ständig *verdammt*, okay? *Harry Potter.* Dann kann es ja wohl kaum ein schlimmes Wort sein, oder?«

»Wie bitte?«, sagt Mum, der Frank damit allen Wind aus den Segeln genommen hat.

»*Harry Potter.* Okay, das war's dann von meiner Seite.«

»Hiergeblieben, junger Mann!«, ruft Mum. »Wir sind noch nicht fertig!«

Junger Mann. Jetzt hat sie es schon dreimal hintereinander gesagt. Armer Dad. Er wird sich ganz schön was anhören müssen, wenn er gleich nach Hause …

»Hi.« Linus' Stimme überrascht mich so, dass ich erschrocken von der Couch aufspringe. Ich habe ziemlich gute Reflexe. *Hypersensibel.* Wie der Rest von mir.

Er steht in der Tür. Atticus Fink, schießt es mir durch den Kopf. Ein schlaksiger, braunhaariger Junge mit hohen Wangenknochen und zerzausten Haaren und einem Lächeln wie ein Orangenschnitz. Nicht dass seine Zähne orange wären. Aber sein Mund nimmt dieselbe Form wie ein Orangenschnitz an, wenn er lächelt. Was er gerade tut. Franks andere Freunde lächeln nie.

Er kommt herein, und ich balle vor Angst instinktiv die Hände zu Fäusten. Wahrscheinlich hat er sich aus dem Staub gemacht, als das Mum-Frank-Gewitter aufzog. Aber niemand kommt einfach so in dieses Zimmer. Das ist mein Refugium. Hat Frank ihm das denn nicht gesagt?

Hat Frank es denn nicht *erzählt*?

Meine Brust hebt und senkt sich panisch. Mir schießen Tränen in die Augen, und meine Kehle wird eng. Ich muss hier weg. Ich muss … ich kann nicht …

Niemand kommt hier rein. *Niemand darf hier reinkommen.*

Ich kann die Stimme von Dr. Sarah in meinem Kopf hören. Willkürliche Gesprächsfetzen aus unseren Sitzungen.

Atme ein und zähle bis vier. Atme aus und zähle bis sieben.

Dein Körper hält die Bedrohung für real, Audrey. Aber die Bedrohung ist nicht real.

»Hi«, sagt er noch einmal. »Ich bin Linus. Und du bist bestimmt Audrey, oder?«

Die Bedrohung ist nicht real. Ich versuche, mir die Worte in den Verstand zu hämmern, aber sie werden von der Panik hinweggefegt. Sie hüllt alles ein. Sie ist wie die Wolke einer Atombombenexplosion.

»Trägst du die immer?« Er deutet mit dem Kinn auf meine Brille.

Mein Herz rast vor Todesangst. Irgendwie schaffe ich es, mich an ihm vorbeizudrängen.

»Sorry«, keuche ich und hetze wie ein gejagter Fuchs in den Flur hinaus. Die Treppe hoch. In mein Zimmer. In die hinterste Ecke. Hinter den Vorhang, wo ich mich auf dem Boden zusammenkauere. Mein Atem klingt wie das Schnaufen einer Dampflok, und mir strömen Tränen übers Gesicht. Ich brauche eine Clonazepam, aber im Moment schaffe ich es noch nicht einmal, hinter dem Vorhang hervorzukommen, um mir eine Tablette zu holen. Ich klammere mich an den Stoff wie an einen Rettungsring.

»Audrey?« Mum ist an der Tür, und ihre Stimme ist vor Sorge ganz hoch. »Schatz? Was ist passiert?«

»Es ist nur ... du weißt schon.« Ich schlucke. »Dieser Junge kam rein, und ich hab nicht damit gerechnet und ...«

»Ist schon okay.« Mum kommt zu mir und streichelt mir beruhigend über den Kopf. »Wirklich. Das ist absolut nachvollziehbar. Willst du eine ...«

Mum spricht den Namen des Medikaments nie laut aus.

»Ja.«

»Ich hole sie dir.«

Sie geht ins Badezimmer, und ich höre das Geräusch von fließendem Wasser. Und komme mir einfach nur dumm vor. *Dummdummdumm.*

Jetzt wisst ihr es also.

Das heißt, wissen tut ihr es wohl nicht – ihr vermutet es. Dann will ich euch nicht länger auf die Folter spannen. Die vollständige Diagnose lautet: *Soziale Phobie* und *Generalisierte Angststörung mit depressiven Episoden.*

Episoden. Als wäre eine Depression eine Sitcom, bei der es jedes Mal eine witzige Pointe gibt. Oder eine Serienstaffel, bei der jede Folge mit einem Cliffhanger endet. Der einzige Cliffhanger in meinem Leben ist die Frage: »Werde ich diesen Scheiß jemals loswerden?« Und glaubt mir, das ist auf Dauer leider überhaupt nicht mehr spannend.

4. Kapitel

Bei meiner nächsten Therapiestunde erzähle ich Dr. Sarah von Linus und der Panikattacke. Sie hört bedächtig zu und sagt erst einmal nichts. Dr. Sarah macht alles immer sehr bedächtig. Sie hört bedächtig zu, sie macht sich in ihrer wunderschönen geschwungenen Handschrift bedächtig Notizen, und wenn sie etwas in den Computer eingibt, dann tippt sie sogar bedächtig.

Sie heißt McVeigh mit Nachnamen, aber wir nennen sie Dr. Sarah, weil man sich hier im Krankenhaus in einer extra zu diesem Thema abgehaltenen Besprechung darüber geeinigt hat, dass Vornamen mehr Vertrauen schaffen, der Zusatz *Dr.* aber gleichzeitig Autorität und Kompetenz vermittelt, weshalb Dr. plus Vorname als Ansprache die perfekte Lösung für die Ärzte in der Kinder- und Jugendabteilung war.

Die Kinder- und Jugendabteilung befindet sich im St. John's Hospital, einer großen Privatklinik, deren Kosten unsere Krankenversicherung aber zum Glück übernimmt. (Die erste Frage, die sie einem stellen, wenn man dort ankommt, ist nicht »Wie geht es Ihnen?«, sondern »Sind Sie versichert?«.) Ich war sechs Wochen stationär hier, nachdem Mum und Dad herausgefunden hatten, dass irgendetwas absolut nicht mit mir stimmte. Das Problem ist, dass eine Depression sich nicht mit so offensichtlichen Symptomen wie Ausschlag oder Fieber ankündigt, sondern sich eher unmerklich anschleicht. Man behauptet ständig: »Es ist alles in Ordnung, mir geht's gut«, obwohl es einem überhaupt nicht gut geht. Aber man denkt, dass es einem doch eigentlich gut gehen sollte, und fragt sich die ganze Zeit: »Warum geht es mir bloß so mies?«

Am Ende haben Mum und Dad einen Termin bei unserem Hausarzt für mich gemacht, der mich dann ins St. John's überwiesen hat. Ich war in keiner besonders guten Verfassung. Ehrlich gesagt kann ich mich kaum noch an die ersten Tage erinnern. Jetzt komme ich nur noch zweimal die Woche hierher. Wenn ich wollte, könnte ich auch öfter kommen und zum Beispiel Cupcakes backen. Aber ich habe hier schon ungefähr fünfundfünfzig Milliarden Cupcakes gebacken, und zwar immer nach demselben Rezept.

Als ich Dr. Sarah die ganze Hinter-dem-Vorhang-verstecken-Geschichte erzählt habe, betrachtet sie eine Weile bedächtig die Kästchen auf dem Fragebogen, den ich zu Beginn der Stunde ausgefüllt habe. Das Schema ist immer das Gleiche.

Fühlst du dich wie eine Versagerin? Ja, ständig.

Hast du dir schon mal gewünscht, du würdest nicht existieren? Ja, ständig.

Dr. Sarah nennt die einzelnen Punkte auf diesem Blatt meine »Symptome«. Manchmal frage ich mich: *Soll ich einfach lügen und hinschreiben, dass alles super ist?* Aber dann tue ich es seltsamerweise doch nicht. Das kann ich Dr. Sarah nicht antun. Wir hängen da gemeinsam drin.

»Und wie geht es dir mit dem, was passiert ist?«, fragt sie mit ihrer freundlichen, bedächtigen Stimme.

»Ich hab das Gefühl, festzustecken.«

Das Wort kommt heraus, bevor ich es überhaupt gedacht habe. Mir war nicht klar, dass ich das Gefühl habe, irgendwo festzustecken.

»Wie meinst du das?«

»Ich bin schon seit einer *Ewigkeit* krank.«

»Nicht seit einer Ewigkeit«, widerspricht sie gelassen. »Ich habe dich am …«, sie wirft einen Blick auf ihren Bildschirm, »… am 6. März kennengelernt. Wahrscheinlich warst du schon eine Zeit lang davor krank, ohne dir dessen bewusst zu sein. Aber die gute Nachricht ist, dass du schon ein ordentliches Stück Weg geschafft hast, Audrey. Und du machst jeden Tag Fortschritte.«

»Fortschritte?« Ich sammle mich kurz und versuche anschließend, ruhig weiterzusprechen. »Im September soll ich an eine neue Schule wechseln, dabei schaffe ich es noch nicht mal, auch nur mit anderen Leuten zu reden. Ich flippe aus, wenn jemand zu uns nach Hause kommt, den ich nicht kenne. Wie soll ich es denn da schaffen, zur Schule zu gehen? Wie soll ich überhaupt irgendwas hinkriegen? Was, wenn ich für immer so bleibe?«

Mir läuft eine Träne über die Wange. Wo zum Teufel kommt die jetzt her? Dr. Sarah reicht mir wortlos ein Taschentuch, und ich hebe kurz meine Sonnenbrille an, um mir damit über die Augen zu wischen.

»Erstens: Du wirst nicht für immer so bleiben«, sagt Dr. Sarah. »Dein Zustand ist vollständig therapierbar. *Vollständig therapierbar.*«

Das hat sie mir schon tausendmal gesagt.

»Du hast seit Beginn der Behandlung wirklich bemerkenswerte Fortschritte gemacht«, fährt sie fort. »Wir haben gerade mal Mai. Ich bin mir absolut sicher, dass du bis September bereit für die Schule sein wirst. Aber dafür braucht es …«

»Ich weiß.« Ich schlinge die Arme um mich. »Beharrlichkeit, Übung, Geduld.«

»Hast du diese Woche schon mal deine Sonnenbrille abgenommen?«, fragt Dr. Sarah.

»Nicht oft.«

Womit ich *kein einziges Mal* meine. Was ihr klar ist.

»Hast du mit jemandem Blickkontakt aufgenommen?«

Ich antworte nicht. Meine Hausaufgabe war, es zu versuchen. Mit einem Familienmitglied. Nur ein paar Sekunden pro Tag.

Ich habe noch nicht einmal Mum davon erzählt. Sie hätte ein totales Theater darum gemacht.

»Audrey?«

»Nein«, murmle ich mit gesenktem Kopf.

Blickkontakt zu jemandem aufzunehmen ist eine ziemlich große Sache. Die größte. Allein bei dem Gedanken wird mir übel.

Mein Verstand sagt mir, dass Augen nichts Bedrohliches an sich haben. Es sind kleine, harmlose, gallertartige Kugeln, die bloß einen winzigen Teil unseres gesamten Körpers ausmachen. Jeder von uns hat sie. Warum sollte ich also Angst davor haben? Aber ich hatte sehr viel Zeit, darüber nachzudenken, und wenn man mich fragt, werden Augen unterschätzt. Zum einen besitzen sie Macht. Sie verfügen über Reichweite. Selbst wenn man aus dreißig Meter Entfernung durch eine große Menschenmenge hindurch den Blick auf jemanden richtet, *spürt* derjenige, dass man ihn anschaut. Welcher andere menschliche Körperteil ist dazu in der Lage? Das ist eine geradezu übernatürliche Fähigkeit.

Aber sie haben auch eine Sogkraft. Wenn man jemandem direkt in die Augen schaut, können sie einem innerhalb einer Nanosekunde die Seele heraussaugen. Jedenfalls fühlt es sich so an. Augen durchdringen alles, und genau das macht mir Angst.

Es ist eine Weile still im Raum. Dr. Sarah sagt nichts. Sie denkt. Ich mag es, wenn Dr. Sarah denkt. Könnte ich es mir im Gehirn von jemandem gemütlich machen, dann würde ich mich wahrscheinlich für ihres entscheiden.

»Ich glaube, ich habe eine Idee.« Sie schaut auf. »Was würdest du davon halten, einen Film zu drehen?«

»Was?« Ich sehe sie ratlos an. Damit habe ich nicht gerechnet. Sondern mit einem Blatt Papier, auf dem die nächste Hausaufgabe steht.

»Einen Dokumentarfilm. Alles, was du dafür brauchst, ist eine billige kleine Videokamera. Vielleicht besorgen deine Eltern dir eine, oder wir finden hier jemanden, der dir eine leihen kann.«

»Und was mache ich damit?«

Ich stelle mich absichtlich dumm und heuchle Desinteresse, weil ich in meinem Inneren völlig durcheinander bin. Ein Film. Niemand hat jemals irgendetwas von einem Film gesagt. Ist das jetzt die neue Alternative zu Cupcakes?

»Ich halte das für eine gute Möglichkeit, um aus dem herauszukommen, in dem du gerade feststeckst …« Dr. Sarah zögert. »Und dorthin zu gelangen, wo du hinwillst. Am Anfang filmst du sozusagen als unbeteiligte Beobachterin. Du spielst Mäuschen. Kennst du den Ausdruck *Mäuschen spielen*?«

Ich nicke und versuche mir meine aufsteigende Panik nicht anmerken zu lassen. Das geht mir gerade alles zu schnell.

»Und nach einer Weile fängst du dann an, Leute zu interviewen. Könntest du dir vorstellen, durch eine Kamera Blickkontakt mit jemandem herzustellen?«

Lähmendes Entsetzen steigt in mir auf. Ich befehle mir, es zu ignorieren, weil mein Gehirn mir oft Nachrichten schickt, die *falsch sind und auf die ich nicht zu hören brauche*. Das ist Lektion Nummer eins, die man im St. John's lernt: *Dein Gehirn ist ein Idiot*.

»Ich weiß nicht.« Ich schlucke und spüre, wie meine Hände sich zu Fäusten ballen. »Vielleicht.«

»Wunderbar.« Dr. Sarah schenkt mir ein engelsgleiches Lächeln. »Mir ist klar, wie schwer und beängstigend sich das anfühlen muss, Audrey. Aber ich glaube, das wird ein großartiges Projekt für dich.«

»Okay, ähm, ich verstehe nur nicht …« Ich verstumme, versuche, mich wieder in den Griff zu bekommen; dränge die panischen Tränen zurück. Ich weiß noch nicht einmal, wovor ich Angst habe. Vor der Kamera? Der Idee an sich? Weil ich mit dieser neuen Herausforderung nicht gerechnet habe?

»Was verstehst du nicht?«

»Was genau soll ich filmen?«

»Egal. Alles, was dir über den Weg läuft. Richte einfach die Kamera darauf und leg los. Dein Zuhause. Zeichne ein Porträt deiner Familie.«

»Klar.« Ich muss prusten. »Und das Ganze kriegt dann den Titel *EINBLICKE IN DAS HARMONISCHE LEBEN MEINER LIEBEVOLLEN FAMILIE*.

»Warum nicht?« Sie lacht. »Ich freue mich jetzt schon darauf, mir den Film anzugucken.«

EINBLICKE IN DAS HARMONISCHE LEBEN MEINER LIEBEVOLLEN FAMILIE - Filmskript -

INNEN. 5 ROSEWOOD CLOSE. TAG.

Kamera schwenkt durch eine unaufgeräumte Küche.

AUDREY (OFF)

Okay. Willkommen bei meiner Doku. Das hier ist unsere Küche. Das da ist der Küchentisch. Frank hat sein Geschirr nicht abgeräumt, er streikt.

NAHAUFNAHME: blank gescheuerter Kieferntisch, auf dem eine benutzte Müslischale steht, ein mit Krümeln übersäter Teller und ein Glas Nutella, in dem ein Löffel steckt.

AUDREY (OFF)

Das sind die Küchenschränke.

Langsamer Kameraschwenk über eine Reihe hellgrauer Küchenschränke im Landhausstil.

AUDREY (OFF)

Das ist bescheuert. Ich weiß nicht, was ich filmen soll. Das ist das Fenster.

NAHAUFNAHME: Ein Fenster zum Garten, in dem eine alte Schaukel und ein brandneuer Grill zu sehen sind, an dem noch das Preisschild hängt. Kamera zoomt zum Grill.

AUDREY (OFF)

Den hat Dad zum Geburtstag geschenkt bekommen. Er hat ihn noch nicht benutzt.

Kamera schwenkt wackelnd zur Tür.

AUDREY (OFF)

Okay, ich sollte mich wohl mal vorstellen. Ich bin Audrey Turner, und ich filme das alles, weil …

(Pause)

Egal. Meine Mum und mein Dad haben mir diese Kamera gekauft. Sie waren total aus dem Häuschen deswegen, meinten, »Vielleicht wird aus dir ja eine berühmte Dokumentarfilmerin!«, und haben viel zu viel Geld für das Teil hier ausgegeben. Mir hätte auch eine billige gereicht, aber davon wollten sie nichts hören, also …

Kamera schwenkt ruckelig durch den Flur und zeigt auf die Treppe.

AUDREY (OFF)

Das ist die Treppe. Klar, was sonst? Ihr seid ja nicht blöd.

(Pause)
Ich weiß noch nicht mal, wer
ihr seid. Wer schaut sich das an?
Dr. Sarah, nehme ich an.
Hi, Dr. Sarah.

Kamera bewegt sich wackelig die Treppe hinauf.

AUDREY (OFF)
Okay. Wir gehen jetzt nach oben. Wer
lebt in DIESEM Haus?

Kamera zoomt an einen schwarzen Spitzen-BH heran, der über dem Geländer hängt.

AUDREY (OFF)
Der gehört Mum.
(kurze Pause)
Hm. Vielleicht würde sie es eher nicht
so gut finden, dass ihr den seht.

Kamera schwenkt um eine Ecke herum und zoomt auf eine angelehnte Tür zu.

AUDREY (OFF)
Das ist Franks Zimmer, aber da drin
stinkt es so bestialisch, dass ich
nicht näher rankann. Moment, ich zoome
mal kurz rein.

Kamera zoomt an einen Fußboden heran, auf dem Trainingshosen, dreckige Socken, ein nasses Handtuch, drei Scott-Pilgrim-Bücher und eine halb leere Haribo-Tüte liegen.

AUDREY (OFF)

Das ganze Zimmer sieht so aus.
Nur damit ihr Bescheid wisst.

Kamera bewegt sich ein Treppengeländer hoch.

AUDREY (OFF)

Und das ist das Schlafzimmer von Mum und Dad …

Kamera richtet sich auf eine angelehnte Tür. Aus dem Raum dringt eine Stimme. Sie gehört MUM, Audreys Mum. Sie spricht in leisem, drängendem Tonfall, ist aber trotzdem gut zu verstehen.

MUM (OFF)

Ich hab mich mit den Frauen aus meinem Leseklub darüber unterhalten, und Caroline fragte, ob er eine Freundin hat, und ich meinte, nein, hat er nicht! Ob DAS vielleicht das Problem ist? Wenn er eine Freundin hätte, würde er vielleicht mehr vor die Tür gehen, statt ständig vor diesem Computer zu hocken. Ich meine, warum hat er KEINE Freundin?

DAD (OFF)

Ich weiß es nicht. Jetzt schau mich nicht so an! Ist schließlich nicht meine Schuld!

AUDREY (OFF)

(in gedämpftem Tonfall)

Das sind meine Eltern. Ich glaube, sie unterhalten sich über Frank.

MUM (OFF)

Also, ich habe da so eine Idee. Wie wäre es, wenn wir eine Party für ihn organisieren und ihn mit ein paar hübschen Mädchen zusammenbringen?

DAD (OFF)

EINE PARTY? Ist das dein Ernst?

MUM (OFF)

Warum nicht? Das wäre bestimmt lustig. Die Geburtstagspartys, die wir früher für ihn organisiert haben, sind doch auch immer total nett gewesen.

DAD (OFF)

Da war er ACHT. Hast du eine Ahnung, wie so eine Party mit lauter Fünfzehnjährigen abläuft, Anne? Was, wenn sie mit Messern aufeinander

losgehen und auf dem Trampolin Sex
haben?

MUM (OFF)

Unsinn! Oder … glaubst du wirklich? Oh
Gott …

Die Tür wird ein Stück zugemacht. Die Kamera geht näher heran.

MUM (OFF)

Hast du eigentlich schon mal
ein Vater-Sohn-Gespräch mit Frank
geführt, Chris?

DAD (OFF)

Nein. Hast du schon mal ein Mutter-
Sohn-Gespräch mit ihm geführt?

MUM (OFF)

Ich hab ihm ein Aufklärungsbuch
besorgt. Mit Abbildungen von …
du weißt schon.

DAD (OFF)

(klingt interessiert)
Ach ja? Was denn für Abbildungen?

MUM (OFF)

Du weißt schon.

DAD (OFF)

Ich hab nicht die leiseste Ahnung.

MUM (OFF)

(ungeduldig)

Jetzt komm schon. Du kannst dir doch bestimmt vorstellen, was auf den Abbildungen zu sehen ist.

DAD (OFF)

Ich will es mir aber nicht vorstellen. Ich will, dass du sie mir beschreibst, langsam und mit französischem Akzent.

MUM (OFF)

(kichernd/streng)

Chris, hör auf!

DAD (OFF)

Warum soll Frank den ganzen Spaß für sich allein haben?

Die Tür geht auf und DAD kommt heraus. Er ist ein attraktiver Mann Anfang vierzig, trägt einen Anzug und hat eine Tauchermaske in der Hand. Als er die Kamera sieht, zuckt er erschrocken zusammen.

DAD

Audrey! Was machst du da?

AUDREY (OFF)

Ich filme. Du weißt schon, für mein Projekt.

DAD

Ach ja, stimmt. Natürlich.
(ruft warnend)
Liebling, Audrey hat die Kamera laufen …

Mum erscheint nur mit einem Rock und einem BH bekleidet in der Tür. Als sie die Kamera sieht, fängt sie an zu kreischen und versucht, mit der Hand ihre Blöße zu bedecken.

DAD

Genau das habe ich gemeint, als ich sagte: »Audrey hat die Kamera laufen.«

MUM

(verwirrt)
Oh, ich verstehe.

Sie zieht einen Morgenmantel vom Haken an der Tür und wickelt ihn um sich.

MUM

Ähm, bravo, Schatz. Das wird ein toller Film. Vielleicht warnst du uns das nächste Mal vor, wenn du gerade drehst?

(wirft Dad einen Blick zu und räuspert sich)
Wir haben uns gerade über die … ähm … über den Konflikt im … Nahen Osten unterhalten.

DAD

(nickt)
Im Nahen Osten, genau.

Beide schauen unsicher in die Kamera.

5. Kapitel

Okay, die Hintergrundgeschichte. Ich vermute mal, dass ihr gern mehr darüber erfahren würdet. Also: *Was bisher in Audrey Turners Leben geschah …*

Wobei … Oh Gott. Ich kann nicht noch einmal alles von vorn erzählen. Das schaffe ich einfach nicht, tut mir leid. Ich habe schon so oft irgendwelchen Lehrern, Ärzten oder Therapeuten gegenübergesessen und immer und immer wieder dieselbe Geschichte in immer und immer denselben Worten erzählt, bis es sich irgendwann wie etwas anfühlte, das jemand anderem passiert ist.

Alles fing an, sich unwirklich anzufühlen. Jeder, der etwas damit zu tun hatte, meine Mitschülerinnen auf der Stokeland; unsere Schulleiterin Miss Amerson, die mir unterstellte, ich hätte mir das alles nur ausgedacht und würde verzweifelt nach Aufmerksamkeit heischen. (Ich? Nach Aufmerksamkeit? Das nennt man wohl Ironie des Schicksals.)

Warum diese Sache überhaupt passiert ist, hat eigentlich nie jemand so genau herausgefunden. Ich meine, wir haben schon irgendwie herausgefunden, warum, aber nicht wirklich, *warum*. Falls ihr versteht, was ich meine.

Es gab einen Riesenskandal, blablabla. Insgesamt wurden drei Mädchen von der Schule verwiesen. Ein absoluter Rekord. Meine Eltern haben mich sofort von der Stokeland genommen, und seitdem bin ich zu Hause. Und in der Klinik, von der ich ja schon erzählt habe. Es geht darum, dass ich an der Heath Academy noch einmal »ganz von vorn anfangen« soll. Aber um noch einmal »ganz von vorn anzufangen«, sollte man zuerst mal in der Lage sein, »das Haus zu verlassen«, und genau damit habe ich ein klitzekleines Problem.

Das Problem ist nicht das Draußen an sich. Es liegt nicht an den Bäumen oder der Luft oder dem Himmel. Das Problem sind die Menschen. Ich meine, nicht *alle* Menschen. Mit euch würde ich wahrscheinlich ganz gut klarkommen; ihr wärt bestimmt okay. Jedenfalls habe ich meine Wohlfühl-Menschen, mit denen ich reden und lachen kann und bei denen ich entspannt bin. Das Blöde ist nur, dass sie eine sehr überschaubare Gruppe bilden. Um nicht zu sagen winzig, verglichen mit, sagen wir, der Weltbevölkerung. Oder der durchschnittlichen Anzahl von Fahrgästen in einem Bus.

Ich schaffe es, mit meiner Familie zu Abend zu essen. Ich schaffe es, in meiner geschützten kleinen Blase (Zuhause–Auto–Wartezimmer–Dr. Sarahs Sprechzimmer–Auto–Zuhause), zu meinen Sitzungen. Die Leute aus meiner Therapiegruppe im St. John's sind ebenfalls Wohlfühl-Menschen. Weil sie keine Bedrohung darstellen. (Ja, ich *weiß*, dass die meisten Menschen eigentlich keine Bedrohung darstellen. Aber versucht das mal meinem dämlichen Gehirn zu erzählen.)

Das Problem sind alle anderen. Leute auf der Straße, Leute an der Haustür, Leute am Telefon. Man hat nicht die leiseste Vorstellung davon, wie viele Menschen es auf der Welt gibt, bis man anfängt, vor ihnen Angst zu haben. Dr. Sarah sagt, dass ich mich in großen Menschenmengen vielleicht nie wohlfühlen werde und dass das in Ordnung ist, ich müsste bloß lernen, die Gedanken »im Zaum« zu halten, die mir befehlen, in Panik zu geraten. Wenn sie mir das so sagt, klingt es immer total vernünftig, und ich denke, *Ja! Das krieg ich hin! Das ist einfach.* Aber dann steht der Postbote vor der Tür, und ehe ich auch nur darüber nachdenken kann, renne ich um mein Leben.

Vielleicht sollte ich erwähnen, dass ich mich *dort draußen* nie so richtig dazugehörig gefühlt habe, auch nicht, als es mir noch okay ging. Ich war die, die immer allein zwischen den ganzen anderen Mädchen herumstand und sich hinter ihrem Haarvorhang versteckte. Ich war die, die versucht hat, sich an Gesprächen über BHs zu beteiligen, was wahrscheinlich ziemlich lächerlich war, weil – hallo? BHs? Dafür bräuchte es wohl erst mal ein paar entsprechende weibliche Rundungen. Ich war die, die unter Verfolgungswahn litt und sich einredete, dass jeder sie anstarrt und total uncool findet.

Gleichzeitig war ich die, mit der man gern angegeben hat: »Das ist Audrey, unsere Musterschülerin« oder »Das ist Audrey, unser Basketball-Ass«.

Mein Tipp an alle Lehrer, die das hier lesen (also wahrscheinlich keine): Zerrt *nicht* ausgerechnet das Mädchen ins Rampenlicht, das sich am liebsten in Luft auflösen will, wenn alle sie anstarren. Das ist nämlich nicht besonders hilfreich. Genauso wenig wie vor der ganzen Klasse zu sagen: »Sie ist unglaublich talentiert und die große Hoffnungsträgerin dieses Jahrgangs.«

Wer will schon die große Hoffnungsträgerin sein? Wer will schon »unglaublich talentiert« sein? Wer will schon, dass die ganzen anderen Mädchen aus dem Jahrgang einen mit Blicken erdolchen?

Nicht dass ich diesen Lehrern irgendeinen Vorwurf machen will. Ich meine nur.

Dann sind diese ganzen üblen Sachen passiert. Und ich bin irgendwie vom Rand einer Klippe abgerutscht. Und jetzt hänge ich fest. Gefangen in meinem dämlichen Gehirn.

Dad sagt, dass das absolut nachvollziehbar ist, weil ich ein Trauma durchlebt habe und jetzt wie ein kleines Baby bin, das panisch wird, sobald ihm jemand zu nahe kommt, den es nicht kennt. Ich habe solche Babys schon erlebt. In der einen Sekunde glucksen sie noch glücklich vor sich hin, in der nächsten schreien sie los. Nicht dass ich schreie. Jedenfalls nicht laut.

Aber ich würde gern.

Ihr wollt immer noch wissen, was eigentlich genau passiert ist, oder? Ihr seid immer noch neugierig. Keine Sorge, ich mache euch deswegen keinen Vorwurf.

Aber die Frage ist doch die: Ist es wirklich so wichtig, zu wissen, was genau passiert ist und warum diese Mädchen von der Schule geflogen sind? Ich finde nämlich nicht. Es ist passiert. Punkt. Ich möchte lieber nicht in die Details gehen.

Wir müssen nicht alles über uns preisgeben. Das ist noch so etwas, das ich in der Therapie gelernt habe: Es ist okay, Dinge für sich zu behalten. Es ist okay, Nein zu sagen. Es ist okay, »Darüber möchte ich nicht sprechen« zu sagen. Wenn ihr also nichts dagegen habt, würde ich es gern dabei belassen.

Ich weiß euer Interesse und eure Sorge zu schätzen, wirklich. Aber ihr braucht euer Hirn nicht mit diesem Zeug zuzumüllen. Hört euch stattdessen lieber einen schönen Song an.

EINBLICKE IN DAS HARMONISCHE LEBEN MEINER LIEBEVOLLEN FAMILIE – Filmskript

INNEN. 5 ROSEWOOD CLOSE – TAG.

Die Kamera schwenkt durch die Eingangsdiele und richtet sich auf die Bodenfliesen.

AUDREY (OFF)

Okay, das hier sind alte viktorianische Fliesen oder was auch immer. Meine Mum hat sie in einem Müllcontainer gefunden, und wir mussten sie dann alle nach Hause schleppen. Das hat EWIG gedauert. Der Boden, den wir davor hatten, war vollkommen in Ordnung, aber sie hat die ganze Zeit davon geschwärmt, dass diese Fliesen »eine Geschichte in sich tragen!« Ich meine, ist ihr nicht klar, dass jemand die Dinger einfach weggeschmissen hat?

MUM

Frank!

Mum kommt in die Diele gelaufen.

MUM

FRANK!
(zu Audrey) Wo ist dein Bruder?
Oh. Du drehst gerade.

Sie wirft die Haare zurück und zieht den Bauch ein.

MUM

Das machst du toll, Schatz!

Frank kommt in die Diele geschlendert.

MUM

Frank! Die hab ich auf dem Dach von Felix' Spielhaus im Garten gefunden.

Sie wedelt mit einer Handvoll Bonbonpapierchen vor seiner Nase herum.

MUM

Erstens: Du weißt genau, dass du nicht auf dem Spielhaus sitzen sollst. Das Dach ist nicht besonders stabil, und es ist ein schlechtes Vorbild für Felix. Und zweitens: Hast du überhaupt eine Ahnung, wie schlecht dieser ganze Zucker für deinen Körper ist?

Frank antwortet nicht, sondern schaut sie nur finster an.

MUM

Wie oft in der Woche machst du Sport?

FRANK

Oft.

MUM

Tja, das ist leider nicht genug.
Wir gehen morgen eine Runde zusammen laufen.

FRANK

(wütend)
Eine Runde laufen? Ist das dein Ernst?
EINE RUNDE LAUFEN?

MUM

Du brauchst mehr Bewegung an der frischen Luft. Als ich in deinem Alter war, hat sich praktisch mein ganzes Leben draußen abgespielt!
Ich habe ständig Sport gemacht, die Natur genossen, bin im Wald spazieren gegangen und für jeden Moment dankbar gewesen, den ich draußen verbringen konnte …

FRANK

Letzte Woche hast du noch gesagt, dass du »ständig gelesen« hast, als du in meinem Alter warst.

MUM

Na und? Ich hab beides gemacht.

AUDREY

(hinter der Kamera hervor)
Letztes Jahr hast du noch gesagt, dass du »ständig in Museen, im Theater und auf klassischen Konzerten« warst, als du in unserem Alter warst.

Mum sieht ertappt aus.

MUM

(gereizt)
Ich war eben vielseitig interessiert. Jedenfalls gehen wir morgen zusammen laufen. Ende der Diskussion.
(Frank holt geräuschvoll Luft)
Ich sagte, ENDE DER DISKUSSION, FRANK.

FRANK

Ist ja schon gut. Ich hab's gehört.

MUM

(betont beiläufig)
Ach und, Frank? Ich hab mich nur gefragt … Bei dem Theaterstück eurer Schule haben doch so ein paar nette Mädchen mitgemacht. Ist da vielleicht eine dabei, die … na ja, du weißt schon … dich besonders interessiert? Lade sie doch mal zu uns nach Hause ein!

Frank wirft ihr einen vernichtenden Blick zu.

Eine Sekunde später klingelt es an der Tür, und Frank schaut warnend in die Kamera.

FRANK

Hey, Aud, das ist Linus. Ich meine nur … falls du ihm lieber aus dem Weg gehen willst.

AUDREY (OFF)

Danke.

Mum verschwindet in die Küche. Frank geht zur Tür.

Die Kamera entfernt sich, behält aber die Tür im Blick.

Frank öffnet die Tür, und Linus erscheint im Bild.

FRANK

Hey.

LINUS

Hey.

Linus schaut zur Kamera, die daraufhin eilig zurückzoomt.

Nach ein paar Sekunden zoomt sie sich ganz langsam wieder an Linus' Gesicht heran.

6. Kapitel

Ich habe ihn bloß gefilmt, weil er Franks Freund ist. Weil er einen Bezug zu unserer Familie hat. Oder so.

Okay. Und weil er ein hübsches Gesicht hat.

Das ich mir ein paarmal im Wiedergabemodus angeschaut habe.

7. Kapitel

Am nächsten Morgen nach dem Frühstück kommt Mum in Leggins, einem rosafarbenen bauchfreien Top und Laufschuhen die Treppe heruntergejoggt. Sie hat sich einen Pulsmessergurt um den Arm geschnallt und eine Flasche Wasser in der Hand.

»Fertig?«, ruft sie die Treppe hoch. »Frank! Es geht los! Frank! FRANK!«

Eine halbe Ewigkeit später taucht Frank auf. Er trägt eine schwarze Jeans, ein schwarzes T-Shirt, seine normalen Sneakers und einen finsteren Gesichtsausdruck.

»So kannst du auf keinen Fall laufen gehen«, sagt Mum sofort.

»Doch.«

»Nein, kannst du nicht. Hast du keine kurze Sporthose?«

»Kurze Sporthose?«

Frank setzt einen so verächtlichen Blick auf, dass ich prusten muss.

»Was ist so schlimm an kurzen Sporthosen?«, geht Mum in die Defensive. »Weißt du, was das Problem mit euch jungen Leuten ist? Ihr seid engstirnig. Ihr seid voreingenommen.«

Junge Leute. Zwei Worte, die ankündigen, dass Mum kurz davorsteht, einen ihrer berüchtigten Vorträge zu halten. Ich schaue von der Wohnzimmertür zu ihr rüber und – jep –, alle Anzeichen sind da. Ihre Augen blitzen, während sie im Geiste Argumente sammelt … gleich geht's los … ihr Atem geht schneller …

Und: Bingo.

»Man hat in diesem Leben nur einen Körper, Frank!«, legt sie los. »Man muss ihn wie einen kostbaren Schatz behandeln! Muss auf ihn aufpassen, sich um ihn kümmern! Und es beunruhigt mich ziemlich, dass du anscheinend keine Ahnung hast, was gesund für dich ist und dich fit hält – ständig stopfst du irgendwelchen Mist in dich rein …«

»Na und? Bis wir so alt sind wie du, gibt es längst Roboterkörperteile«, sagt Frank ungerührt.

»Weißt du, wie viele Leute in deinem Alter schon Diabetes haben?«, fährt Mum fort. »Weißt du, wie viele Jugendliche heutzutage übergewichtig sind? Von Herzproblemen gar nicht zu reden.«

»Dann reden wir auch nicht darüber«, sagt Frank sanft, was sie nur noch mehr auf die Palme bringt.

»Und soll ich dir mal was sagen? Schuld daran sind einzig und allein diese teuflischen Bildschirme, in die ihr ständig starrt. Fernseher, Spielkonsolen, Computer. Manche Leute in deinem Alter schaffen es noch nicht einmal mehr, sich von der Couch hochzuhieven!«

»Wie viele?«, gibt Frank zurück.

»Was?« Mum sieht ihn verwirrt an.

»Wie viele Leute in meinem Alter schaffen es noch nicht einmal mehr, sich von der Couch hochzuhieven? Das klingt nämlich nach komplettem Bullshit für mich. Hast du das in der *Daily Mail* gelesen?«

Mum wirft ihm einen finsteren Blick zu. »Eine beträchtliche Anzahl.«

»Also ungefähr drei. Weil sie sich das Bein gebrochen haben.«

Als ich kichern muss, wirft Mum mir ebenfalls einen finsteren Blick zu.

»Nur zu, mach dich ruhig lustig über mich«, sagt sie zu Frank. »Das wird mich nicht davon abhalten, meine Verantwortung als Mutter ernst zu nehmen. Ich werde *nicht* zulassen, dass du eine Couch-Potato wirst. Ich werde *nicht* zulassen, dass deine Arterien verkalken. Ich werde *nicht* zulassen, dass du als Negativbeispiel in die Statistik eingehst. Also komm schon. Wir gehen laufen und machen davor noch ein paar Aufwärmübungen.«

Sie fängt an, auf der Stelle zu marschieren und dabei die Arme kräftig vor und zurück zu schwingen. Ich erkenne die Übung von ihrer Davina-Fitness-DVD wieder. Nach einer Weile schwenkt Frank die Arme durch die Luft und verdreht dabei die Augen. Ich muss mir eine Faust in den Mund stecken, um nicht laut loszulachen.

»Stärke deine Körpermitte, Frank«, sagt Mum. »Du solltest es mal mit Pilates versuchen. Da gibt es so eine Übung, die *Plank* heißt. Schon mal was davon gehört?«

»Bitte verschone mich«, brummt Frank.

»Und jetzt dehnen ...«

Als sie sich vorbeugen, um ihre Beinmuskeln zu dehnen, kommt Felix in die Diele gehüpft.

»Yoga!«, ruft er mit der für ihn typischen Begeisterung. »Ich kann Yoga. Ich kann Yoga GANZ SCHNELL.«

Er legt sich auf den Rücken und strampelt mit den Beinen in der Luft.

»Wow«, sage ich. »Das ist echt wahnsinnig schnelles Yoga.«

»Und STARKES Yoga.« Felix sieht mich ernst an. »Ich bin der stärkste Yoga der Welt.«

»Du bist der stärkste Yoga der Welt«, nicke ich.

»Okay, Frank.« Mum hebt den Kopf. »Wir lassen es heute ruhig angehen, laufen einfach eine nette, kleine Runde …«

»Was ist mit Liegestütze?«, unterbricht Frank sie. »Sollten wir nicht noch ein paar Liegestütze machen, bevor wir loslegen?«

»Liegestütze?« Mum entgleisen kurz die Gesichtszüge.

Ich habe gesehen, wie Mum zu ihrer Davina-DVD Liegestütze macht. Es war kein schöner Anblick. Sie flucht und schwitzt und wirft nach fünf Versuchen das Handtuch. »Ähm … klar, warum nicht.« Sie hat sich wieder im Griff. »Gute Idee, Frank. Lass uns ein paar Liegestütze machen.«

»Sagen wir dreißig?«

»Dreißig?« Mum wird aschfahl.

»Ich fange an.« Frank lässt sich auf den Boden fallen, stützt sich auf die Hände und stemmt sich rhythmisch hoch und runter. Seine Beine, sein Oberkörper und sein Kopf bilden dabei eine perfekte Linie. Er ist richtig gut. Ich meine, *richtig* gut.

Mum starrt ihn an, als hätte er sich in einen Elefanten verwandelt.

»Willst du nicht mitmachen?«, sagt Frank, ohne innezuhalten.

»Doch, natürlich.« Mum kniet sich hin. Nachdem sie ein paar Liegestütze gemacht hat, hört sie wieder auf.

»War das schon alles?«, keucht Frank. »Dreiundzwanzig … Vierundzwanzig …«

Nachdem sie schnaufend noch ein paar Liegestütze gemacht hat, hört Mum erneut auf.

»*Wo* hast du das bloß gelernt, Frank?«, ruft sie, als er fertig ist. Sie klingt fast ein bisschen sauer.

»Schule«, antwortet er achselzuckend. »Sportunterricht.« Er setzt sich auf seine Fersen und lächelt durchtrieben. »Laufen kann ich übrigens auch ganz gut. Ich bin nämlich im Cross-Country-Team.«

»*Was?*« Mum sieht aus, als würde sie gleich in Ohnmacht fallen. »Davon hast du mir ja gar nichts erzählt.«

»Sollen wir los?« Frank steht auf. »Ich will schließlich kein übergewichtiger, herzinfarktgefährdeter Jugendlicher werden.« Als sie auf die Tür zugehen, höre ich ihn noch sagen: »Hast du gewusst, dass die meisten Frauen mittleren Alters nicht genügend Liegestütze machen? Stand in der *Daily Mail*.«

Vierzig Minuten später kommen sie nach Hause zurückgehechelt. Wobei eigentlich nur eine Person hechelt. Frank scheint so gut wie gar nicht geschwitzt zu haben, während Mum aussieht, als würde sie kurz vor einem Kreislaufkollaps stehen. Ihr Gesicht ist knallrot angelaufen, und ihre Haare sind schweißnass. Sie klammert sich Halt suchend am Treppengeländer fest und hyperventiliert.

»Wie war euer Lauf?«, fragt Dad, als er in die Diele kommt, und hält bei Mums Anblick erschrocken inne. »Um Gottes willen, Anne! Was ist passiert?«

»Alles bestens«, schnauft Mum. »Bestens. Frank hat seine Sache sehr gut gemacht, muss ich sagen.«

»Vergiss Frank, was ist mit dir?« Dad stemmt die Hände in die Seiten. »Hast du es übertrieben, Anne? Dabei dachte ich, du wärst topfit!«

»Ich bin topfit! Er hat mich ausgetrickst.«

Frank schüttelt traurig den Kopf. »Mum sollte dringend an ihrer Kondition arbeiten. Man hat in diesem Leben nur einen Körper, Mum. Man muss ihn wie einen kostbaren *Schatz* behandeln.«

Dann zwinkert er mir zu und schlendert ins Spielzimmer.

8. Kapitel

Ich meine, Frank hat nicht ganz unrecht.

Aber Mum hat auch nicht ganz unrecht. Alle haben irgendwie nicht ganz unrecht.

Nachdem Frank mit Mum laufen war, hat er sich an seinen Computer gesetzt und zehn Stunden lang durchgezockt. *Zehn Stunden.* Mum und Dad waren den ganzen Tag mit Felix unterwegs und kutschierten ihn von einem Kindergeburtstag zum nächsten, aber nicht ohne Frank vorher zu ermahnen, seine Hausaufgaben zu machen, während sie nicht da sind, worauf Frank brav »Ja« sagte und sich sofort einloggte, sobald sie aus der Tür waren.

Jetzt ist es Sonntagmorgen, und Mum ist beim Tennis, und Dad macht irgendwas im Garten, und ich schaue fern in meinem Refugium, als Frank plötzlich in der Tür steht.

»Hey.«

»Hey«, sage ich, ohne ihm den Kopf zuzudrehen. Meine Sonnenbrille habe ich schon aufgesetzt.

»Hör mal, Audrey. Linus wird in nächster Zeit öfter hier sein, deswegen wäre es ganz gut, wenn du vielleicht mal mit ihm redest, um ihn ein bisschen kennenzulernen. Er ist jetzt nämlich in meinem *LOC*-Team.«

Bei den Worten *Linus* und *mit ihm redest* fange ich sofort an, mich zu versteifen.

»Wozu soll ich dann mit ihm reden und ihn kennenlernen?«, frage ich.

»Er kommt sich irgendwie komisch vor, wenn er hier ist. Du weißt schon, wegen dem, was neulich passiert ist? Als du weggerannt bist? Das geht ihm immer noch ein bisschen nach.«

Ich werfe Frank stirnrunzelnd einen Blick zu. Das Letzte, was ich will, ist, daran erinnert zu werden.

»Er braucht sich nicht komisch vorzukommen.« Ich ziehe die Knie an die Brust und schlinge die Arme darum.

»Tut er aber. Er denkt, dass du vielleicht sauer auf ihn bist, weil er dich so erschreckt hat.«

»Dann *erzähl* es ihm eben. Was mit mir …«

»Hab ich schon.«

»Oh. Tja dann.«

Wir schweigen uns einen Moment an. Frank scheint noch nicht zufrieden zu sein.

»Wenn Linus keine Lust hat, hierherzukommen, geht er womöglich in ein anderes *LOC*-Team«, sagt er schließlich. »Und er ist echt richtig gut.«

»Wer ist noch in dem Team?« Ich drehe mich zu Frank um.

»Diese zwei Typen von der Schule. Nick und Rameen. Die beiden spielen online. Aber Linus und ich, wir sind sozusagen die Strategen. Wir wollen beim internationalen *LOC*-Turnier mitmachen, und am 18. Juli findet die Qualifikationsrunde statt. Wir müssen also noch jede Menge trainieren. Das Preisgeld liegt dieses Jahr bei sechs Millionen Dollar.«

»Was?« Ich starre zu ihm hoch.

»Du hast richtig gehört.«

»Man kann für ein bisschen *LOC* spielen sechs Millionen Dollar gewinnen?«

Frank winkt ungeduldig ab. »Nicht einfach nur für ein bisschen *LOC* spielen. Das ist *der* neue Publikumssport.« So energiegeladen habe ich ihn schon seit einer Ewigkeit nicht mehr erlebt. »Das Turnier findet in Toronto statt, und es wird extra dafür ein riesiges Stadion gebaut, und es nehmen Spieler von überall auf der Welt daran teil. Da geht es um das ganz große Geld. Aber das ist genau das, was Mum und Dad nicht kapieren. Heutzutage ist Spieler zu sein ein echter Beruf, mit dem man richtig Karriere machen kann.«

»Aha«, sage ich zweifelnd.

Ich war mal auf einer Firmenkontaktmesse in der Schule. Ich kann mich nicht erinnern, dort irgendwo einen Stand gesehen zu haben, der mit *Werde Spieler!* geworben hat.

»Es wäre also gut, wenn du dafür sorgen könntest, dass Linus sich hier wohlfühlt«, sagt Frank abschließend. »Ich darf ihn auf keinen Fall als Teamkollegen verlieren.«

»Kannst du nicht auch zu ihm gehen?«

Frank schüttelt den Kopf. »Haben wir schon versucht. Geht aber nicht wegen seiner Granny. Sie hat Demenz oder so was. Lässt uns nie in Ruhe. Sie schreit oft herum und weint, und manchmal weiß sie nicht, wer Linus ist, und sie räumt ständig den Kühlschrank aus. Man darf sie praktisch keine Sekunde aus den Augen lassen. Linus muss sogar seine Hausaufgaben in der Schule machen, weil es bei ihm zu Hause zu stressig ist.«

»Verstehe«, sage ich, während ich die Information sacken lasse. »Armer Linus, ist bestimmt nicht einfach für ihn. Tja … sag ihm … dass alles in Ordnung ist und er sich keine Gedanken mehr darüber machen soll.«

»Er hat mich nach deiner Nummer gefragt, aber …« Frank zuckt mit den Achseln.

»Verstehe.«

Ich habe zurzeit keine Nummer. Um das Maß vollzumachen, habe ich auch noch eine Abneigung gegen Telefone entwickelt. Keine Phobie, nur eine Abneigung.

Was Frank in einer Million Jahren nicht verstehen wird.

Als er weg ist, schalte ich zu *You've Been Framed!* um. Ein paar Minuten später kommt Felix rein, um ein bisschen mitzuschauen, und wir kuscheln uns auf dem Sofa zusammen. Felix ist wie ein wandelnder sprechender Teddybär. Er ist weich und knuffig, und immer wenn man auf seinen Bauch drückt, lacht er. Sein blonder Lockenschopf lässt einen an eine Pusteblume denken, und sein Gesicht ist nie verschlossen, sondern immer offen und hoffnungsfroh. Man wünscht sich von ganzem Herzen, dass er nie, nie, nie irgendeine schlechte Erfahrung im Leben machen muss.

Genau dasselbe haben sich Mum und Dad wahrscheinlich auch für mich gewünscht.

»Und, wie läuft es so in der Schule, Felix?«, frage ich. »Bist du immer noch mit Aidan befreundet?«

»Aidan hat Windpickel«, erzählt er mir.

»Windpocken?«

»Windpickel«, korrigiert er mich, als hätte ich wirklich von nichts eine Ahnung. »Wind*pickel*.«

»Ah. Verstehe.« Ich nicke. »Hoffentlich kriegst du die nicht auch.«

»Dann werde ich die Windpickel mit meinem Schwert bekämpfen«, sagt er mit feierlichem Ernst. »Ich bin ein sehr starker Kämpfer.«

Ich nehme meine Sonnenbrille ab und schaue in sein rundes, offenes kleines Gesicht. Felix ist der Einzige, dem ich in die Augen schauen kann. Die Augen meiner Eltern – vergesst es. Sie spiegeln ihre ganzen Sorgen und Ängste wider und sind viel zu wissend. Und irgendwie zu liebevoll, wenn das irgendeinen Sinn ergibt? Wenn ich sie anschaue, ist es, als würde alles wieder wie eine Welle über mir zusammenschlagen – vermischt mit ihrer Wut, die absolut gerechtfertigt ist. Ich meine, nicht dass sie sich gegen mich richtet, natürlich nicht, aber trotzdem. Es fühlt sich irgendwie ungesund an.

Und Franks Augen nehmen immer einen verunsicherten Ausdruck an, wenn er mich anschaut. Ein bisschen wie: *Hilfe, meine Schwester ist verrückt geworden, was soll ich machen?* Er *will* nicht verunsichert sein, aber er kann einfach nichts dagegen tun. Was nur verständlich ist. Seine Schwester setzt keinen Fuß mehr vor die Tür und trägt sogar zu Hause eine Sonnenbrille – wie soll er da nicht verunsichert sein?

Aber Felix' blaue Augen sind so rein und klar und beruhigend wie ein Schluck frisches Wasser. Er hat noch von so gut wie nichts eine Ahnung, außer dass er Felix ist.

»Hallo, du«, sage ich und lege meine Stirn an seine.

»Hallo, du.« Er rückt noch näher an mich heran. »Willst du einen Schneemann bauen?«

Felix ist ein bisschen von *Die Eiskönigin – Völlig unverfroren* besessen, wofür ich ihm keinen Vorwurf mache. Ich kann mich auch ganz gut mit der Schneekönigin Elsa identifizieren. Ich bin mir nur nicht sicher, ob ich das Eis durch einen selbstlosen Akt der Liebe zum Schmelzen bringen würde. Wahrscheinlicher wäre, dass ich es mit einem Pickel in Stücke hacken würde.

»Audrey«, höre ich plötzlich Franks Stimme. »Linus ist da. Ich soll dir das hier von ihm geben.«

Als ich mich von Felix löse und den Kopf hebe, habe ich meine Sonnenbrille wieder auf. Frank hält mir einen zusammengefalteten Zettel hin.

»Oh.« Ich nehme ihn verblüfft entgegen. »Okay.«

Frank geht wieder, und ich falte den Zettel auf und lese die in unvertrauter Handschrift verfasste Nachricht.

Hi. Tut mir leid wegen neulich. Ich wollte dir keine Angst einjagen. Linus.

Oh Gott.

Und damit meine ich gleich mehrere Dinge. Erstens: Oh Gott, er denkt, er hätte mir Angst eingejagt. (Hat er auch, aber nicht, weil er jemand ist, vor dem man Angst haben müsste.) Zweitens: Oh Gott, er hat das Gefühl, sich entschuldigen zu müssen, was mir total leidtut. Drittens: Oh Gott, was mache ich denn jetzt?

Ich denke einen Moment nach und schreibe dann unter seine Nachricht:

Nein, mir tut es leid. Ich habe da diese komische Sache. Liegt nicht an dir. Audrey.

Als ich fertig bin, halte ich Felix den Zettel hin. »Kannst du das schnell zu Linus rüberbringen? *Linus*«, wiederhole ich, als er mich ratlos ansieht. »Franks Freund. Linus? Der große Junge?«

Felix nimmt den Zettel und guckt ihn sich gründlich an. Dann faltet er ihn zusammen, steckt ihn in seine Hosentasche und fängt an, mit einer kleinen Eisenbahn zu spielen.

»Na los, Felix.« Ich gebe ihm einen Stups. »Bring ihn zu Linus.«

»Aber er passt genau in meine Tasche«, sagt er. »Das ist mein Taschenzettel.«

»Er gehört dir nicht. Es ist eine Nachricht für Linus.«

»Ich will einen Taschenzettel!«, ruft er trotzig.

Oh Mann. In Filmen steckt man die Nachricht einem Hund unters Halsband, und der trottet dann brav damit davon, kein Quatsch.

»Okay, Felix«, stöhne ich verzweifelt. »Du sollst deinen Taschenzettel haben. Was auch immer das ist. Hier.« Ich reiße eine Seite aus einer Zeitschrift, falte sie zusammen und stecke sie ihm in seine Hosentasche. »Und den anderen bringst du jetzt zu Linus ins Spielzimmer.«

Als Felix endlich geht, habe ich keine große Hoffnung, dass die Nachricht ihr Ziel auch erreicht. Es ist tausendmal wahrscheinlicher, dass Felix den Mülleimer oder DVD-Player damit füttert oder einfach vergisst, dass er überhaupt existiert. Ich schalte *You've Been Framed!* lauter und versuche nicht mehr daran zu denken.

Aber ungefähr zwei Minuten später streckt Felix mir den Zettel hin und sagt aufgeregt: »Lesen! Du musst den Taschenzettel lesen!«

Ich falte ihn auf – Linus hat mit einer neuen Zeile geantwortet. Das ist ein bisschen wie bei dem Spiel, bei dem man eine absurde Geschichte erfindet, indem immer jeder abwechselnd einen Satz schreibt.

Frank hat es mir erzählt. Muss hart für dich sein.

Ich streiche den Zettel auf meinen Knien glatt und schreibe darunter:

Es ist okay. Na ja, nicht wirklich okay. Es ist, wie es ist. Hoffe, ihr gewinnt. Du warst übrigens ein toller Atticus Fink.

Ich schicke den Zettel mit Felix dem Wunderhund los und starre anschließend auf den Fernseher – ohne etwas mitzubekommen. Ich warte bloß. So etwas habe ich schon seit einer Ewigkeit nicht mehr gemacht. Ich habe mit niemandem außer meinen Wohlfühlmenschen kommuniziert, seit … keine Ahnung. Wochen. Monaten. Kaum ist Felix zurück, reiße ich ihm den Zettel aus der Hand.

Hey, danke! Wir sind gerade mitten in einem Ablenkungsmanöver, und Frank schnauzt mich die ganze Zeit an, weil ich dir schreibe, statt mich auf LOC zu konzentrieren. Du hast einen schlechten Einfluss, Audrey.

Ich schaue mir an, wie er meinen Namen geschrieben hat. Es hat irgendwie etwas Intimes an sich. Als hätte er ein Stück von mir zu fassen bekommen. Ich versuche mir vorzustellen, wie er es sagt. *Audrey.*

»Schreib«, fordert Felix mich auf. Er geht voll in seiner Rolle als Bote auf. »Schreib.« Er klopft auf den Zettel. »Wörter!«

Ich will diesen Zettel nicht mehr hergeben. Ich will ihn zusammenfalten und irgendwo aufbewahren, wo ich ihn mir in Ruhe anschauen kann. Seine Handschrift analysieren kann. Mir vorstellen kann, wie er mit seinem Stift meinen Namen schreibt. *Audrey.*

Ich ziehe ein neues Blatt Papier vom Beistelltisch, auf dem sich meine Schulunterlagen stapeln, und schreibe:

Es war nett, sich mit dir zu unterhalten oder was auch immer. Bis bald.

Eine halbe Minute, nachdem ich Felix damit losgeschickt habe, kommt die Antwort:

Bis bald.

Ich habe noch den Zettel mit meinem Namen drauf in der Hand. Ich halte ihn mir ans Gesicht und atme tief ein. Ich glaube, ich kann sein Duschgel oder so riechen.

Felix drückt die Nase an den anderen Zettel und sieht mich über den Rand hinweg mit riesigen Augen an.

»Dein Taschenzettel riecht nach *Kacka*«, sagt er prustend und holt mich ins Hier und Jetzt zurück.

So was schaffen echt nur Vierjährige.

»Danke, Felix.« Ich zause ihm durch die Haare. »Du bist ein toller Bote.«

»Schreib noch mehr«, sagt er und tippt auf den Zettel. »Noch mehr Wörter.«

»Wir sind fertig mit Schreiben«, sage ich, aber Felix nimmt einen Stift und drückt ihn mir in die Hand.

»Mach rote Wörter«, befiehlt er. »Mach *Felix*.«

Ich schreibe »Felix«, und er starrt liebevoll auf seinen Namen, während ich ihn an mich ziehe, um noch ein bisschen mit ihm zu kuscheln.

Ich fühle mich irgendwie total gut. Und irgendwie total leer. Was vielleicht so rüberkommt, als würde ich überreagieren, aber falls ihr es noch nicht gemerkt habt – ich bin schließlich die Königin im Überreagieren.

Die Wahrheit ist: Wenn man nie mit neuen Leuten redet, dann vergisst man irgendwann, wie es geht. Und wenn man wieder damit anfängt, erschöpft es einen total. Dr. Sarah hat mich davor gewarnt. Sie sagtc, dass ich damit rechnen müsse, dass selbst die winzigsten Aufgaben anstrengend sein können. Und ob ihr's glaubt oder nicht, dieser alberne kleine Briefwechsel war es.

Aber auch schön.

EINBLICKE IN DAS HARMONISCHE LEBEN MEINER LIEBEVOLLEN FAMILIE – Filmskript

INNEN. 5 ROSEWOOD CLOSE. TAG.

Die Kamera ist auf eine geschlossene Tür gerichtet.

AUDREY (OFF)

Das ist das Arbeitszimmer von meinem Dad.

Die Tür wird von einer Hand aufgestoßen.

Wir sehen Dad zusammengesunken über seinem Schreibtisch, leise schnarchend.
Der Bildschirm seines Laptops zeigt einen Alfa-Romeo-Sportwagen.

AUDREY (OFF)

Dad? Schläfst du?

Dad schreckt hoch und klappt hastig den Laptop zu.

DAD

Ich hab nicht geschlafen. Ich hab nachgedacht. Hast du dein Geschenk für Mum schon eingepackt?

AUDREY (OFF)

Deswegen bin ich hier. Hast du noch irgendwo Geschenkpapier?

DAD

Hab ich.

Er greift nach einer Rolle Geschenkpapier und reicht sie Audrey.

DAD

Und schau, was noch!

Er zaubert eine weiße Patisserieschachtel hervor und klappt den Deckel auf. Zum Vorschein kommt eine Geburtstagstorte mit einer großen »39« aus Zuckerguss.

Es ist einen Moment still im Raum.

AUDREY (OFF)

Dad, warum hast du auf Mums Torte »neununddreißig« schreiben lassen?

DAD

Warum nicht? Für so was ist man nie zu alt.
(Er zwinkert in die Kamera.)
Ich bin es jedenfalls nicht.

AUDREY (OFF)

Aber sie wird nicht neununddreißig.

DAD

(verwirrt)

Doch, natürlich.

AUDREY (OFF)

Nein, wird sie nicht.

DAD

Doch, sie …

Er verstummt und schlägt sich bestürzt die Hand vor den Mund. Sein Blick wandert zur Torte und wieder zur Kamera.

DAD

Oh Gott. Meinst du, dass ihr das was ausmacht? Nein. Natürlich nicht. Ich meine, es ist bloß ein Jahr, was ist schon dab…

AUDREY (OFF)

Dad. Es wird ihr auf jeden Fall was ausmachen.

Dad sieht verzweifelt aus.

DAD

Wir brauchen eine neue Torte. Wie viel Zeit haben wir?

Wir hören, wie unten eine Tür zuschlägt.

MUM (OFF)

Bin wieder da!

Dad sieht panisch aus.

DAD

Was sollen wir denn jetzt machen, Audrey?

AUDREY (OFF)

Wir könnten aus der »9« eine »8« machen.

DAD

Womit?

Er greift nach einem Tipp-Ex-Fläschchen.

AUDREY (OFF)

Nein!

Es klopft an der Tür, und Frank kommt herein.

FRANK

Mum ist wieder da. Seid ihr so weit?

Dad zieht den Deckel von einem Edding.

DAD

Damit könnte es klappen.

AUDREY (OFF)

Nein! Frank, geh in die Küche. Wir brauchen Zuckerguss oder so was zum Schreiben. Irgendwas Essbares, mit dem man schreiben kann. Aber pass auf, dass Mum nichts davon mitbekommt.

FRANK

(verdutzt)

Irgendwas Essbares, mit dem man schreiben kann?

DAD

Schnell!

Frank verschwindet. Die Kamera richtet sich auf die Torte.

AUDREY (OFF)

Wie konnte das überhaupt passieren? Ich meine, wie hast du es hingekriegt, dich in Mums Alter zu irren?

DAD

(hält sich den Kopf)

Ich weiß es nicht. Ich hab den ganzen

Monat Finanzberichte fürs nächste Jahr geschrieben. In meinem Kopf bin ich komplett aufs kommende Jahr fixiert. Dabei ist mir dieses wohl irgendwie durchgegangen.

Frank kommt mit einer Ketchupflasche ins Arbeitszimmer zurückgerannt.

AUDREY (OFF)

Ketchup? Ist das dein Ernst?

FRANK

(defensiv)

Ich wusste nicht, was sonst!

Dad schnappt sich die Flasche.

DAD

Meint ihr, wir können mit Ketchup aus einer »9« eine »8« machen?

FRANK

Glaub nicht, dass sie darauf reinfällt.

AUDREY (OFF)

Geh über die ganze Zahl mit Ketchup drüber. Oder mach am besten gleich eine Ketchup-Torte daraus.

FRANK

Ich weiß nicht. Eine Torte mit Ketchup-Überzug?

DAD

(hektisch Ketchup verteilend)

Mum liebt Ketchup. Das geht schon. Alles bestens.

9. Kapitel

Wenn ich euch einen Rat fürs Leben geben darf: Versucht niemals, eine Geburtstagstorte mit Ketchup zu flicken. Tipp-Ex wäre besser gewesen.

Als Dad die Torte herausholte, blieb Mum der Mund offen stehen. Und zwar nicht vor Begeisterung. Wenn man auf eine Torte, die mit weißem Zuckerguss überzogen ist, Ketchup schüttet, sieht das Ganze eher wie nach einem Kettensägenmassaker aus.

Wir stimmten alle extra laut »Happy Birthday« an, und sobald wir damit fertig waren und Mum ihre (eine) Kerze ausgeblasen hatte, sagte Dad: »Wunderbar! Okay, dann geh ich jetzt mal kurz damit in die Küche und schneide…«

»Moment«, sagte Mum und hielt ihn am Arm fest. »Was IST das? Doch nicht etwa *Ketchup*?«

»Das Rezept stammt von Heston Blumenthal«, sagte Dad, ohne mit der Wimper zu zucken. »Du weißt schon, der Sternekoch, der gern mit ausgefallenen Zutaten experimentiert.«

»Verstehe«, murmelte Mum immer noch verwirrt. »Aber ist das nicht…?« Bevor irgendjemand sie davon abhalten konnte, wischte sie mit einer Serviette den Ketchup ab. »Ha! Wusste ich's doch! Da ist eine Nachricht darunter versteckt.«

»Oh, nein, nein, Liebling, da ist nichts«, sagte Dad hastig.

»Doch, natürlich. Da, siehst du? Unter dem roten Überzug!« Sie wischte den letzten Rest Ketchup weg, und wir starrten einen Moment schweigend auf die rot-weiß verschmierte Torte.

»Chris«, sagte Mum schließlich mit komischer Stimme. »Warum steht da neununddreißig?«

»Was? Aber nein, da steht achtunddreißig. Hier, schau.« Dad zeichnete mit dem Finger die Ketchup-Spuren nach. »Das ist eindeutig eine Acht.«

»Neun«, sagte Felix ohne den Hauch eines Zweifels in der Stimme und zeigte stolz auf die Torte. *»Neun.«*

»Das ist eine Acht, Felix!«, knurrte Dad. »Eine Acht!«

Armer kleiner Felix. Er starrte so verwirrt auf die Torte, dass er mir leidtat. Wie soll er denn mit so durchgeknallten Eltern wie unseren jemals etwas lernen?

»Es ist eine Neun, Felix«, flüsterte ich ihm ins Ohr. »Daddy macht bloß Spaß.«

»Dachtest du, dass ich neununddreißig werde?« Mum schaute zu Dad hoch. »Findest du, dass ich wie neununddreißig *aussehe*?« Sie presste sich die Hände ans Gesicht und starrte ihn finster an. »Sieht so das Gesicht einer Neununddreißigjährigen aus? Ist es das, was du mir damit sagen willst?«

Ich glaube, Dad hätte die Torte einfach in den Müll schmeißen sollen.

Zur Feier des Tages führt Dad Mum abends zum Essen aus – was man auch an den Parfumwolken erkennen kann, die plötzlich die Treppe herunterwehen. Mum gehört nicht unbedingt zu den Frauen, die auf vornehme Zurückhaltung setzen, wenn sie ausgehen. Wie sie uns immer wieder ins Gedächtnis ruft, ist ihr gesellschaftliches Leben praktisch nicht mehr vorhanden, seit sie drei Kinder hat, was sie mit doppelt so viel Parfum, Eyeliner, Haarspray und hohen Absätzen wieder wettmacht, wenn sie dann doch mal ausgeht. Als sie die Treppe heruntergestöckelt kommt, sehe ich hinten an ihrem Arm einen kleinen hellen Fleck, wo sie die Bräunungscreme nicht richtig verteilt hat, aber ich behalte es für mich. Es ist schließlich ihr Geburtstag.

»Und du bist sicher, dass du zurechtkommst, Schatz?« Sie legt mir die Hände auf die Schultern und sieht mich besorgt an. »Wenn irgendetwas ist, geh zu Frank und sag, dass er uns sofort anrufen soll.«

Mum weiß über meine Abneigung gegen Telefone Bescheid. Deshalb ist offiziell Frank der Babysitter und nicht ich.

»Klar. Kein Problem, Mum.«

»Natürlich«, nickt sie, hält aber weiter meine Schultern fest. »Okay, Schatz. Pass auf dich auf und geh am besten früh schlafen.«

»Versprochen«, sage ich.

»Und du, Frank …«, sagt sie zu Frank, der gerade die Treppe herunterkommt, »machst heute ausnahmsweise mal nur eines, und zwar Hausaufgaben. Weil ich das hier nämlich mitnehmen werde.«

Sie wedelt triumphierend mit einem Netzkabel, und Frank keucht auf.

»Du hast doch nicht …?«

»Deinen Computer vom Strom genommen? Doch, junger Mann, das habe ich. Ich möchte nicht, dass dieser Computer noch eine Nanosekunde länger an ist. Wenn du mit den Hausaufgaben fertig bist, kannst du fernsehen oder lesen. Zum Beispiel etwas von Dickens!«

»*Dickens*«, schnaubt Frank verächtlich.

»Ja, Dickens! Als ich in deinem Alter war !...«

»Ja, ja«, unterbricht Frank sie. »Hast du dir Dickens live angeschaut, und er hat dich voll umgehauen.«

Mum verdreht die Augen. »Sehr witzig.«

»Na, wo ist das Geburtstagskind?« Dad kommt die Treppe heruntergelaufen, eingehüllt in eine Wolke Aftershave. Was hat es nur mit Eltern und zu viel Parfum auf sich? »Und, alles so weit in Ordnung bei euch?« Er sieht mich und Frank an. »Ihr wisst ja, wir sind bloß um die Ecke.«

Aber statt endlich zu gehen, besteht Mum darauf, noch ein letztes Mal nach Felix zu schauen, und Dad fällt ein, dass er vergessen hat, die Sprinkleranlage im Garten auszustellen, und dann muss Mum sich noch unbedingt vergewissern, dass ihr Rekorder auch wirklich *EastEnders* aufnimmt.

Nachdem Frank und ich es schließlich geschafft haben, sie aus der Tür zu scheuchen, schauen wir uns an.

»Spätestens in einer Stunde sind sie wieder hier«, prophezeit Frank und verschwindet im Spielzimmer. Weil ich sonst nichts weiter zu tun habe und mir gerade einfällt, dass ich ja mal in seinen neuen *Scott Pilgrim* reinlesen könnte, folge ich ihm. Er setzt sich an seinen Rechner, wühlt kurz in seiner Schultasche, zaubert ein Netzkabel daraus hervor, schließt den Computer an und ruft *LOC* auf.

»Hast du gewusst, dass Mum dir das Kabel wegnimmt?«, frage ich beeindruckt.

»Hat sie schon mal gemacht. Ich hab ungefähr fünf von den Dingern in Reserve.« Sein Blick wird abwesend, als er zu spielen anfängt, und aus Erfahrung weiß ich, dass es ab jetzt keinen Sinn mehr hat, sich mit ihm zu unterhalten. Ich schaue mich nach dem *Scott Pilgrim* um, entdecke ihn unter einer Maxi-Packung Hula Hoops und rolle mich zum Lesen auf der Couch zusammen.

Als ich einen kurzen Moment später aufschaue, sehe ich Mum in der Tür stehen. Ich blinzle verwirrt.

»Mum. Wolltet ihr nicht ausgehen?«

»Ich habe mein Handy vergessen«, sagt sie in zuckersüßem, Unheil verkündendem Tonfall. »Frank? Was machst du da?«

Oh Gott. Frank. Frank! Ich drehe ihm in dunkler Vorahnung den Kopf zu. Frank bewegt seelenruhig die Maus hin und her und hat seine Ohrstöpsel drin.

»Frank!«, ruft Mum, und er schaut auf.

»Ja?«

»Was machst du da?«, wiederholt Mum im selben zuckersüßen, Unheil verkündenden Tonfall.

»Sprachlabor«, antwortet Frank, ohne zu zögern.

»Sprach… *was*?« Mum wirkt aus dem Konzept gebracht.

»Französisch-Hausaufgabe. Das ist ein Vokabeltest-Programm. Ich musste mir ein altes Netzkabel suchen, damit ich die Aufgabe machen kann. Ich dachte, dass du bestimmt nichts dagegen hast.«

Er zeigt auf den Bildschirm, auf dem in dicker roter Schrift das Wort *armoire* über den Bildschirm schwebt, gefolgt von *Kleiderschrank* in blauer Schrift.

Wow. Wie hat er das denn so schnell auf den Bildschirm gekriegt? Scheint, als würde *LOC* tatsächlich das Reaktionsvermögen verbessern.

»Du hast die ganze Zeit Französisch-Hausaufgaben gemacht?« Mum wirft mir mit hochgezogenen Brauen einen Blick zu, und ich schaue achselzuckend weg. Ich werde mich da nicht mit hineinziehen lassen.

»Ich habe *Scott Pilgrim* gelesen«, sage ich wahrheitsgemäß.

Mum sieht wieder Frank an. »Frank, bist du sicher, dass du mich nicht anlügst?«

»Dich anlügen?«, gibt Frank gekränkt zurück.

»Spar dir das Theater! Okay, Hand aufs Herz: Hast du wirklich nur Hausaufgaben gemacht und nichts anderes?«

Frank schaut sie bloß an und schüttelt dann traurig den Kopf. »Warum gehen Erwachsene eigentlich immer automatisch davon aus, dass Jugendliche sie anlügen? Das ist einfach nur deprimierend.«

»Das tue ich doch gar nicht …«, verteidigt sich Mum, kommt aber nicht weit.

»Klar tust du das! Für euch ist doch jeder unter achtzehn ein notorischer Lügner und Betrüger ohne einen Funken Moral. Dabei sind wir genauso Menschen wie ihr, aber das scheinst du einfach nicht zu kapieren!« Sein Gesicht glüht plötzlich vor Eifer. »Kannst du nicht wenigstens ein einziges Mal daran glauben, dass dein Sohn vielleicht in der Lage ist, die richtigen Entscheidungen zu treffen? Kannst du mir nicht wenigstens ein einziges Mal ein klitzekleines bisschen vertrauen? Aber, okay, wenn du wirklich willst, dass ich den Computer ausschalte und meine Französisch-Hausaufgaben *nicht* mache, bitte. Ich sag meinem Lehrer morgen einfach, dass ich zu Hause keine Möglichkeit dazu hatte.«

Mum sieht aus, als hätte Franks feuriges kleines Plädoyer sie total aus der Bahn geworfen. Sie wirkt sogar regelrecht schuldbewusst.

»Ich hab nicht gesagt, dass du lügst! Ich hab nur … Natürlich habe ich nichts dagegen, wenn du deine Französisch-Hausaufgaben machst. Also lass dich nicht länger stören. Wir sehen uns dann später.«

Sie stöckelt aus dem Zimmer und durch die Diele, und einen Moment später hören wir, wie die Haustür ins Schloss fällt.

»Du bist echt krank«, sage ich, ohne von meinem Buch aufzuschauen.

Frank antwortet nicht. Er ist schon wieder in sein Spiel vertieft. Franks leisem Gemurmel lauschend, blättere ich eine Seite um und überlege gerade, ob ich mir vielleicht eine heiße Schokolade machen soll, als plötzlich jemand von draußen gegen das Fenster hämmert.

»FRAAAAAAAANK!!!!«

Ich erschrecke mich fast zu Tode und fange an zu hyperventilieren. Mum starrt durch das Fenster zu uns ins Zimmer, und ihr Gesicht sieht wie eine dämonische Fratze aus. Ich habe sie noch nie im Leben so wütend gesehen. »Chris!«, brüllt sie. »KOMM SOFORT HER! ICH HAB IHN AUF FRISCHER TAT ERTAPPT!«

Wie hat sie es überhaupt nach hier oben geschafft? Die Fenster des Spielzimmers liegen fast zwei Meter hoch.

Ich spähe zu Frank rüber, und diesmal wirkt er doch leicht panisch. Er hat *LOC* zugemacht, aber sie hat es gesehen. Ich meine, keine Chance, dass sie es nicht gesehen hat.

»Jetzt bist du dran«, sage ich.

»Shit«, knurrt Frank. »Sie hat mir tatsächlich hinterherspioniert. Ich fasse es nicht.«

»Chris!«, schreit Mum. »Hilfe! Ich – Aaaaahhhhhh!«

Ihr Gesicht verschwindet vom Fenster, und eine Sekunde später ertönt ein lautes Krachen.

Oh mein Gott. Ich springe auf und renne zur Hintertür. Das Fenster des Spielzimmers geht zum Garten hinaus, aber als ich dort ankomme, kann ich Mum nirgends entdecken.

Ich sehe bloß Felix' Spielhaus, das genau unter das Spielzimmer geschoben wurde. Das Dach sieht aus, als wäre es eingebrochen, und …

Nein.

Das glaube ich jetzt nicht.

Mums Füße ragen daraus hervor, an denen immer noch ihre High Heels stecken.

Frank taucht neben mir auf der Hintertreppe auf, und als er sieht, was ich sehe, presst er sich eine Hand auf den Mund. Ich stoße ihn mit dem Ellbogen in die Seite.

»Halt die Klappe! Womöglich ist sie verletzt! Alles okay, Mum?«, rufe ich, während ich auf das Spielhaus zulaufe.

»Anne!« Dad ist mittlerweile auch dort angekommen. »Was ist passiert? Was hast du gemacht?«

»Ich hab durchs Fenster geschaut«, antwortet Mum mit dumpfer Stimme. »Hol mich hier *raus*. Ich klemme irgendwie fest.«

»Ich dachte, es würde kein gutes Vorbild für Felix abgeben, wenn man auf das Spielhausdach klettert, Mum«, sagt Frank mit Engelsstimme, und ich höre ein wütendes Keuchen.

»Du kleiner …« Wahrscheinlich ist es gut so, dass der Rest in dumpfem Gemurmel untergeht.

Als Dad, Frank und ich es endlich geschafft haben, Mum aus dem Spielhaus zu befreien, scheint sich ihre Laune dadurch nicht unbedingt verbessert zu haben. Zitternd vor Wut streicht sie sich die Haare aus dem Gesicht.

»So, junger Mann«, sagt sie zu Frank, der bockig auf seine Füße starrt. »Damit hast du das Fass endgültig zum Überlaufen gebracht. Ab sofort ist Schluss mit Computerspielen, und zwar für die nächsten … Was denkst du, wie lange das Verbot gelten soll, Chris?«

»Einen Tag!«, sagt Dad streng, während Mum im gleichen Atemzug »Zwei Monate!« sagt.

»Chris!«, ruft Mum. »Nur *einen Tag*?«

»Was weiß ich!«, verteidigt sich Dad. »Können wir das vielleicht unter vier Augen klären?«

Mum und Dad entfernen sich ein paar Schritte und fangen an zu flüstern, während Frank und ich betreten warten. Ich könnte eigentlich wieder ins Haus gehen, aber ich will wissen, wie der Urteilsspruch ausfällt.

Obwohl es ganz schön nervig ist, hier blöd in der Gegend herumstehen zu müssen, während immer wieder geflüsterte Wortfetzen wie »…härter durchgreifen, damit die Botschaft auch wirklich ankommt …« und »…dass wir es diesmal ernst meinen…« zu uns herüberdringen.

Wenn ich mal Kinder habe, werde ich definitiv dafür sorgen, dass ich schon *vorher* weiß, welche Strafe ich verhänge.

»Okay«, sagt Dad, als sie schließlich zurückkommen. »Zehn Tage. Kein Computer, kein Handy, kein gar nichts.«

»Zehn Tage?« Frank schleudert Dad einen seiner Würdest-du-bitte-auf-der-Stelle-zu-Staub-werden-Blicke zu. »Das ist echt *so was* von übertrieben.«

»Überhaupt nicht.« Mum streckt die Hand aus. »Dein Handy.«

»Und was ist mit meinen Teamkollegen? Die kann ich doch nicht einfach so hängen lassen. Ständig predigst du mir was von wegen *Teamgeist* und *Alle an einem Strang ziehen*, und jetzt verlangst du auf einmal von mir, dass ich genau das Gegenteil mache?«

»Welche Teamkollegen?«, fragt Mum verwirrt. »Meinst du die Leute aus deiner Cross-Country-Mannschaft?«

»Ich rede von meinem *LOC*-Team!«, ruft Frank. »Wir

trainieren zusammen für das Turnier. Das hab ich dir jetzt schon eine Milliarde Mal gesagt.«

»Ein *Computerspiel*-Turnier?«, sagt Mum mit größtmöglicher Verachtung.

»Das internationale *LOC*-Turnier! Bei dem es ein Preisgeld von sechs Millionen Dollar zu gewinnen gibt! Wegen dem Linus fast jeden Tag hierherkommt, damit wir trainieren können! Was soll ich ihm denn jetzt sagen?«

»Sag ihm, du bist beschäftigt«, sagt Mum kühl. »Es wäre mir sowieso lieber, wenn Linus nicht mehr zu uns kommen würde. Ich finde, du solltest dir Freunde suchen, die sich auch noch für ein paar andere Dinge interessieren. Außerdem hat er Audrey einen furchtbaren Schreck eingejagt.«

»Linus ist mein Freund!« Frank sieht aus, als würde er am liebsten explodieren. »Du kannst meinen Freunden doch nicht einfach so Hausverbot erteilen, verdammte Scheiße!«

Okay. »Verdammte Scheiße« war ein Fehler. Mum richtet sich auf wie eine Kobra, die jeden Moment zustoßen kann.

»Keine Kraftausdrücke, Frank«, sagt sie eisig. »Und das hier ist mein Haus. Wer kommen darf und wer nicht, bestimme immer noch ich. Weißt du denn nicht, dass Audrey eine schlimme Panikattacke hatte, als er hier war?«

»Sie wird keine Panikattacken mehr haben«, sagt Frank schnell. »Audrey hat sich mittlerweile an Linus gewöhnt, ist doch so, Audrey, oder?«

»Er ist in Ordnung«, sage ich schwach.

»Darüber sprechen wir ein andermal«, sagt Mum, dann richtet sie ihren immer noch eisigen Blick wieder auf Frank. »Kann ich mich jetzt darauf verlassen, dass du deine Hausaufgaben weitermachst und nicht noch ein Netzkabel irgendwo gebunkert hast, oder muss ich mein Geburtstags-Dinner absagen – auf das dein Dad und ich uns schon den ganzen Monat gefreut haben und das bereits zur Hälfte ruiniert ist?« Sie schaut auf ihre Beine hinunter. »Meine Strumpfhose ist jedenfalls schon *komplett* ruiniert.«

Wenn sie auf diese Tour kommt, kann man gar nicht anders, als ein wahnsinnig schlechtes Gewissen zu haben. Wenn ich schon ein schlechtes Gewissen habe, obwohl ich überhaupt nichts gemacht habe, will ich mir gar nicht vorstellen, wie Frank sich fühlen muss. Wobei man bei Frank nie so genau weiß.

»Tut mir leid«, murmelt er schließlich, und wir schauen schweigend zu, wie Mum und Dad um das Haus herum zur Einfahrt zurückgehen. Dann hören wir, wie die Autotüren zuschlagen und sie losfahren.

»Zehn Tage«, sagt Frank schließlich und schließt die Augen.

»Es hätten auch zwei Monate sein können«, versuche ich ihn zu trösten, aber kaum sind die Worte draußen, wird mir klar, dass ich nichts Dämlicheres hätte sagen können. »Ich meine … tut mir total leid. Das ist echt scheiße.«

»Super scheiße.«

Wir gehen ins Haus zurück, und als ich gerade in der Küche einen Topf Milch aufsetze, um mir eine heiße Schokolade zu machen, höre ich, wie Frank in der Tür stehen bleibt und sagt: »Audrey? Du *musst* bitte irgendwie versuchen, mit Linus klarzukommen, wenn er hier ist.«

»Oh.« Ich spüre ein seltsames kleines Flattern im Bauch. Das liegt an diesem Namen. *Linus*.

»Es ist absolut wichtig, dass er weiter zu uns kommen und hier trainieren kann. Ich hab dir ja schon erzählt, dass das bei ihm zu Hause nicht geht.«

»Aber Mum hat dir doch verboten zu spielen.«

Er winkt ungeduldig ab. »Nur für die nächsten zehn Tage. Danach müssen wir uns total ranhalten, um die verlorene Zeit wieder aufzuholen, damit wir für die Qualifikationsrunde fit sind.«

»Verstehe.« Ich löffle Schokoladenpulver in eine Tasse.

»Du darfst also nicht wieder ausflippen, wenn du ihn siehst. Ich meine natürlich, eine Panikattacke oder so was kriegen«, fügt er eilig hinzu, als er meinen gequälten Gesichtsausdruck sieht. »Ich weiß, dass du eine harte Zeit durchmachst, dass das eine ernst zu nehmende Krankheit ist und so weiter, das ist mir vollkommen *klar.*«

Frank musste ein paarmal zu so etwas wie einer Familientherapiesitzung mitkommen, womit er eigentlich ziemlich cool umgegangen ist. Er hat dort ein paar nette Sachen zu mir gesagt. Und über mich und über das, was passiert ist, und …

Egal.

»Der Punkt ist, Mum wird nur dann erlauben, dass Linus weiter zu uns kommt, wenn sie sich sicher ist, dass du kein Problem damit hast«, redet Frank weiter auf mich ein. »Deswegen musst du es irgendwie hinkriegen, nicht sofort panisch davonzurennen, sobald er auch nur in deine Nähe kommt, okay?«

Es ist eine Weile still. Ich gieße heiße Milch in meine Tasse und beobachte, wie das Puder darin umherwirbelt und aus ungenießbarem braunem Staub in Sekundenschnelle köstliche heiße Schokolade wird. Alles, was es für die Verwandlung braucht, ist ein zusätzliches Element. Darüber denke ich jedes Mal nach, wenn ich heiße Schokolade mache.

Was übrigens nichts Gutes ist. Ich denke zu viel nach. Viiieel zu viel. In dem Punkt sind sich alle einig.

»Bitte, Audrey«, sagt Frank. »Versuch es wenigstens, ja?«

»Okay«, sage ich achselzuckend und trinke einen Schluck von der heißen Schokolade.

EINBLICKE IN DAS HARMONISCHE LEBEN MEINER LIEBEVOLLEN FAMILIE – Filmskript

INNEN. 5 ROSEWOOD CLOSE. TAG.

Mum, Dad und Frank sitzen in der Küche und frühstücken. Mum liest die *Daily Mail.* Dad ist mit seinem BlackBerry beschäftigt.

Die Kamera zoomt an Frank heran. Er sieht extrem schlecht gelaunt aus.

MUM

Weißt du schon, was du heute nach der Schule machst, Frank?

Frank antwortet nicht.

MUM

Frank?

Frank schweigt beharrlich.

MUM

FRANK?

Sie stößt Dad unter dem Tisch mit dem Fuß an. Dad schaut verwirrt auf.

MUM

CHRIS!

Sie nickt mit hochgezogenen Brauen in Franks Richtung. Dad räuspert sich.

DAD

Schluss mit dem Theater, Frank.
Wir sind eine Familie, und in einer Familie kommuniziert man miteinander.
Also antworte deiner Mutter gefälligst, wenn sie dich etwas fragt.

FRANK

(verdreht die Augen)
Nein, ich weiß noch nicht, was ich heute nach der Schule mache.
Jedenfalls nicht computerspielen.

MUM

Dann kümmern wir uns heute Nachmittag endlich mal um deine Hemden. Keine Ahnung, wie du es immer wieder schaffst, dass sie so schnell hinüber sind. Bei der Gelegenheit können wir deine gleich mit durchschauen, Chris.

Dad ist wieder mit seinem BlackBerry beschäftigt.

MUM

Chris? CHRIS?

Dad ist zu vertieft, um sie zu hören.

FRANK

Dad? Familie? Miteinander kommunizieren? Familie?

Er bewegt die Hand vor Dads Gesicht hin und her, bis Dad endlich aufschaut und Frank blinzelnd ansieht.

DAD

Nein, du darfst heute Abend nicht noch mal rausgehen. Du hast Hausarrest, junger Mann.

Mum und Frank blicken ihn mit leeren Gesichtern an. Dad dämmert, dass er etwas missverstanden haben muss.

DAD

Ich meine … räum gefälligst den Geschirrspüler ein.
(versucht es noch mal)
Ähm, steck deine schmutzigen Sachen in den richtigen Wäschekorb.
(gibt auf)
Tu, was deine Mutter dir sagt.

10. Kapitel

Am nächsten Abend steht plötzlich Frank in der Tür zu meinem Refugium und sagt ohne Einleitung: »Wollte dir nur Bescheid geben, dass Linus gleich mal zu dir reinkommt, um kurz Hallo zu sagen.«

»Alles klar«, antworte ich und versuche dabei so lässig und entspannt wie möglich zu klingen.

Lässig und entspannt? Dass ich nicht lache. Ich spüre ja jetzt schon, wie mein ganzer Körper sich verkrampft, mein Atem schneller geht, nackte Panik in mir aufsteigt und ich die Kontrolle über mich verliere. Ich höre Dr. Sarahs Stimme in meinem Kopf und versuche mir ihre beruhigende Art ins Gedächtnis zu rufen.

Erlaube den Gefühlen, da zu sein.

Signalisiere deinem Reptiliengehirn, dass du es wahrnimmst.

Versichere deinem Reptiliengehirn, dass alles in Ordnung ist.

Mein verfluchtes Reptiliengehirn.

Ich erzähle euch jetzt vielleicht nichts Neues, aber das Problem mit dem Gehirn ist, dass es nicht bloß eine organische Masse ist. Es setzt sich aus verschiedenen Teilen zusammen, und manche Teile sind absolut umwerfend und andere einfach nur Platzverschwendung. Jedenfalls meiner bescheidenen Meinung nach.

Der Teil, auf den ich definitiv verzichten könnte, ist das Reptiliengehirn. Man sagt auch »Stammhirn« dazu. Jedes Mal, wenn man vor Angst erstarrt, übernimmt das Reptiliengehirn die Führung. Es wird deswegen so genannt, weil es anscheinend ein Überbleibsel aus der Zeit ist, als wir alle noch Reptilien waren. Oder so ähnlich. Es hat sich auf alle Fälle schon vor ein paar Hundert Millionen Jahren entwickelt. Ist extrem schwer zu kontrollieren. Ich meine, okay, alle Bereiche unseres Gehirns sind schwer zu kontrollieren, aber das Reptiliengehirn ist mit Abstand das schlimmste. Es sagt dem Körper mithilfe irgendwelcher chemischer Botenstoffe und elektrischer Signale, was er tun soll. Es wartet nicht noch einen Moment ab, um zu sehen, ob es sich vielleicht um einen Fehlalarm handelte, es reagiert reflexartig und instinktiv. Das Reptiliengehirn ist *weder* rational *noch* logisch. Es will nur eins: uns beschützen. Und dafür lässt es uns eigentlich nur drei Möglichkeiten zur Auswahl: Kampf, Flucht, zur Salzsäule erstarren.

Ich versuche mir also zu sagen, dass es völlig in Ordnung ist, mit Linus im selben Raum zu sein und mich mit ihm zu unterhalten. Kein Problem. Es ist bloß eine harmlose Unterhaltung. Was kann an einer Unterhaltung schon gefährlich sein?

Aber mein dämliches Reptiliengehirn ruft sofort höchste Alarmstufe aus. *Gefahr! Lauf weg! Panik! Panik!* Und es ist ziemlich laut und überzeugend. Und irgendwie gehorcht mein Körper lieber *ihm* als mir. Tja, Scheiße.

Jeder Muskel in meinem Körper ist angespannt. Meine Augen huschen ängstlich umher. Wenn mich jetzt jemand so sehen könnte, würde er denken, dass irgendwo im Zimmer ein Drache lauert. Mein Reptiliengehirn läuft Amok. Und ich strenge mich wirklich verdammt an, das dämliche Ding zu *ignorieren*, aber das ist praktisch unmöglich, wenn einem so eine prähistorische Echse durch den Kopf tobt und die ganze Zeit *Lauf weg!* kreischt.

»Das ist Linus«, reißt Franks Stimme mich aus meinen Grübeleien. »Ich lasse euch beide dann mal allein.«

Und bevor ich flüchten kann, ist er da und steht in der Tür. Mit seinen braunen Haaren und seinem unbefangenen Lächeln. Ich kann mich irgendwie gar nicht richtig spüren. Alles, was ich höre, ist der vernünftige Teil meines Gehirns, der *Lauf nicht weg, lauf nicht weg, lauf nicht weg* ruft.

»Hi«, sagt er.

»Hi«, presse ich leise hervor.

Weil ich noch nicht einmal daran denken kann, ihn auch nur anzusehen, drehe ich mich von ihm weg und starre in die entgegengesetzte Richtung.

»Alles okay?« Linus kommt ein paar Schritte in den Raum und bleibt dann wieder stehen.

»Klar.«

»Du siehst nicht so aus, als ob alles okay wäre«, sagt er vorsichtig.

»Tja, also …«

Ich suche nach einer Erklärung, in denen keine Worte wie *seltsam* oder *verrückt* vorkommen. »Manchmal habe ich zu viel Adrenalin im Körper«, sage ich schließlich. »Ist nicht weiter schlimm. Ich atme dann bloß ein bisschen zu schnell und … na ja, solche Sachen eben.«

»Oh, okay.« Ich spüre, dass er nickt, obwohl ich mir nicht wirklich sicher bin, weil ich ihn ja nicht anschauen kann.

Einfach nur hier zu sitzen und nicht wegzulaufen fühlt sich an wie ein Rodeo-Ritt. Es ist unglaublich anstrengend.

Ich kann nicht aufhören, meine Hände zu kneten, und habe ein so dringendes Bedürfnis danach, mein T-Shirt in Fetzen zu reißen, dass es körperlich wehtut. Aber ich habe Dr. Sarah versprochen, dass ich damit aufhöre, meine Kleider in Fetzen zu reißen. Ich werde mein Oberteil also nicht anrühren. Obwohl ich mich damit tonnenweise besser fühlen würde; obwohl meine Finger verzweifelt nach einem sicheren Ort suchen.

»Wäre cool, wenn sie uns in Biologie mal etwas über solche Sachen beibringen würden«, sagt Linus. »Das ist mit Sicherheit tausendmal interessanter als der Lebenszyklus einer Amöbe. Darf ich mich setzen?«, fragt er unsicher.

»Klar.«

Er setzt sich auf die Sofakante, und ich kann nicht anders und rutsche ein Stück von ihm weg.

»Hat das etwas mit dem zu tun, was ... passiert ist?«

»Zum Teil.« Ich nicke. »Du weißt also darüber Bescheid.«

»Nur was man eben so mitbekommen hat. Die Leute haben ja eine Zeit lang von nichts anderem mehr geredet.«

Mir wird leicht übel. Wie oft hat Dr. Sarah schon zu mir gesagt: »Die Leute reden nicht nur über dich, Audrey.« Tja, da hat sie sich offensichtlich geirrt.

»Freya Hill ist auf die Schule meines Cousins gewechselt«, fährt er fort. »Was mit Izzy Lawton oder Tasha Collins passiert ist, weiß ich nicht.«

Als ich die Namen höre, zucke ich zusammen. »Ich möchte eigentlich lieber nicht darüber reden.«

»Oh. Okay. Kein Problem.« Er zögert kurz und sagt dann: »Du trägst also meistens eine Sonnenbrille.«

»Ja.«

Ich spüre, wie er darauf wartet, dass ich weiterspreche.

Und warum soll ich es ihm eigentlich *nicht* erzählen? Wenn ich es nicht tue, macht es wahrscheinlich Frank.

»Es fällt mir schwer, Blickkontakt herzustellen«, erkläre ich. »Selbst mit meiner Familie. Es ist zu … Keine Ahnung. Zu viel.«

»Okay.« Er schweigt einen Moment. Dann sagt er: »Kannst du in irgendeiner anderen Form Kontakt aufnehmen? Zum Beispiel E-Mails schreiben oder so?«

»Nein.« Ich unterdrücke ein nervöses Zucken. »Zurzeit nicht.«

»Aber du schreibst kleine Nachrichten auf Zettel.«

»Ja. Ich schreibe kleine Nachrichten auf Zettel.«

Es ist einen Augenblick still, dann taucht neben mir auf der Couch ein Blatt Papier auf. Es steht bloß ein Wort darauf:

Hi.

Ich lächle und greife nach einem Stift.

Hi.

Ich schiebe den Zettel zu ihm zurück. Eine Minute später liegt er wieder neben mir auf der Couch, und bevor ich noch weiter darüber nachdenken kann, setzen wir unsere Unterhaltung auf Papier fort.

Ist das einfacher als reden?

Ein bisschen.

Tut mir leid, dass ich dich auf deine Sonnenbrille angesprochen hab. Wollte dir nicht zu nahe treten oder so.

Ist schon okay.

Ich kann mich noch von früher an deine Augen erinnern.

Von früher?

Ich bin mal vorbeigekommen, um Frank zu besuchen. Da sind mir deine Augen aufgefallen. Sie sind blau, oder?

Ich kann nicht glauben, dass er sich meine Augenfarbe gemerkt hat.

Gut gemerkt.

Tut mir total leid, dass du das alles durchmachen musst.

Mir auch.

Das bleibt nicht für immer so. Es dauert so lange, wie es braucht, und dann kommst du wieder aus dem Dunkeln heraus.

Ich starre verblüfft auf die Worte. Er klingt so zuversichtlich.

Meinst du wirklich?

Meine Tante baut einen ganz speziellen Rhabarber an, den sie in einem dunklen Holzschuppen zieht. Sie sorgt dafür, dass er es den ganzen Winter über dunkel und warm hat, und erntet ihn bei Kerzenschein. Das ist der beste Rhabarber, den es gibt. Sie verkauft ihn für ein kleines Vermögen.

Willst du damit sagen, dass ich ein Rhabarber bin?

Warum nicht? Wenn es für Rhabarber gut ist, im Dunkeln zu sein, dann brauchst du das vielleicht auch.

Ich bin Rhabarber?!

Es bleibt eine ganze Weile still. Bis der Zettel schließlich irgendwann zu mir zurückkommt. Er hat eine Rhabarberstange mit Sonnenbrille gezeichnet. Mir rutscht ein leises Prusten heraus.

»Tja, dann geh ich wohl besser mal wieder.« Er steht auf.

»Okay. Es war nett … du weißt schon. Mit dir zu reden.«

»Find ich auch. Also, bis dann.«

Ich hebe eine Hand, halte das Gesicht aber weiter abgewandt, während ich mir verzweifelt wünsche, ich könnte mich zu ihm umdrehen, und mir sogar befehle, es zu tun – aber ich schaffe es nicht.

Man spricht über »Körpersprache«, als würden wir sie alle auf dieselbe Art sprechen. Dabei hat jeder seinen eigenen

Dialekt. In meinem Dialekt bedeutet zum Beispiel den Körper abzuwenden und in die entgegengesetzte Richtung zu starren »Ich mag dich«. Weil ich nicht weggelaufen bin und mich im Badezimmer eingeschlossen habe.

Ich kann nur hoffen, dass er das verstanden hat.

11. Kapitel

Bei meiner nächsten Therapiestunde schaut Dr. Sarah sich an, wie weit ich mit meiner Doku gekommen bin, und macht sich währenddessen Notizen.

Mum, die mich ab und zu hierher begleitet, ist heute mal wieder mitgekommen und gibt ständig ungefragt irgendwelche Kommentare dazu ab – »Keine Ahnung, wo ich an dem Tag meine Augen hatte, als ich in den Kleiderschrank gegriffen hab ... Denken Sie um Himmels willen nicht, in unserer Küche würde es immer so unordentlich aussehen, Dr. Sarah ... Du liebe Güte, Audrey, wie bist du denn auf die Idee gekommen, unseren Komposthaufen zu filmen« –, bis Dr. Sarah sie höflich bittet, still zu sein. Als die Aufnahmen zu Ende sind, lehnt sie sich in ihren Sessel zurück und lächelt mich an.

»Das hat mir sehr gut gefallen, Audrey. Du hast wirklich toll Mäuschen gespielt. Als nächsten Schritt sollte das Mäuschen sich noch ein bisschen freier bewegen. Führe mit deiner Familie Interviews. Vielleicht auch mit ein paar außenstehenden Leuten. Gib dir selbst einen kleinen Schubs.«

Bei den Worten *außenstehende Leute* fange ich sofort an, mich zu verkrampfen.

»Was für außenstehende Leute?«

»Egal. Der Milchmann. Oder Leute, mit denen du an

deiner alten Schule befreundet warst?« Sie sagt es ganz beiläufig, als wüsste sie nicht, dass das Thema ein wunder Punkt ist. Da müsste man nämlich zuerst einmal die Frage stellen: Welche Leute, mit denen ich an meiner alten Schule befreundet war? Davon gab es nie besonders viele, und seit ich nicht mehr auf der Stokeland bin, habe ich zu keinem von ihnen noch Kontakt.

Natalie war meine beste Freundin. Sie hat mir einen langen Brief geschrieben, nachdem meine Eltern mich von der Schule genommen haben, und ihre Mum hat einen großen Blumenstrauß zu uns nach Hause geschickt, und ich weiß, dass sie ab und zu bei uns anrufen und sich nach mir erkundigen. Ich schaffe es nur nicht, mich zurückzumelden. Ich schaffe es nicht, mich mit ihr zu treffen. Ich schaffe es einfach nicht, mich mit ihr auseinanderzusetzen. Dass Mum irgendwie Natalie die Schuld daran gibt, was vorgefallen ist, macht es nicht unbedingt leichter. Genauer gesagt wirft sie ihr vor, nicht »früher reagiert« zu haben. Was nicht fair ist, weil Natalie wirklich überhaupt nichts dafür kann.

Ich meine, okay, wenn sie nicht so lange damit gewartet hätte, den Mund aufzumachen, hätten die Lehrer vielleicht früher angefangen, mir zu glauben. Aber mittlerweile habe ich begriffen, unter welchem Druck Natalie damals gestanden hat und dass sie davon wie gelähmt war.

»Meinst du, du schaffst das, Audrey?«, fragt Dr. Sarah in ihrer typischen zuversichtlichen Art, bei der man fast keine andere Chance hat, als zu nicken, und dann schreibt sie die Übung auch noch wie eine Hausaufgabe auf, sodass man noch nicht einmal mehr so tun kann, als würde sie nicht existieren.

»Ich versuche es.«

»Gut! Es ist wichtig, dass du anfängst, deinen Horizont zu erweitern. Wenn man längere Zeit unter Angstzuständen leidet, neigt man dazu, ich-besessen zu werden. Das meine ich überhaupt nicht wertend«, fügt sie hinzu. »Es ist eine schlichte Tatsache. Man ist davon überzeugt, dass alle Welt mit dem Finger auf einen zeigt. Dass alles, was man tut und sagt, beurteilt und ständig über einen geredet wird.«

»Es *wird* ja auch über mich geredet«, sage ich und bin fast froh, ihr das nun beweisen zu können. »Linus hat mir erzählt, dass es so war. Ich hab also recht gehabt.«

Dr. Sarah schaut positiv überrascht von ihren Notizen auf. »Wer ist Linus?«

»Ein Junge. Ein Freund von meinem Bruder.«

Sie senkt den Blick wieder auf ihre Notizen. »Linus, der neulich schon mal bei euch war? Der die Panikattacke ausgelöst hat?«

»Ja. Aber mittlerweile komme ich ganz gut mit ihm klar. Wir haben uns ein bisschen unterhalten.«

Ich spüre, wie ich rot werde. Falls es Dr. Sarah auffällt, sagt sie nichts dazu.

»Er ist genau wie Frank computerspielsüchtig«, meldet Mum sich wieder zu Wort. »Darüber wollte ich sowieso mal mit Ihnen sprechen, Dr. Sarah. Ich weiß langsam einfach nicht mehr, was ich noch machen soll. Ob ich Frank vielleicht mal mit hierherbringen soll?«

»Ich schlage vor, dass wir uns heute ausschließlich auf Audrey konzentrieren. Sie können mich gern ein andermal wegen Frank zurate ziehen, wenn Sie das Gefühl haben, es wäre erforderlich«, lässt Dr. Sarah sie freundlich abblitzen, dann sieht sie wieder mich an und sagt lächelnd: »So, und jetzt wieder zu dir, Audrey.«

Mum fügt sich zähneknirschend, und ich weiß jetzt schon, dass sie auf der Heimfahrt ein bisschen über Dr. Sarah herziehen wird. Mums Verhältnis zu Dr. Sarah ist ziemlich gespalten. Einerseits hält sie wie wir alle wahnsinnig große Stücke auf sie, andererseits fürchtet sie sich, glaube ich, insgeheim vor dem Moment, in dem Dr. Sarah sagen könnte: *Natürlich ist das alles ganz allein die Schuld deiner Eltern, Audrey.*

Was Dr. Sarah natürlich nie gesagt hat. Und nie sagen wird.

»Die Wahrheit ist«, fährt Dr. Sarah fort, »dass die Leute vermutlich tatsächlich über dich reden. *Hin und wieder*. Genau wie auch meine Patienten mit Sicherheit hin und wieder über mich reden, und garantiert nicht immer nett. Aber der Punkt ist, dass es sie irgendwann langweilt und sie zum nächsten Thema übergehen. Hilft dir dieses Wissen vielleicht ein bisschen?«

»Nein«, sage ich ehrlich, und Dr. Sarah nickt.

»Je mehr du dich mit der Außenwelt auseinandersetzt, desto besser wird es dir gelingen, die Lautstärke dieser Sorgen und Ängste leiser zu stellen. Du wirst feststellen, dass sie völlig unbegründet sind. Dass die Welt ein Ort ist, an dem viele unterschiedliche Dinge gleichzeitig passieren und die meisten Menschen die Aufmerksamkeitsspanne einer Stechmücke haben. Kaum ist etwas geschehen, haben sie es auch schon wieder vergessen. Sie denken nicht weiter darüber nach. Seit deinem Vorfall haben bestimmt fünf weitere aufsehenerregende Ereignisse stattgefunden. Meinst du nicht auch?«

Ich zucke widerstrebend mit den Achseln.

»Du bist so in deiner eigenen kleinen Welt gefangen, dass

du dir das nicht wirklich vorstellen kannst. Und deswegen halte ich es für wichtig, dass du anfängst, dich wieder in die Außenwelt zu wagen.«

»Was?« Mir bleibt vor Entsetzen der Mund offen stehen. »Wohin?«

»Zu der Einkaufsstraße bei euch um die Ecke?«

»Nein. Das kann ich nicht.«

Schon bei der Vorstellung hebt und senkt mein Brustkorb sich deutlich sichtbar, was Dr. Sarah jedoch bewusst ignoriert.

»Wir haben uns bereits über Konfrontationstherapie unterhalten. Fang mit kleinen Schritten an, überfordere dich nicht, aber es ist höchste Zeit, dass du damit aufhörst, dich vor der Welt da draußen zu verstecken, Audrey. Sonst besteht die Gefahr, dass du am Ende tatsächlich in dir selbst gefangen bleibst.«

»Aber …« Ich schlucke. »Aber …«

Vor meinen Augen tanzen schwarze Punkte. Dr. Sarahs Behandlungszimmer ist immer ein sicherer Ort für mich gewesen. Jetzt fühlt er sich eher wie eine Schlangengrube an.

»Aber diese Mädchen könnten überall sein«, protestiert Mum und greift beschützend nach meiner Hand. »Was, wenn sie zufällig einer von ihnen begegnet? Sie müssen wissen, dass zwei von ihnen immer noch in unserem näheren Umkreis zur Schule gehen. Ich meine, das ist doch ungeheuerlich. Man hätte sie auf eine Schule weit weg schicken sollen. Und wenn ich weit weg sage, dann meine ich *weit weg*.«

»Mir ist vollkommen klar, was für eine schwierige Herausforderung diese Aufgabe für dich ist, Audrey«, fährt Dr. Sarah fort, ohne Mum auch nur eines Blickes zu würdigen.

»Und natürlich sollst du das nicht allein machen müssen. Du kannst dich bei deinen Ausflügen immer begleiten lassen. Aber ich denke, du bist so weit, Audrey. Ich denke, du schaffst das. Nennen wir es das Starbucks-Projekt.«

Starbucks? Will sie mich auf den Arm nehmen?

Mir steigen Tränen in die Augen, und mein Puls rast. Ich kann nicht zu Starbucks. Ich *kann nicht.*

»Du bist stark, Audrey«, sagt Dr. Sarah, als könnte sie meine Gedanken lesen, und reicht mir ein Taschentuch. »Du musst es dir nur selbst zutrauen. Ich weiß, dass du das kannst.«

Nein, kann ich nicht.

Am nächsten Tag bleibe ich ganze zwölf Stunden lang im Bett. Der bloße Gedanke, zu Starbucks zu gehen, hat mich an den grauenvollen dunklen Ort zurückgeschleudert, an dem sich alle meine schlimmsten Ängste versammeln. Sogar die Luft wirkt rau und bedrohlich. Ich zucke beim kleinsten Geräusch zusammen und schaffe es nicht, die Augen zu öffnen.

Mum bringt mir einen Teller Suppe, sitzt an meinem Bett und streichelt meine Hand.

»Es ist noch zu früh«, sagt sie. »Zu früh. Dr. Sarah meint es sicherlich nur gut, aber lass dich nicht von ihr drängen. Du kriegst das alles hin, Schatz, aber eben in deinem eigenen Tempo.«

Mein eigenes Tempo, denke ich, als sie wieder weg ist. Was ist das? Was ist Audreys Tempo? Im Moment fühlt es sich jedenfalls wie ein in Zeitlupe hin- und herschwingendes Pendel an. Es schwingt hin und her und hin und her, ohne dass die Uhrzeiger sich vorwärtsbewegen. Ich komme nirgendwo an.

Und dann ist es plötzlich drei Tage später, und die Dunkelheit hat sich ein bisschen gelichtet, und ich bin aus dem Bett aufgestanden und streite mich mit Frank.

»Das sind *meine* Shreddies gewesen. Ich esse immer Shreddies. Das weißt du genau.«

»Nicht immer«, gebe ich spitz zurück. »Manchmal isst du auch Pfannkuchen.«

Frank sieht aus, als wollte er spontan in Flammen aufgehen. »Ich esse Pfannkuchen, *wenn Mum Pfannkuchen macht*. Wenn sie keine macht, esse ich seit fünf Jahren … nein … seit *zehn* Jahren jeden Morgen Shreddies. Und du machst einfach die Packung leer.«

»Dann iss eben Müsli.«

»Müsli?« Er starrt mich so fassungslos an, dass ich am liebsten kichern würde. »Mit Rosinen und dem ganzen Scheiß?«

»Ist gesund.«

»Du magst Shreddies noch nicht mal«, sagt er anklagend. »Du hast sie nur gegessen, um mich zu ärgern.«

»Sie sind ganz okay.« Ich zucke mit den Achseln. »Aber nicht so lecker wie Müsli.«

»Ich geb's auf.« Frank vergräbt stöhnend das Gesicht in den Händen. »Du versuchst *absichtlich*, mir mein Leben zu vermiesen.« Er wirft mir einen finsteren Blick zu. »Als du die ganze Zeit im Bett gelegen hast, warst du mir lieber.«

»Und du warst mir lieber, als du noch mit deinem Computer verkabelt warst«, schieße ich zurück. »Du gehst einem echt viel weniger auf die Nerven, wenn man dich nie zu Gesicht bekommt.«

»Um Himmels willen, Frank!«, ruft Mum erschrocken, als sie mit Felix auf einer Hüfte in die Küche kommt und ihn in sich zusammengesunken am Tisch sitzen sieht. »Schatz? Alles in Ordnung?«

»Shreddies!«, ruft Felix, als er mein Schälchen entdeckt. »Ich will Shreddies! Bitte«, fügt er brav hinzu und lässt sich von Mums Hüfte hinuntergleiten. »Darf ich bitte Shreddies haben?«

»Klar darfst du.« Ich reiche Felix das Schälchen und sehe dann wieder Frank an. »Nimm dir ein Beispiel an deinem kleinen Bruder. Du hättest bloß nett zu fragen brauchen.«

Frank rührt keinen Muskel. Mum geht zu ihm und stupst ihn sanft an.

»Frank? Schatz? Kannst du mich hören?«

»Mir geht's gut.« Als er endlich den Kopf hebt, wirkt er ganz blass, und mir fällt auf, dass er dunkle Ringe unter den Augen hat. »Ich bin nur müde. Wahrscheinlich hab ich es einfach ein bisschen übertrieben«, sagt er schwach. »Mit Hausaufgabenmachen und so.«

»Schläfst du nicht gut?« Mum mustert ihn besorgt. »In eurem Alter braucht ihr besonders viel Schlaf. Am besten vierzehn Stunden pro Nacht.«

»Vierzehn Stunden?« Wir starren sie beide stirnrunzelnd an.

»Nicht einmal Leute, die im Koma liegen, schlafen vierzehn Stunden pro Nacht«, sagt Frank.

»Vielleicht sind es auch zehn Stunden«, rudert sie ein Stück zurück. »Ich werde es nachschlagen. Möglicherweise nimmst du nicht genügend Vitamine zu dir?«

Mum fängt an, wahllos Vitamintabletten aus einem der Hängeschränke zu kramen. TeenVit, KidVit, Wellwoman Plus, Osteocare… Ich meine, das ist total lächerlich. Keiner von uns hat das Zeug je genommen.

»Hier.« Sie lässt ungefähr zehn Röhrchen vor Frank auf den Tisch fallen und noch mal dieselbe Ladung vor mir. »Felix, Schätzchen, komm her und nimm ein bisschen Magnesium.«

»Will kein Nesium!«, ruft er und versteckt sich unterm Küchentisch. »Kein Neeeesium!« Er presst sich die Hand auf den Mund.

»Du liebe Güte, dann eben nicht.« Mum schluckt die Magnesiumpille selbst und besprüht sich anschließend mit etwas, das *Eau Thermale* heißt und von dem ich mit Sicherheit weiß, dass es schon seit drei Jahren im Küchenschrank vor sich hin gammelt.

»Wahrscheinlich leidest du unter Eisenmangel«, sagt sie zu Frank. »Und brauchst einfach ein bisschen mehr Schlaf. Ich wollte mir heute einen gemütlichen DVD-Abend machen, aber wisst ihr was? Wir schauen uns den Film alle gemeinsam an und gehen danach schön früh schlafen.«

»Klingt super«, sagt Frank und starrt mit leerem Blick vor sich hin.

»Es ist ein absoluter Filmklassiker«, meint Mum. »Nach einer Romanvorlage von Dickens.«

»Dickens. Klar.« Frank zuckt gleichgültig mit den Achseln.

»Na, wenigstens haben wir es geschafft, dich von diesen elenden Computerspielen wegzubekommen!«, sagt Mum eine Spur zu fröhlich. »Das beweist, wie gut du *ohne* sie leben kannst, hab ich recht? Ich meine, du hast doch kaum noch daran gedacht, oder?«

»Kaum noch daran gedacht?« Frank erwacht aus seiner Teilnahmslosigkeit und schaut sie fassungslos an. »Kaum noch daran gedacht? Soll das ein Scherz sein? *Kaum noch daran gedacht?*«

»Na ja, es ist schließlich nicht so, als würdest du die Tage zählen, bis …«

Mum verstummt abrupt, als Frank seinen Ärmel hochschiebt und ihr wortlos sein Handgelenk mit einer digitalen Armbanduhr hinhält.

»Einundsechzig Stunden, fünfundvierzig Minuten und siebenundzwanzig Sekunden, bis das Computerverbot aufgehoben ist«, sagt er tonlos. »Nicht nur ich, sondern alle meine Freunde zählen die Tage, bis ich endlich wieder spielen darf. Also, doch, Mum, ich habe daran *gedacht.*«

Frank kann ziemlich sarkastisch sein, wenn er will, und ich sehe, dass sich auf Mums Wangen hektische rote Flecken bilden.

»Das interessiert mich nicht!«, faucht sie. »Wir machen heute einen Familienabend und schauen uns alle zusammen *Große Erwartungen* an, und ob du es glaubst oder nicht, Frank, aber Dickens war einer der großartigsten Geschichtenerzähler aller Zeiten, und dieser Film wird dich umhauen.«

Als sie davonrauscht, sinkt Frank wieder über dem Küchentisch in sich zusammen.

»Hast du ein Glück«, murmelt er dumpf. »Niemand macht dir irgendwelchen Stress. Du kannst tun und lassen, was immer du verdammt noch mal willst.«

»Schön wär's!«, sage ich schnaubend. »Erst bin ich dazu verdonnert worden, diese Doku zu machen, und jetzt soll ich auch noch zu Starbucks gehen.«

»Warum zu Starbucks?«

»Keine Ahnung. Starbucks-Konfrontationstherapie oder irgend so ein Schrott.«

»Aha«, macht Frank und klingt extrem desinteressiert. Aber dann setzt er sich plötzlich auf und ruft: »Hey! Könntest du deiner Therapeutin nicht erzählen, dass die einzige Konfrontationstherapie, die dir helfen würde, eine Reise zur diesjährigen *Tokio Game Show* wäre, zu der du unbedingt deinen großen Bruder mitnehmen musst?«

»Nein.«

»Pfffhhh.« Frank sackt wieder über dem Tisch zusammen. Mum hat recht, er sieht wirklich mitgenommen aus.

»Hier, für dich.« Ich schiebe ihm das Schälchen mit den Shreddies zu, beziehungsweise das, was Felix davon übrig gelassen hat.

»Ja, klar. Aufgeweichte Shreddies aus dritter Hand, an denen der Sabber von Felix klebt. Vielen Dank auch, Audrey.« Frank wirft mir einen vernichtenden Blick zu.

Einen Moment später greift er nach einem Löffel und fängt an, sie in sich hineinzuschaufeln.

EINBLICKE IN DAS HARMONISCHE LEBEN MEINER LIEBEVOLLEN FAMILIE – Filmskript

INNEN. 5 ROSEWOOD CLOSE. TAG.

Kameraschwenk durchs Wohnzimmer. Es liegt im Halbdunkel. Mum starrt verzückt auf den Fernseher. Dad macht sich verstohlen an seinem BlackBerry zu schaffen. Frank starrt an die Decke.

Aus dem Fernseher dröhnt Musik. Kamera richtet sich auf den Bildschirm. Ein schwarzweißer Schriftzug verkündet: »Ende«

MUM

Hach! War das nicht absolut wunderbar? War das nicht die ergreifendste Geschichte, die man sich nur vorstellen kann?

FRANK

Es war ganz okay.

MUM

Ganz okay? Schatz? Dieser Film beruht auf einer Vorlage von CHARLES DICKENS.

FRANK

(geduldig)

Ja, Dickens. Super. Ich sag ja, er war ganz okay.

MUM

Aber du wirst doch wohl zugeben müssen, dass es mehr Spaß gemacht hat, sich diesen Film anzuschauen, als vor einem deiner beschränkten Computerspiele zu hocken.

FRANK

Nein, hat es nicht.

MUM

Aber sicher.

FRANK

Nein, echt nicht.

MUM

(aufgebracht)

Du willst mir doch wohl nicht erzählen, dass deine lächerlichen Computerspiele mit der Verfilmung eines Klassikers von Dickens mithalten können? Ich meine, allein schon so eine Figur wie Magwitch! Dieser Charakter ist einfach einzigartig in seiner Vielschichtigkeit!

FRANK

(unbeeindruckt)
Bei *LOC* gibt es auch einen Magwitch. Nur dass der eine viel coolere Hintergrundgeschichte hat als der von Dickens. Er ist auch ein Sträfling, aber man kann sich Punkte mit ihm erspielen.

AUDREY (OFF)

Man kann bestimmte Fähigkeiten von ihm übertragen bekommen …

FRANK

… muss dafür aber eines von seinen Verbrechen auf sich nehmen und die Strafe abbüßen.

AUDREY (OFF)

Genau. Man muss sich für eine bestimmte Fähigkeit entscheiden und …

FRANK

Sei still, Aud! Ich erkläre. Also: Man weiß vorher nicht, welche Strafe man bekommt. Es ist wie bei einem Glücksspiel, nur dass man sich in dem Fall immer größere Gewinnchancen erarbeitet, je mehr man spielt.
LOC ist einfach genial.

Mum schaut völlig verwirrt zwischen Frank und Audrey hin und her.

MUM

Okay, ich verstehe kein Wort. Was für Fähigkeiten? Wovon redet ihr?

FRANK

Wenn du spielen würdest, würdest du es wissen.

AUDREY (OFF)

Magwitch ist wirklich ein toller Charakter.

MUM

Meine Rede, Schatz! Danke.

Es ist kurz still.

MUM

Der Dickens-Magwitch oder der *LOC*-Magwitch?

AUDREY (OFF)

Der *LOC*-Magwitch natürlich.

FRANK

Der von Dickens ist ein bisschen …

MUM

(scharf)
Was? Was stimmt nicht mit Dickens' Magwitch? Was gibt es an einer der großartigsten literarischen Figuren unserer Zeit auszusetzen?

FRANK

Na ja, er ist irgendwie langweilig.

AUDREY (OFF)

Genau.

FRANK

So zweidimensional.

AUDREY (OFF)

Er tut überhaupt nichts.

FRANK

(wohlwollend)
Aber hey, schon okay. Dickens war bestimmt cool drauf.

MUM

(zu DAD)
Hast du das gehört?

12. Kapitel

Seit der Dickensgate-Affäre ist Mum nicht besonders gut auf uns zu sprechen. Heute hat sie sich etwas ganz Besonderes für uns ausgedacht, nämlich dass wir unsere Zimmer aufräumen sollen, was sie sonst so gut wie nie von uns verlangt. Als sie dann auch noch einen Cheeseburger in Franks Zimmer fand, gab es kein Halten mehr.

Es war nicht bloß eine leere Cheeseburger-Schachtel, sondern ein seit Wochen unter einem Berg stinkender Sportklamotten vergrabener Cheeseburger, von dem er bloß zweimal abgebissen hatte, bevor er ihn wieder in die Schachtel zurücklegte und dann einfach vergaß. Seltsamerweise hatte der Cheeseburger nicht zu schimmeln angefangen. Er hat sich in eine Art verkrustetes Fossil verwandelt. Es war ziemlich eklig.

Mum hat ihm sofort einen Riesenvortrag über Ratten und Ungeziefer und Hygiene gehalten, aber Frank winkte bloß ab und meinte: »Sorry, Mum, aber Linus kommt gleich, und du sagst doch selbst immer, dass wir unsere Gäste höflich behandeln und nicht warten lassen sollen.« Dann stapfte er nach unten, und ich hatte ein flattriges Gefühl im Bauch.

Das lag wieder an diesem Namen. Linus. Ich dachte eigentlich, dass wir ihn während Franks Computer-Verbot nicht sonderlich oft zu sehen bekommen würden.

Mum ging es offensichtlich ähnlich. »Aber er weiß von deinem Computer-Verbot, oder?«, rief sie etwas aus dem Konzept gebracht die Treppe hinunter, worauf Frank ungeduldig zurückrief: »Klar. Aber für ihn gilt das Verbot ja nicht, also darf er doch bestimmt auf meinem Computer *LOC* spielen, wenn er hier ist, oder?«

Mum öffnete verwirrt den Mund, um etwas zu erwidern, dann schüttelte sie den Kopf, ging zu Dad ins Schlafzimmer und sagte: »Chris? Chris, was hältst du davon?«

Das war vor ungefähr zehn Minuten. Ich weiß, dass Linus mittlerweile hier ist, weil ich gehört habe, wie er vor ein paar Minuten zur Tür reingekommen und anschließend sofort mit Frank im Spielzimmer verschwunden ist, wo sie wahrscheinlich direkt den Computer angeworfen und *LOC* geladen haben. Ich höre, wie Mum und Dad im Schlafzimmer darüber diskutieren.

»Es geht ums Prinzip!«, sagt Mum zum wiederholten Mal. »Er muss lernen, dass es bestimmte Grenzen gibt!«

Ich glaube, Dad hat für »Sie sind doch noch Kinder, ist doch alles nicht so schlimm« plädiert und Mum für »Computer sind böse und treiben meinen Sohn in den sicheren Abgrund«, worüber sie sich nicht einigen können, weshalb es mir nach einer Weile zu langweilig wird, sie weiter zu belauschen. Also gehe ich in mein Refugium runter, sitze hier und warte.

Nein, ich warte nicht.

Na ja, ein bisschen vielleicht.

Ich lege eine alte Folge von *How I Met Your Mother* ein und versuche keine Berechnungen darüber anzustellen, wie lange so ein *LOC*-Spiel ungefähr dauert und ob Linus vielleicht noch kurz bei mir reinschaut und *Hallo* sagt, bevor er geht.

Es versetzt mir kleine Stiche, wenn ich nur an ihn denke. Gute Stiche. Glaube ich.

Ich meine, nicht dass er Hallo sagen *muss*. Wahrscheinlich hätte er sowieso keine Lust dazu. Wieso auch?

Aber als wir uns das letzte Mal gesehen haben, hat er »Bis bald« gesagt. Warum sollte er »Bis bald« sagen, wenn er vorhat, mich für den Rest meines Lebens zu ignorieren?

Meine Hände sind zu Fäusten geballt, und ich versuche sie zu entspannen. Er wird nicht kommen. Er ist wegen Frank hier, nicht meinetwegen. Ich muss aufhören, darüber nachzudenken. Ich schalte *How I Met Your Mother* lauter und blättere sicherheitshalber auch noch durch eine *Closer*, als Felix ins Zimmer gesaust kommt.

»Dieser Taschenzettel ist für *dich*!«, verkündet er und streckt mir ein DIN-A4-Blatt entgegen.

Hi, Rhabarber.

Er hat wieder ein Bild von einem Rhabarber mit Sonnenbrille gemalt, und ich spüre, wie meine Mundwinkel nach oben zucken.

Hi, Orangenschnitz.

Ich kann wirklich überhaupt nicht zeichnen, aber irgendwie kriege ich es hin, ein Bild von einem Gesicht mit Haaren und einem Orangenschnitz als Mund zu zeichnen. Ich schicke Felix damit los und warte.

Eine Weile später höre ich Mum und Dad die Treppe herunterkommen, und kurz darauf dringen tumultartige Geräusche aus dem Spielzimmer.

»Du bist echt so was von UNFAIR!«, schreit Frank einen Augenblick später durchs ganze Haus.

»HÖR GEFÄLLIGST AUF, MICH VOR DEINEM FREUND SO ANZUSCHREIEN!«, schreit Mum zurück.

Ich halte mir instinktiv die Ohren zu und überlege gerade, ob ich mich nach oben in mein Zimmer flüchten soll, als von der Tür ein Geräusch zu mir dringt. Ich schaue auf und sehe, dass er es ist. Linus.

Eine Sekunde später finde ich mich am anderen Ende der Couch wieder.

Dämliches, dummes Reptiliengehirn.

Ich starre wie gelähmt an die Wand und murmle leise: »Hi«.

»Hi, Rhabarber. Also, was hat es mit diesem Orangenschnitz auf sich?«

»Oh.« Ich muss kurz lächeln und spüre, wie meine Fäuste sich einen Millimeter öffnen. »Ich finde, dass dein Lächeln wie ein Orangenschnitz aussieht.«

»Meine Mum sagt, dass es wie eine Mondsichel aussieht.«

»Tja, da siehst du's.«

Er kommt ein paar Schritte ins Zimmer. Ich schaue nicht in seine Richtung, aber mein Radar läuft auf höchster Empfangsbereitschaft. Wenn man den Leuten die meiste Zeit den Rücken zukehrt, entwickelt man irgendwann Antennen für das, was sie machen, ohne es sehen zu müssen.

»Ähm ... bist du schon fertig mit Spielen?« Meine Stimme klingt ein bisschen heiser.

»Deine Mum wollte, dass ich aufhöre. Sie ist sauer geworden, als sie mitbekommen hat, dass Frank mir dabei hilft, und meinte, dass sein Computer-Verbot miteinschließt, nicht mit seinen Freunden davorzuhocken und ihnen zu erzählen, was sie tun sollen.«

Ich nicke. »War irgendwie klar. Machen deine Eltern auch so viel Stress wegen Computerspielen?«

»Eigentlich nicht«, sagt Linus. »Sie sind vor allem wegen meiner Granny gestresst. Sie lebt bei uns und ist wirklich total verrückt. Ich meine …«

Er verstummt abrupt, und es entsteht eine unbehagliche Stille. Ich brauche ungefähr drei Sekunden, um zu kapieren, warum.

Weil er von mir dasselbe denkt, wird mir plötzlich entsetzt klar. *Natürlich. Er denkt, dass ich verrückt bin.*

Die Stille wird noch unbehaglicher. Ich spüre, wie das Wort *verrückt* durch die Luft schwebt, wie die Worte in Franks Französisch-Vokabel-Programm.

Verrückt.

Fou.

Das habe ich zuletzt in Französisch gelernt. *Folie*. Ich glaube, das heißt auch verrückt, oder? Nur dass es wie eine süße Form von verrückt klingt. Verrückt wie in einem blau-weiß gestreiften Ringelshirt mit rotem Lippenstift.

»Tut mir leid«, sagt Linus.

»Es braucht dir nicht leidzutun«, antworte ich abweisend. »Du hast ja nichts gesagt.«

Es stimmt. Er hat nichts gesagt. Er hat mitten im Satz abgebrochen.

Nur dass mitten im Satz abzubrechen so ziemlich das Schlimmste ist, was man machen kann. Es hat etwas total Passiv-Aggressives, weil man nicht auf das, was der andere gesagt hat, reagieren kann, sondern bloß auf etwas, *von dem man denkt, dass der andere es sagen wollte.*

Was sie dann natürlich abstreiten.

Meine Mum ist eine Meisterin darin, mitten im Satz

abzubrechen. Ich meine, sie ist sozusagen die Königin der Mitten-im-Satz-Abbrecher. Hier ein paar Beispiele in ungeordneter Reihenfolge:

1.
MUM: Also, ich finde wirklich, deine angebliche Freundin Natalie hätte …
Bricht mitten im Satz ab.
ICH: Was? Verhindern können, dass das alles passiert? Dann ist also sie schuld daran, und wir können einfach alles Natalie Dexter in die Schuhe schieben?
MUM: Ich bitte dich, Audrey. Das wollte ich doch überhaupt nicht *sagen.*

2.
MUM: Schau mal, ich hab dir eine Gesichtsreinigung mitgebracht. Sie ist speziell auf die Bedürfnisse junger Haut abgestimmt.
ICH (DAS ETIKETT LESEND): Für zu Unreinheiten neigende Haut. Findest du, dass meine Haut zu Unreinheiten neigt?
MUM: Natürlich nicht, Schatz. Aber du musst zugeben, dass sie manchmal ein bisschen …
Bricht mitten im Satz ab.
ICH: Was? Eklig aussieht? Widerlich? Soll ich vielleicht lieber mit einer Tüte über dem Kopf herumlaufen?
MUM: Also wirklich, Audrey. Das wollte ich doch überhaupt nicht *sagen.*

Ich kenne mich also aus mit Sätzen, die mittendrin abgebrochen werden. Und Linus hat gerade *so was* von mitten im Satz abgebrochen, und ich weiß auch genau, was er sagen wollte. Nämlich: *Ich meine, sie ist genauso verrückt wie du.*

Er findet mich abstoßend. Ich wusste es. Er hat nur bei mir reingeschaut, weil er sich noch einmal *das gruselige Mädchen mit der Sonnenbrille* anschauen wollte. Wie in einer Freakshow – *Treten Sie näher, meine Damen und Herren, sehen Sie mit eigenen Augen, wie das Sonnenbrillen-Mädchen in der Ecke kauert!*

Als sich das Schweigen immer mehr in die Länge zieht, hole ich schließlich tief Luft und sage mit fester Stimme: »Schon gut, was soll's. Ja, ich bin verrückt.«

»Nein!«, ruft Linus ehrlich bestürzt. Bestürzt, verlegen, verunsichert. Und irgendwie gekränkt. Als könnte er es nicht fassen, dass ich so etwas überhaupt sage. (Richtig. Das habe ich alles aus einer einzigen Silbe herausgehört.)

»Glaub mir, du bist kein bisschen wie meine Granny.« Er lacht leise und schüttelt den Kopf. »Wenn du sie kennen würdest, wüsstest du, was ich meine.«

Linus' Stimme ist irgendwie so weich. Nicht wie die von Frank, die meistens wie ein schlecht gelaunter Rammbock klingt. Er lacht wieder, und mich durchströmt Erleichterung. Wenn er so süß lacht, kann er mich nicht abstoßend finden, oder?

»Tja, dann werde ich wohl erst wieder bei euch vorbeikommen, wenn Franks Computer-Verbot aufgehoben ist.«

»Okay.«

»Deine Mum denkt, dass ich einen schlechten Einfluss auf ihn habe.«

»Mum denkt, dass *alles* einen schlechten Einfluss hat.« Ich verdrehe die Augen, obwohl er es gar nicht sehen kann.

»Ähm, gehst du denn auch manchmal aus oder so?«

Er hat nicht mitten im Satz abgebrochen, aber die Luft fühlt sich trotzdem aufgeladen an. Zumindest die Luft um mich herum. *Gehst du manchmal aus oder so.* Ich würde mich am liebsten zusammenrollen und fest die Augen zukneifen.

»Nein. Eigentlich nicht.«

»Okay.«

»Das heißt, ich soll zu Starbucks gehen.«

»Cool. Wann?«

»Gar nicht«, sage ich schroff, ohne dass ich es so meine. »Ich … ich kann einfach nicht.«

Es ist wieder still. Ich rutsche noch ein bisschen weiter auf der Sofakante nach vorn, während ich spüre, wie seine unausgesprochenen Fragen die Stille wie weitere Vokabeln umkreisen: *Warum denn nicht? Was ist so schlimm daran? Was ist los mit dir?*

»Das Ganze soll so eine Art Konfrontationstherapie sein«, bricht es unglücklich aus mir heraus. »Du weißt schon, man macht einen kleinen Schritt nach dem anderen, bis man seine Ängste oder was auch immer überwunden hat. Aber Starbucks ist kein kleiner Schritt. Er ist riesig. Ich schaffe das einfach nicht. Ich kann nicht.«

Bei jedem Wort, das ich über mich preisgebe, rechne ich damit, dass er sich umdreht und geht. Aber er ist immer noch da.

»Das hört sich fast wie so eine Art Allergie an«, sagt er fasziniert. »Als wärst du gegen Starbucks allergisch.«

»So ungefähr.« Diese Unterhaltung fängt an, mein Gehirn wund zu reiben. Ich knete trostsuchend ein Kissen zwischen den Händen, auf denen vor lauter Anspannung die Adern hervortreten.

»Du bist also allergisch gegen Blickkontakt.«

»Ich bin gegen jeden Kontakt allergisch.«

»Das stimmt nicht«, widerspricht er. »Gegen *Gedanken*kontakt bist du nicht allergisch. Ich meine, du schreibst kleine Nachrichten auf Zettel. Du unterhältst dich. Du hast nach wie vor das Bedürfnis, mit anderen Leuten zu reden, aber es fällt dir schwer. Also muss dein Körper irgendeinen Weg finden, um sich auf dein Bedürfnis einzustellen.«

Ich bin einen Moment lang still. So hat es bis jetzt noch niemand ausgedrückt.

»Ja, vielleicht«, sage ich schließlich.

»Was ist mit Schuhkontakt?«

»Was?«

»Schuhkontakt!«

»Was bitte ist *Schuh*kontakt?« Ich würde gern lachen, aber mein dämliches Reptiliengehirn weigert sich, diese Information an die dafür zuständigen Regionen weiterzuleiten. Ich bin vor Anspannung wie gelähmt.

Ich hab so eine riesige Menge an Lachen verpasst. Manchmal hoffe ich, dass jedes Lachen, das mir entgangen ist, irgendwo gespeichert wird und in einem gigantischen, vierundzwanzig Stunden andauernden Lachanfall aus mir herausbricht, wenn ich geheilt bin.

Linus hat sich mittlerweile ans andere Ende der Couch gesetzt. Aus dem Augenwinkel sehe ich, wie er einen abgewetzten Sneaker in meine Richtung schiebt.

»Na los«, sagt er. »Schuhkontakt. Lass es uns tun.«

Ich kann mich nicht rühren. Ich bin ein zu einer Kugel zusammengerollter Igel. Ich will lieber doch nicht wissen, was Schuhkontakt ist.

»Beweg deinen Fuß«, sagt Linus. »Du musst ihn gar nicht anschauen. Nur bewegen.«

Er klingt hartnäckig. Ich kann nicht glauben, dass das gerade wirklich passiert. Meinem Reptiliengehirn gefällt das überhaupt nicht. *Kriech unter die Decke*, sagt es panisch. *Versteck dich. Lauf weg. Egal was.*

Wenn ich nicht reagiere, denke ich, *dann geht er vielleicht irgendwann, und wir können die ganze Sache einfach vergessen.*

Aber die Sekunden verstreichen, und er geht nirgendwohin.

»Mach schon«, feuert er mich an. »Du schaffst das.«

Plötzlich höre ich Dr. Sarahs Stimme in meinem Kopf: *Du musst es dir nur zutrauen. Ich weiß, du kannst das.*

Millimeter für Millimeter schiebe ich meinen Fuß über den Teppich, bis der Gummirand von meinem Sneaker den Gummirand von seinem berührt. Der Rest meines Körpers ist immer noch abgewandt. Ich starre reglos auf den Couchbezug, während alle meine Sinne sich auf den Zentimeter Fuß konzentrieren, der mit seinem Kontakt hat.

Und okay, ich weiß, dass da zwei Lagen Turnschuhgummiumrandung zwischen uns sind, mir ist klar, dass es nichts gibt, das weniger sexy oder romantisch oder was auch immer sein könnte – zumal ich ihm immer noch abweisend den Rücken zudrehe, als könnte ich seinen Anblick nicht ertragen –, und trotzdem fühlt es sich irgendwie …

Tja.

Jetzt habe ich es selbst gemacht. Mitten im Satz abzubrechen, meine ich. Ich kann das nämlich auch, wenn ich lieber für mich behalten will, was *genau* ich denke.

Ich bin ein bisschen atemlos. Mehr werde ich dazu nicht sagen.

»Na also.« Linus klingt zufrieden. »Siehst du?«

Er klingt nicht so, als wäre er atemlos. Er klingt bloß interessiert, so als hätte ich eine Theorie bewiesen, die er aufgestellt hat und von der er nachher seinen Freunden erzählt oder in einem Post bloggt oder so. Dann springt er auf, sagt: »Okay, bis dann«, und der Bann ist gebrochen.

»Ja, klar. Bis dann.«

»Besser ich gehe, bevor deine Mum mich noch rausschmeißt.«

»Klar.«

Ich kauere mich in meiner Sofaecke zusammen und bin fest entschlossen, mir nicht anmerken zu lassen, dass ich mir irgendwie wünsche, er würde bleiben.

»Oh. Ähm«, sage ich, als er an der Tür ist. »Kann ich dich vielleicht für meinen Dokumentarfilm interviewen?«

»Oh, also …« Er zögert. »Worum genau geht's denn da?«

»Ich muss so einen Film drehen und soll dafür Leute interviewen, die zu uns nach Hause kommen, deswegen …«

»Okay, cool. Wann immer du willst. Ich schau wieder vorbei, wenn … du weißt schon. Wenn Frank wieder spielen darf.«

»Cool.«

Als er gegangen ist, bleibe ich eine Weile reglos sitzen und frage mich, ob er vielleicht noch mal zurückkommt oder Felix mit einer kleinen Nachricht zu mir schickt oder mir etwas über Frank ausrichten lässt.

Was er natürlich nicht tut.

EINBLICKE IN DAS HARMONISCHE LEBEN MEINER LIEBEVOLLEN FAMILIE – Filmskript

INNEN. 5 ROSEWOOD CLOSE. TAG.

Die Kamera nähert sich der Tür des Arbeitszimmers. Sie zoomt hinein. Dad sitzt an seinem Schreibtisch. Seine Augen sind geschlossen. Auf dem Bildschirm ist wieder ein Alfa Romeo zu sehen, diesmal ein anderes Modell.

AUDREY (OFF)

Dad? Schläfst du?

Dad schreckt hoch und reißt die Augen auf.

DAD

Natürlich schlafe ich nicht.
Ich arbeite. Muss da dringend was fertig kriegen.

Er legt die Hand auf die Maus und klickt den Alfa Romeo weg.

AUDREY (OFF)

Ich soll dich interviewen.

DAD

Großartig! Schieß los.

Er wirbelt in seinem Drehstuhl zur Kamera herum und lächelt gekünstelt.

DAD

Chris Turner - Steuerberater der Stars.

AUDREY (OFF)

Stimmt gar nicht.

Dad schaut ein bisschen eingeschnappt.

DAD

Also gut, Steuerberater mittelständischer Unternehmen, von denen eines im Medienbereich tätig ist. Ich bekomme ab und zu kostenlos Konzerttickets.

AUDREY (OFF)

Ich weiß.

DAD

Und ihr habt die Leute getroffen, die bei *The Only Way Is Essex* mitmachen, weißt du noch? Auf der »Kinder in Not«-Veranstaltung?

AUDREY (OFF)

Schon okay, Dad. Ich finde, dass du einen coolen Job hast.

DAD

Du könntest mich über meine Erfolge im Rudern auf dem College befragen.

Er spannt lässig einen Bizeps an.

DAD

Hab es immer noch drauf. Oder du könntest mir Fragen zu meiner Band stellen.

AUDREY (OFF)

Okay. Ja. Die … *Turtles?*

DAD

Die Moonlit Turtles. Moonlit. Ich hab dir die CD gegeben, weißt du noch?

AUDREY (OFF)

Ja! Die ist toll, Dad.

Dad hat eine Idee. Beinahe sprachlos vor Aufregung zeigt er auf die Kamera.

DAD

Ich hab's! Was hältst du von einem Soundtrack für deinen Film? Ich kann dir einen machen. Umsonst. Echte Musik, performt von den Moonlit Turtles, einer der genialsten Studenten-Bands der 90er!

AUDREY (OFF)

Klar.

(Pause)

Vielleicht könnte ich mir die Musik auch selbst aussuchen …

DAD

Nein! Ich würde dir gern HELFEN, Liebes. Wir könnten ein Familienprojekt daraus machen. Das wird toll! Ich besorge die Software, wir schneiden das Material zusammen, du suchst dir die Songs aus, die dir am besten gefallen …

Er ruft eine Playlist auf seinem Rechner auf.

DAD

Lass uns doch gleich mal in ein paar Sachen reinhören. Okay, was ist dein Lieblingssong?

AUDREY (OFF)

Mein absoluter Lieblingssong aller Zeiten?

DAD

Nein! Dein Lieblingssong von den *Moonlit Turtles.* Dein Lieblingssong von der Band deines Dads. Du musst doch einen haben? Einen Lieblingssong?

Es entsteht eine lange Pause. Dad blickt erwartungsvoll in die Kamera.

DAD

Du hast mir erzählt, du hättest dir die CD immer und immer wieder auf deinem iPod angehört.

AUDREY (OFF)

(hastig)

Klar! Ähm. Lieblingssong. Es gibt so viele.

(Pause)

Also wenn ich mich für einen entscheiden soll … der laute.

DAD

Der laute?

AUDREY (OFF)

Der mit dem … ähm … Schlagzeugsolo. Der ist wirklich gut.

Die Kamera fängt an sich zu entfernen, als ein Hardrock-Stück durch den Raum dröhnt. Dad nickt rhythmisch mit dem Kopf.

DAD

Der hier?

AUDREY (OFF)

Ja, genau! Der ist toll. Wahnsinnig gut. Okay, Dad, ich muss dann mal wieder …

Die Kamera zieht sich aus dem Raum zurück.

AUDREY (OFF)

Oh Gott.

13. Kapitel

Als ich an dem Abend schlafen gehe, denke ich an Linus. Ich versuche mir vorzustellen, wie ich ihn an der Tür begrüße, wenn er das nächste Mal kommt. So wie andere Leute es machen. Normale Leute. Ich hab mir auch schon den Text dazu ausgedacht:

»Hey, Linus.«

»Hey, Audrey.«

»Wie ist es so gelaufen?«

»Alles cool, danke.«

Vielleicht würde man sich High-Five geben. Vielleicht kurz umarmen. Auf jeden Fall lächeln.

Mir fallen ungefähr sechsundfünfzig Gründe ein, warum nichts davon in nächster Zukunft passieren wird. Aber es wäre möglich, oder? Es wäre doch ganz vielleicht *möglich*?

Dr. Sarah sagt, dass positive Visualisierung ein unglaublich wirkungsvolles Werkzeug ist und dass ich mir ideale Situationen vorstellen soll, die realistisch und ermutigend sind.

Das Problem ist, ich weiß nicht, wie realistisch meine Idealvorstellung ist.

Okay, doch. Ich weiß es: gar nicht.

In meiner Idealvorstellung habe ich kein Reptiliengehirn.

Alles ist einfach. Ich kann mich wie ein normaler Mensch mit anderen austauschen. Meine Haare sind länger, meine Klamotten cooler, und in meiner letzten Fantasie stand Linus nicht nur bei uns vor der Tür, sondern holte mich zu einem Picknick im Park ab.

Egal. Morgen ist das Computer-Verbot zu Ende. Linus kommt wieder bei uns vorbei. Und dann mal schauen.

Nur dass ich nicht mit der Apokalypse gerechnet habe, die uns heute Morgen um 3 Uhr 43 heimsuchte. Den Zeitpunkt weiß ich deshalb so genau, weil mich exakt in diesem Moment ein entferntes hohes, kreischendes Geräusch wie von einer Alarmanlage oder einer Sirene aus dem Schlaf riss und ich blinzelnd auf meine Uhr schaute. Ich dachte sofort *Feuer!*, sprang aus dem Bett, hob hastig meinen Morgenmantel vom Boden auf, schlüpfte in meine Fellhausschuhe und fragte mich panisch: *Was soll ich mitnehmen?*

Ich griff nach meinem alten rosafarbenen Teddy und dem Foto von Granny und mir kurz vor ihrem Tod und war schon auf halbem Weg die Treppe hinunter, als mir klar wurde, dass das lärmende Geräusch weder eine Alarmanlage noch eine Sirene war. Es war Mum. Ihre Stimme kam aus dem Spielzimmer, und sie schrie fassungslos: »Was MACHST du da?«

Ich rannte hinunter, spähte durch die Tür und spürte, wie mein ganzer Körper vor Verblüffung in sich zusammensackte. Frank saß an seinem Computer und spielte *LOC*. Um 3 Uhr 43 morgens.

Natürlich spielte er in dem Moment nicht mehr. Aber auf dem Bildschirm waren die Bilder zu sehen, und er trug sein

Headset und schaute wie ein in die Ecke gedrängtes Kaninchen zu Mum auf.

»Was MACHST du da?«, schrie Mum noch einmal und drehte sich dann zu Dad um, der ebenfalls angerannt gekommen war. »Was MACHT er da? Frank, was MACHST du da?«

Keine Ahnung, warum Eltern so gern Fragen stellen, deren Antwort komplett auf der Hand liegt.

Willst du etwa in diesem Rock vor die Tür?

Nein, ich habe vor, ihn auszuziehen, sobald ich aus dem Haus bin.

Hältst du das für eine gute Idee?

Nein, ich halte es für eine ziemlich bescheuerte Idee, genau deswegen mache ich es ja.

Hörst du mir überhaupt zu?

Deine Stimme hat eine Lautstärke von hundert Dezibel, es ist unmöglich, dir nicht zuzuhören.

»Was MACHST du da?«, schrie Mum wieder, und Dad legte ihr eine Hand auf den Arm.

»Anne«, sagte er. »Anne, ich hab um acht einen Termin.«

Großer Fehler. Mum drehte sich zu ihm um, als wäre *er* der Übeltäter.

»Was interessiert mich dein Termin! Hier geht es um unseren *Sohn*, Chris! Der uns anlügt! Der nachts heimlich am Computer spielt! Was hat er sonst noch alles getrieben?«

»Ich konnte nicht schlafen«, sagte Frank. »Okay? Nichts weiter. Ich konnte nicht schlafen, also dachte ich, ich lese ein bisschen, aber dann hab ich kein Buch gefunden, und da kam mir die Idee, ein bisschen … na ja, du weißt schon. Kein Grund, sich so aufzuregen.«

»Seit wann sitzt du schon hier?«, fauchte Mum.

»Seit zwei ungefähr?« Frank sah sie mit leidendem Märtyrerblick an. »Ich konnte nicht schlafen. Ich glaube, ich habe Schlafstörungen.«

Dad gähnte, und Mum funkelte ihn wütend an.

»Anne«, sagte er. »Können wir das später klären? Es macht Franks Schlafstörung nicht besser, wenn wir uns hier alle anschreien. Bitte? Bett?« Er gähnte wieder. Seine Haare waren ganz wuschelig wie bei einem zerknautschten Teddybär. »Bitte?«

Das war gestern Nacht. Dementsprechend fing dann auch der Tag heute an. Mum hat Frank beim Frühstück ins Kreuzverhör genommen: Wie oft er nachts schon aufgestanden sei, um *LOC* zu spielen? Und wie lange er schon unter Schlafstörungen leide? Und ob ihm bewusst sei, dass Computerspiele Schlafstörungen *hervorrufen* würden?

Frank antwortete kaum auf ihre Fragen. Er sah ziemlich blass und fertig aus. Je länger Mum sich über Schlaf-Wach-Rhythmen, Lichtverschmutzung und die Frage ausließ, warum er vor dem Schlafengehen denn um Himmels willen keine Ovomaltine trinken würde, desto mehr zog er sich in sich selbst zurück.

Ich weiß noch nicht einmal, was Ovomaltine ist. Mum fängt immer davon an, wenn es um das Thema Schlaf geht, als wäre es irgendein magischer Zaubertrank, und sagt dann jedes Mal: »Warum trinken wir eigentlich keine Ovomaltine?« Gekauft hat sie aber noch nie welche.

Danach hat Frank sich auf den Weg in die Schule gemacht, und ich habe den ganzen Vormittag *Game of Thrones* gelesen, bis ich irgendwann eingeschlafen bin. Jetzt ist es Nachmittag, und ich filme die Vögel in unserem Garten, obwohl ich mir ziemlich sicher bin, dass es nicht unbedingt das ist, was Dr. Sarah erwartet, aber die Szene hat so etwas Friedliches. Sie sind sehr süß, wie sie auf ihrem Vogelhäuschen herumtrippeln und sich um Brotkrumen zanken. Vielleicht werde ich später Wildlife-Fotografin oder drehe Tierfilme oder so. Der einzige Wermutstropfen ist, dass einem irgendwann die Knie wehtun, weil man so lange in kauernder Haltung dasitzen muss. Außerdem weiß ich nicht, wer sich einen einstündigen Film über Brotkrumen pickende Vögel anschauen würde.

Ich bin so aufs Drehen konzentriert, dass ich überrascht zusammenzucke, als ich höre, wie ein Wagen in die Einfahrt fährt. Für Dad ist es noch zu früh, wer kann es also dann sein? Vielleicht hat einer von Franks Kumpels ihn nach der Schule mitgenommen. Das kommt manchmal vor.

Vielleicht Linus.

Ich schleiche vorsichtig an der Hauswand entlang und spähe um die Ecke zur Einfahrt rüber. Zu meinem Erstaunen ist es doch Dad. Er steigt in seinem Geschäftsanzug aus dem Wagen und wirkt ein bisschen gestresst. Drei Sekunden später geht die Haustür auf, und Mum kommt auf ihn zugelaufen, als hätte sie ihn erwartet.

»Chris! Endlich.«

»Ich bin so schnell gekommen, wie ich konnte. Aber ich hab nicht viel Zeit ... Ist es wirklich so wichtig?«

»Und wie! Wir stecken in einer ernsten Krise, Chris. Eine Krise, die unseren Sohn betrifft. Und ich brauche deine Unterstützung!«

OMG. Was ist passiert?

Ich laufe geduckt in den Garten zurück und stehle mich in die Küche, von wo aus ich ihr Gespräch belauschen kann.

»Ich habe Franks Computer in meinen Pilates-Kurs mitgenommen«, sagt Mum düster, als sie mit Dad in die Diele kommt.

»Du hast *was?*«, sagt Dad fassungslos. »Anne, ich weiß, wie gern du Frank von dieser Kiste fernhalten willst, aber findest du das nicht ein bisschen übertrieben?«

Ich stelle mir vor, wie Mum mit Franks Computer in den Trainingsraum stöckelt, und muss mir die Hand auf den Mund pressen, um nicht laut loszuprusten. Hat sie jetzt etwa vor, Franks Computer überallhin mitzunehmen? Wie ein Schoßhündchen?

»Nein, nicht, was du denkst!«, sagt Mum ungeduldig. »Ich hab ihn mitgenommen, damit Arjun ihn sich mal anschaut.«

»Arjun?«, fragt Dad verwirrt und versteht jetzt offensichtlich gar nichts mehr.

»Arjun aus meinem Pilates-Kurs. Er ist Software-Entwickler. Ich bin also zu ihm hin und hab gesagt: *Arjun, kannst du herausfinden, wie oft mein Sohn in der letzten Woche an diesem Computer gespielt hat?*«

»Verstehe.« Dad behält sie vorsichtig im Auge. »Und konnte Arjun es dir sagen?«

»Oh ja«, sagt Mum düster. »Er konnte es mir sogar ganz genau sagen.«

Einen Moment ist es still, und ich sehe, wie Dad instinktiv zurückweicht, um sich vor der drohenden Explosion in Sicherheit zu bringen, aber er kann ihr nicht entgehen.

»Jede Nacht! JE-DE NACHT! Er fängt um Punkt zwei Uhr morgens an und loggt sich um sechs wieder aus. Ist das zu fassen?«

»Das ist ein Scherz.« Dad wirkt ehrlich entsetzt. »Bist du sicher?«

»Frag Arjun.« Mum hält ihm ihr Handy hin. »Frag ihn! Er arbeitet freiberuflich für Google. Der Mann ist ein Experte.«

»Verstehe. Nein, schon gut. Ich muss nicht mit Arjun sprechen.« Dad lässt sich auf die unterste Treppenstufe sinken. »Jesus. Jede Nacht?«

»Er hintergeht uns. Lügt uns an. Er ist süchtig! Ich wusste es. Ich *wusste* es.«

»Okay. Das war's. Lebenslanges Computerverbot.«

»Lebenslang«, nickt Mum.

»Bis er erwachsen ist.«

»Mindestens«, sagt Mum. »Mindestens. Alison aus meinem Leseclub hat noch nicht einmal einen Fernseher. Sie sagt, Bildschirme sind die Zigaretten dieser Generation. Sie gefährden die Gesundheit, und den Schaden bemerkt man erst, wenn es zu spät ist.«

»Natürlich.« Dad wirkt ein bisschen nervös. »Aber ob wir wirklich so weit gehen müssen?«

»Vielleicht sollten wir das!« Mum klingt gestresst. »Weißt du, Chris, vielleicht haben wir das alles ganz falsch angepackt! Vielleicht sollten wir uns wieder mehr auf das Wesentliche besinnen. Kartenspiele. Familienausflüge. Diskussionen.«

»Ähm … okay.«

»Bücher! Wir müssen sie dazu animieren, mehr zu lesen! Das ist es! Wir sollten sie alle für den Booker Prize nominierten Autoren lesen lassen! Die geistige Elite unseres Landes. Stattdessen stumpfen unsere Kinder vor dem Fernseher ab und werden nach diesen geisttötenden Videospielen süchtig. Wie konnten wir es nur so weit kommen lassen, Chris? Wir müssen endlich etwas *tun*!«

»Absolut.« Dad nickt mit grimmiger Entschlossenheit.

»Nein, wirklich. Ich bin vollkommen deiner Meinung. Vollkommen.« Es entsteht eine kurze Pause, bevor er hinzufügt: »Was ist mit *Downton Abbey*?«

»Oh, na ja, *Downton Abbey.*« Mum räuspert sich. »Also, das ist etwas anderes. Das ist … du weißt schon. Ein Stück lehrreiche Zeitgeschichte.«

»Und *The Killing*?«

Meine Eltern sind süchtig nach *The Killing*. Sie ziehen sich vier Folgen hintereinander rein und sagen dann: »Noch eine? Nur noch eine?«

»Ich spreche nicht von uns, sondern von den *Kindern*«, sagt Mum schließlich. »Von der *zukünftigen Generation.* Sie sollte Bücher lesen.«

»Oh, gut.« Dad atmet erleichtert aus. »*The Killing* werde ich nämlich definitiv zu Ende schauen, komme, was wolle.«

»Soll das ein Witz sein?«, ruft Mum. »Natürlich werden wir *The Killing* zu Ende schauen. Was meinst du? Ob wir uns heute Abend vielleicht eine Folge genehmigen sollen?«

»Oder zwei?«

»Nachdem wir mit Frank gesprochen haben.«

»Oh Gott.« Dad reibt sich über den Kopf. »Ich brauche einen Drink.«

Danach ist es eine Weile still im Haus. Es ist die Ruhe vor dem Sturm. Irgendwann kommt Felix von einem Freund zurück, bei dem sie anscheinend »Pizza« gebacken haben. Jedenfalls bringt er die widerlichste Tomaten-Käse-Pampe mit, die man sich nur vorstellen kann, und besteht erst darauf, dass Mum sie zum Warmmachen in den Ofen schiebt, weigert sich anschließend aber, sie zu essen.

Allerdings weigert er sich auch, irgendetwas anderes zu essen, weil er nur die Pizza essen will, die er gemacht hat, *obwohl er keinen Bissen davon anrühren wird.* Ich weiß. Die Logik eines Vierjährigen übersteigt jeden gesunden Menschenverstand.

»Ich will MEINE Pizza essen!«, heult er immer wieder, worauf Mum mühsam beherrscht antwortet: »Na dann iss sie doch! Hier, da hast du sie.«

»Neeeiiin!« Er schaut sie unter Tränen an. »Neeeiiin! Nicht die! Nicht DIE!«

Als er die Pampe schließlich wütend vom Tisch fegt und sieht, wie sie auf den Boden klatscht, ist es zu viel für ihn. Er steigert sich in hysterisches Schluchzen hinein, und Mum sagt finster: »Wahrscheinlich haben sie ihm Fruit Shoots zu trinken gegeben«, und befördert ihn in die Badewanne. (Eine halbe Stunde später ist er wie neugeboren, kommt rosig und lächelnd wieder und futtert zufrieden Toastbrote. Ein Bad wirkt bei Vierjährigen wie Valium.)

Ich werde dazu verdonnert, aufzupassen, dass Felix auch die Kruste mitisst, weshalb ich an den Küchentisch gefesselt bin und keine Chance habe, Frank irgendwie vorzuwarnen, wie ich es eigentlich vorhatte. Aber wahrscheinlich hätte ich das sowieso nicht geschafft, weil Mum sich wie ein Wachhund auf Speed verhält und alle fünf Minuten in die Diele rennt und die Tür aufreißt. Einmal läuft sie sogar die Einfahrt hinauf und schaut die Straße hoch und runter, als könnte Frank sie vielleicht austricksen und aus einer anderen Richtung kommen. Sie erinnert mich an einen mit hochgejagtem Motor an der Startlinie stehenden Formel-1-Wagen, bereit loszurasen, sobald sie ihren Sohn erblickt. Dazwischen bleibt sie immer wieder vor dem Spiegel in der

Diele stehen und sagt Sachen wie: »Das Schlimmste ist, dass du uns derart vorsätzlich hintergangen hast!«, und: »Ja, aus Liebe zu ihrem Kind sind Eltern manchmal zu drastischen Maßnahmen gezwungen. Aus *Liebe*, junger Mann.«

Junger Mann.

Ich halte mich währenddessen wohlweislich im Hintergrund, obwohl ich es kaum erwarten kann, Frank zu fragen, ob er wirklich jede Nacht um zwei Uhr morgens aufgestanden ist und ob Linus online mit ihm gespielt hat. Als ich gerade heimlich ein paar von Felix' Toastkrusten esse, um die Dinge ein bisschen zu beschleunigen, höre ich, wie Mum einen gellenden Schrei ausstößt. Sie steht draußen in der Einfahrt und späht die Straße hinunter.

»Chris! Chris! Er kommt!« Sie eilt ins Haus zurück und schaut sich hektisch um. »Chris? Wo ist dein Vater, Audrey?«

Ich zucke mit den Achseln. »Keine Ahnung.«

Kurz spiele ich mit dem Gedanken, ihr zu sagen, sie solle tief einatmen, langsam bis vier zählen, wieder ausatmen und langsam bis sieben zählen – aber ich glaube, dann würde sie mir den Kopf abreißen.

»Chris!« Sie stakst aus der Küche.

Ich schleiche zur Tür, um den Eingang im Blick zu haben. Am liebsten würde ich mir meine Videokamera holen, das Problem ist nur, dass sie oben liegt und ich keine große Lust habe, in die Schusslinie zu geraten. Einen Moment später taucht Dad in der Tür seines Arbeitszimmers auf, hält sich sein BlackBerry ans Ohr und sieht Mum gequält an.

»Ja, mit diesen Zahlen ist tatsächlich nicht zu rechnen gewesen«, sagt er, »aber wenn Sie einen Blick auf Seite sechs werfen ... *Sorry*«, sagt er lautlos zu Mum. *»Zwei Minuten.«*

»Na toll!«, zischt sie, als Dad wieder in seinem Arbeitszimmer verschwunden ist. »So viel zum Thema vereinte Front.« Sie schaut aus dem Dielenfenster. »Okay. Da kommt er. Los geht's.«

Sie positioniert sich in der Diele, eine Hand in die Hüfte gestemmt, den Blick funkelnd auf die Tür gerichtet. Als sie nach ungefähr zehn Sekunden des angespannten Wartens endlich aufgeht, halte ich den Atem an. Frank kommt wie immer ohne jede Eile hereingeschlendert und wirft Mum einen mäßig interessierten Blick zu, worauf sie sich zu ihrer vollen Größe aufrichtet und tief Luft holt.

»Hallo, Frank«, sagt sie so eisig, dass sogar ich eine Gänsehaut bekomme, obwohl gar nicht ich diejenige bin, die in Schwierigkeiten steckt. Aber Frank hat seine Ohrstöpsel drin, also hat er den eisigen Tonfall wahrscheinlich noch nicht einmal mitbekommen.

»Hi«, sagt er und will sich an ihr vorbeischieben, aber sie legt ihm eine Hand auf die Schulter.

»Frank!« Sie deutet auf seine Ohren. »Nimm die Dinger raus!«

Die Augen verdrehend nimmt Frank die Ohrstöpsel heraus und sieht sie an. »Was?«

»Nun?«, setzt Mum von Neuem an, und diesmal klingt ihre Stimme sogar noch eisiger.

»Was?«

»Nun.«

Es ist nicht zu überhören, dass sie ihn mit dieser einen Silbe dazu bringen will, vor Angst zu zittern, aber es funktioniert nicht wirklich. Er schaut sie bloß genervt an.

»Was *nun*?«

»Wir haben dich bereits erwartet, Frank. Dad und ich.« Sie tritt einen Schritt auf ihn zu und durchbohrt ihn mit ihrem Laserblick. »Es gibt da nämlich etwas, das wir *dringend mit dir zu besprechen haben.*«

Oh Gott. Sie führt sich wie irgend so ein James-Bond-Bösewicht auf und bedauert es wahrscheinlich gerade total, dass sie keine weiße Katze auf dem Arm hat, der sie gelangweilt den Hals kraulen kann.

Plötzlich entdeckt Frank seinen mit dem Netzkabel umwickelten Computer auf dem Dielentischchen. »Was macht denn mein Rechner hier?«

»Gute Frage«, sagt Mum mit einem zufriedenen Lächeln. »Möchtest du vielleicht mit uns über deine Computer-Aktivitäten während der letzten Woche reden?«

Franks Schultern sacken nach unten, und ich ahne, dass er innerlich gerade *Nicht das schon wieder* stöhnt.

»Ich habe *LOC* gespielt«, leiert er in monotonem Tonfall herunter. »Du hast mich dabei erwischt.«

»Nur dieses eine Mal?«

Frank lässt seine Schultasche zu Boden gleiten. »Keine Ahnung. Ich hab Kopfschmerzen. Ich brauche eine Paracetamol.«

»Ach, und woran liegt das?«, verliert Mum plötzlich die Beherrschung. »Vielleicht daran, dass du diese Woche *keine Nacht* auch nur ein Auge zugemacht hast?«

»Was?« Frank schenkt ihr einen seiner ausdruckslosen *Ich habe keine Ahnung, wovon du redest*-Blicke, die einem wirklich ziemlich auf die Nerven gehen können.

»Ich warne dich! Spiel jetzt bloß nicht den Ahnungslosen!« Mums Atem geht mittlerweile stoßweise. »Mein Freund Arjun hat sich heute deinen Computer angeschaut. Und er hat darauf ein paar *interessante* Dinge entdeckt.«

»Wer ist Arjun?«, fragt Frank finster.

»Ein Computer-Experte«, antwortet Mum triumphierend. »Er hat mich über dich und dein Spielverhalten aufgeklärt. Diesmal bist du wirklich zu weit gegangen, junger Mann. Wir wissen über alles Bescheid.«

Ich sehe, wie ein alarmierter Ausdruck über Franks Gesicht huscht. »Hat er meine E-Mails gelesen?«

Mum wirkt kurz aus dem Konzept gebracht. »Nein, warum? Was steht denn in deinen E-Mails?«

»Nichts«, sagt Frank hastig und fügt dann wütend hinzu: »Echt, Mum! Ich kann nicht fassen, dass du dich in meinen Computer gehackt hast.«

»Tja, und ich kann nicht fassen, dass du uns angelogen hast! Du bist diese Woche jede Nacht um zwei Uhr aufgestanden! Oder willst du das etwa leugnen?«

Frank zuckt finster mit den Achseln.

»Frank?«

»Wenn *Arjun* das sagt, wird es schon stimmen.«

»Dann ist es also wahr! Frank, verstehst du nicht, wie ernst die Sache ist? *Verstehst du das denn nicht, Frank?* FRANK?«, fängt sie auf einmal wieder an zu schreien.

»Und wieso kapierst du nicht, wie ernst es mir mit *LOC* ist?«, schreit er zurück. »Was, wenn ich Profi-Spieler werden will? Was machst du dann?«

»Nicht das schon wieder.« Mum schließt die Augen und massiert sich die Schläfen. »Mit wem hast du gespielt? Kenne ich sie? Muss ich mich mit ihren Eltern in Verbindung setzen?«

»Wohl kaum«, schnaubt Frank. »Außer du willst unbedingt in Korea anrufen.«

»Korea?« Mum scheint endgültig der Kragen zu platzen. »In Ordnung. Das war's, Frank. Ab sofort ist Schluss.

Schluss, Schluss, Schluss. Für immer. Keine Computer mehr. Keine Geräte mit Bildschirm. Kein gar nichts.«

»Okay«, antwortet Frank achselzuckend.

»Hast du verstanden?« Sie versucht ihn mit Blicken niederzustarren. »Schluss mit Computerspielen.«

»Schon gut, ich hab's kapiert. Schluss mit Computerspielen.«

Es ist einen Moment lang still. Mum wirkt nicht zufrieden.

»Schluss«, versucht sie es noch einmal. »Für immer.«

»Ich weiß«, seufzt Frank übertrieben geduldig. »Du hast es bereits erwähnt.«

»Du sagst gar nichts dazu. Wieso sagst du nichts dazu?«

»Ich *sage* doch was dazu, Mum. Schluss mit Computerspielen. Meinetwegen.«

»Ich werde diesen Computer auf der Stelle wegschließen.«

»Ich hab's verstanden.«

Mum mustert Frank eine Weile prüfend, dann reißt sie die Augen auf und atmet scharf ein.

»Oh mein Gott. Du nimmst das überhaupt nicht ernst, oder? Du glaubst, du könntest irgendwie darum herumkommen. Heckst du vielleicht schon einen Plan aus, wie du nachts durchs Haus schleichen und nach deinem Computer suchen kannst?«

»Natürlich nicht«, stößt Frank zwischen zusammengebissenen Zähnen hervor, was so viel wie *Ja, klar* heißt.

»Überlegst du dir bereits, wie du das Schloss knacken kannst?«

»Nein.«

»Du glaubst, du könntest uns austricksen!«, ruft Mum zitternd. »Du glaubst allen Ernstes, du könntest uns austricksen, hab ich recht? Tja, dann will ich dir mal zeigen, was *ich* so für Tricks auf Lager habe!«

Sie klemmt sich den ziemlich sperrigen Computer unter den Arm und läuft, das Kabel hinter sich herschleifend, die Treppe damit hoch.

»Dieses Ding kommt weg! Es kommt weg! Ich will es nicht mehr im Haus haben! Ich werde es in tausend Stücke zerschmettern.«

Frank erstarrt. »Tausend Stücke?«

»Du hast doch sowieso lebenslängliches Computer-Verbot, was spielt es also für eine Rolle?«, gibt Mum über die Schulter zurück.

»Mum, nicht«, sagt Frank panisch. »Was hast du vor, Mum?«

»Du bleibst, wo du bist, junger Mann!« Mums Stimme hat plötzlich eine ganz neue Tonlage erreicht.

Sie klingt genauso unheimlich wie früher, wenn sie uns Märchen vorgelesen und die Stimme der Hexe nachgeahmt hat, nur dass es diesmal ernst ist. Frank, der bereits einen Fuß auf die erste Stufe gesetzt hat, hält zögernd inne. Ich habe ihn noch nie so entsetzt gesehen.

»Was hat sie vor?«, flüstert er mir zu.

»Keine Ahnung. Aber ich würde ihr lieber nicht hinterhergehen.«

»Aber was hat sie *vor*?«

In dem Moment hüpft Felix in seinem Bademantel vom Garten in die Diele.

»Kommt schnell«, ruft er fröhlich. »Mummy *wirft den Computer aus dem Fenster!*«

14. Kapitel

Ich kann nicht glauben, dass sie das wirklich getan hat. Ich kann nicht glauben, dass sie tatsächlich Franks Computer aus dem Fenster geworfen hat.

Es war nicht *ganz* so dramatisch, wie es hätte sein können, weil sie plötzlich anfing, sich wie eine Sicherheitsbeauftragte aufzuführen, und den Nachbarn zurief, lieber aus dem Weg zu gehen, und zu Dad sagte, er solle den Wagen sicherheitshalber besser doch woanders hinstellen.

Frank schwankte währenddessen zwischen zitternder Panik und erzwungener Ruhe und hörte sich wie einer von diesen Typen an, die in Filmen versuchen, den Terroristen davon zu überzeugen, die Bombe nicht zu zünden.

»Hör zu, Mum«, sagte er immer wieder. »Stell den Computer ab. Du willst das nicht tun, Mum.«

Was nicht funktioniert hat. Vor allem deswegen, weil sie es tun *wollte.*

Der Computer zerbrach nicht in tausend Stücke, als sie ihn schließlich warf. Er sprang zweimal auf und kam dann seitlich auf dem Rasen zum Liegen. Genau genommen sah er noch nicht einmal kaputt aus. Es lagen bloß ein paar zerbrochene Scherben vom Bildschirm herum, die Dad sofort einsammelte, weil Felix draußen barfuß herumlief.

Aber ich schätze mal, dass er in seinem Inneren so kaputt ist, dass Frank ihn nicht mehr benutzen kann. Es war irgendwie ein trauriger Anblick, wie er da mit seinen ganzen *Minecraft*-Aufklebern im Gras lag.

Er wurde noch einen Moment lang angestarrt, ein paar Nachbarn machten Fotos, und dann kehrten alle wieder in ihre Häuser zurück. Ich meine, jetzt mal Hand aufs Herz, es war schon irgendwie ein ziemlich enttäuschender Showdown. Allerdings nicht für Frank. Er war am Boden zerstört. Ich flüsterte ihm beim Reingehen ein »Tut mir so leid« zu, aber er schaffte es noch nicht einmal, irgendwie darauf zu reagieren.

Ich glaube, er steht unter Schock. Er hat den ganzen Abend so gut wie keinen Ton gesagt. Mum ist voller grimmiger Genugtuung, und Dad ist wahrscheinlich einfach nur erleichtert, dass der Wagen nichts abgekriegt hat.

Und obwohl ich es eigentlich gar nicht will, kann ich nicht aufhören, mir immer wieder dieselbe Frage zu stellen: Bedeutet das, dass Linus nicht mehr zu uns kommt?

EINBLICKE IN DAS HARMONISCHE LEBEN MEINER LIEBEVOLLEN FAMILIE - Filmskript

INNEN. 5 ROSEWOOD CLOSE. TAG.

Mum sitzt mit einer Tasse Kaffee in der Küche und schaut direkt in die Kamera.

MUM

Ich habe das Richtige getan. Gut, es war vielleicht ein bisschen drastisch. Aber manchmal muss man zu drastischen Maßnahmen greifen, auch wenn erst einmal alle geschockt sind, im Nachhinein sagen sie dann nämlich: »Wow. Das war wirklich unglaublich mutig und weitsichtig von dir.«

Schweigen.

MUM

(rechtfertigend)

Ich meine, ich WEISS, dass ich das Richtige getan habe. Und ja, die Stimmung ist im Moment angespannt, aber das wird sich wieder legen. Natürlich hat Frank das Ganze nicht gut aufgenommen, natürlich ist er wütend - was habe ich erwartet?

Schweigen.

MUM

Na ja, ich habe nicht erwartet, dass es so schlimm sein würde. Um ehrlich zu sein. Aber das stehen wir durch.

Mum hebt ihre Kaffeetasse an den Mund und stellt sie wieder ab, ohne einen Schluck genommen zu haben.

MUM

Weißt du, Audrey, Eltern zu sein, das ist kein Zuckerschlecken. Man muss schwierige Entscheidungen treffen und sie dann auch durchziehen. Also ja, es ist im Moment alles andere als einfach mit Frank. Aber soll ich dir mal was sagen? Eines Tages wird er mir dafür dankbar sein.

Schweigen.

MUM

Ich glaube, er wird mir dafür dankbar sein.

Schweigen.

MUM

Okay, das ist wohl eher unwahrscheinlich. Aber der Punkt ist, ich bin Mutter. Mütter laufen nicht davon, wenn es schwierig wird.

Kamera zoomt an Mums BlackBerry heran, auf dem eine Google-Suchanfrage zu sehen ist: Wellness-Wochenende für alleinstehende Frauen. Kinder verboten.

Mum legt hastig eine Hand darüber.

MUM

Das ist nichts.

15. Kapitel

Frank redet also so gut wie gar nicht mehr. Mit niemandem.

Um ehrlich zu sein, ist mir ein stiller Frank gar nicht so unangenehm. Es herrscht eine friedliche Ruhe im Haus. Aber Mum macht es wahnsinnig. Sie hat sogar mit seinem Klassenlehrer gesprochen – »Dieser Mann hat doch keine Ahnung! Er meinte doch tatsächlich zu mir, dass Frank einen *guten* Eindruck auf ihn machen würde und wir ihn einfach ein bisschen *in Ruhe lassen* sollten. *In Ruhe lassen* – ist das zu fassen?« (So hat sie es jedenfalls Dad erzählt, was ich deshalb weiß, weil ich in dem Moment gerade vor ihrer Schlafzimmertür stand und ihre Stimme nicht zu überhören war.)

Beim Abendessen isst Frank ohne jemanden anzuschauen seine Enchiladas. Wenn Mum oder Dad ihn etwas fragen, wie zum Beispiel »Hast du viele Hausaufgaben auf?« oder »Wie war es heute in der Schule?«, reagiert er bloß mit einem »Hrmph« oder verdreht die Augen oder ignoriert sie komplett.

Ich bin heute Abend auch nicht in Plauderlaune, die Stimmung am Tisch ist also eher gedämpft, was wohl auch der Grund dafür ist, warum wir alle ziemlich erleichtert aufschauen, als Felix in seinem Traktor-Schlafanzug aus dem Spielzimmer in die Küche gelaufen kommt.

»Ich hab meine Hausaufgaben nicht gemacht«, sagt er und wirkt besorgt. »Meine *Hausaufgaben*, Mummy.« Er hält ihr einen Klarsichthefter hin.

»Oh, um Himmels willen«, sagt Mum.

»Hausaufgaben?«, sagt Dad. »Für einen Vierjährigen?«

»Ich weiß«, seufzt Mum. »Es ist verrückt.« Sie nimmt das Blatt Papier heraus, das darin abgeheftet ist. Es ist eine fotokopierte Seite mit der Überschrift *Warum wir uns lieben.* Darunter hat Felix etwas gemalt, von dem ich annehme, dass es ein Bild von uns sein soll. Zumindest sind darauf fünf Figuren zu sehen. Mum sieht schwanger aus, und Dad sieht wie ein Zwerg aus. Mir hat er einen Kopf gemalt, der so groß wie eine Stecknadel ist, und zwanzig sehr große kreisförmige Finger. Aber ansonsten hat er uns ziemlich gut getroffen.

»Fülle das Kästchen mithilfe deiner Familie aus«, liest Mum laut vor. »Zum Beispiel: *Wir lieben uns, weil wir oft miteinander kuscheln.*« Sie greift nach einem Stift. »Okay. Was soll ich schreiben, Felix? Was liebst du an unserer Familie?«

»Pizza«, sagt Felix, ohne zu zögern.

»Wir können da aber nicht *Pizza* hinschreiben, Schatz.«

»Pizza!«, heult Felix. »Ich liebe Pizza!«

»Ich kann nicht schreiben: *Wir lieben uns wegen Pizza.*«

»Ich finde das eine ziemlich gute Antwort«, sagt Dad achselzuckend.

»Gib her. Ich mach das«, sagt Frank und nimmt das Blatt. Wir schauen alle fassungslos auf. Frank hat gesprochen! Er zieht einen schwarzen Edding aus seiner Tasche und liest laut vor, während er schreibt: »*Wir lieben uns, weil wir die Entscheidungen der anderen respektieren und verstehen, wenn einer von uns ein Hobby hat, das er liebt, und wir würden niemals absichtlich sein Eigentum beschädigen* – oh, Moment.«

»Frank, das kannst du nicht schreiben!«, sagt Mum scharf.

Wofür es ein bisschen zu spät ist, weil er es schon geschrieben hat, und zwar mit wasserfestem Marker.

»Wirklich ganz toll!«, zischt Mum. »Jetzt hast du das Hausaufgabenblatt von deinem Bruder ruiniert.«

»Ich habe nur die Wahrheit gesagt«, zischt Frank zurück. »Das Problem ist: Du kannst die Wahrheit doch gar nicht vertragen.«

Dad schaut überrascht auf. »*Eine Frage der Ehre*. Ich wusste gar nicht, dass du den Film gesehen hast.«

»YouTube.« Frank steht auf und bringt seinen Teller zum Geschirrspüler.

»Absolut fantastisch«, sagt Mum sauer. »Jetzt muss ich Felix eine Nachricht in sein Heft schreiben. *Liebe Mrs Lacy, leider ist Felix' Hausaufgabe* … was?«

»Von Ratten gefressen worden«, schlage ich vor.

»Für die Familie Turner nicht geeignet, weil sie das Konzept von uneigennütziger Liebe nicht versteht«, tönt Franks Stimme vom Spülbecken zu uns herüber.

Als er aus der Küche geht, werfen Mum und Dad sich einen Blick zu.

»Der Junge braucht ein Hobby«, murmelt Mum. »Wir hätten nie zulassen dürfen, dass er das Cellospielen aufgibt.«

»Bitte, nicht wieder das Cello«, stöhnt Dad. »Ich glaube, der Zug ist endgültig abgefahren.«

»Ich sage ja nicht, dass er wieder Cello spielen soll!«, faucht Mum. »Aber irgendetwas anderes. Was machen Jugendliche denn heutzutage so?«

»Alles Mögliche.« Dad zuckt mit den Achseln. »Sie gewinnen Olympiamedaillen, studieren in Harvard, gründen

Internetfirmen, spielen die Hauptrolle in Blockbustern …« Er verstummt und wirkt ein bisschen deprimiert.

»Er braucht keine Medaille zu gewinnen«, sagt Mum entschieden. »Er braucht nur etwas, für das er sich interessiert. Was ist mit der Gitarre? Wie lange ist es her, dass er das letzte Mal darauf gespielt hat?« Ihr Gesicht leuchtet auf. »Genau! Warum jammt ihr beiden nicht ein bisschen zusammen in der Garage?«

Dad verzieht das Gesicht. »Das haben wir schon mal versucht, weißt du nicht mehr? Hat leider nicht so gut geklappt … aber wir könnten es natürlich noch mal versuchen!«, fügt er hastig hinzu, als er Mums Blick sieht. »Gute Idee! Wir machen zusammen eine kleine Jamsession. Vater und Sohn. Wir spielen ein paar Songs, zischen ein paar Bierchen – ich meine, keine Bierchen natürlich«, verbessert er sich schnell, als Mum den Mund öffnet. »Kein Alkohol.«

»Und er sollte sich sozial engagieren«, sagt Mum mit plötzlicher Entschlossenheit. »Ja! *Das* ist es, was Frank guttun würde. Eine ehrenamtliche Arbeit.«

Später an dem Abend sitze ich in der Küche und spiele an meiner Kamera herum, als Frank hereinkommt.

»Hey.« Ich hebe den Kopf, weil mir plötzlich etwas einfällt. »Ich hab dich noch gar nicht interviewt. Vielleicht könnten wir das ja gleich jetzt machen?«

»Keine Lust.«

Frank sieht aus, als würde er die ganze Welt hassen. Sein Gesicht ist blass. Seine Augen sind blutunterlaufen. Zu der Zeit, in der er noch bei jeder Gelegenheit gespielt hat, sah er definitiv gesünder aus.

»Okay.« Ich zucke mit den Achseln und nehme mir ein Nacho aus der Schüssel, die immer noch auf dem Tisch steht. Wir haben uns zum Abendessen etwas von Tex-Mex liefern lassen, was die einzige Gelegenheit ist, bei der Mum so etwas wie Chips ins Haus kommen. Als wären sie kein Junkfood, wenn sie Doritos heißen und man Guacamole daraufhäufen kann. »Also …«, sage ich und versuche ganz beiläufig zu klingen. »Ich hab mich gefragt …«

Meine Stimme lässt mich im Stich. Das klingt nicht beiläufig, es klingt total übereifrig. Andererseits glaube ich nicht, dass Frank in seiner momentanen Stimmung etwas davon mitkriegt.

»Kommt Linus in nächster Zeit vielleicht mal wieder vorbei?«, sage ich viel zu hastig und alles andere als beiläufig, aber was soll's. Wenigstens habe ich gefragt.

Frank dreht mir mit einem mordlustigen Blick den Kopf zu. »Warum sollte er?«

»Na ja … weil …«, stottere ich verwirrt. »Habt ihr euch gestritten?«

»Nein, haben wir nicht.« Der Ausdruck in seinen Augen ist so trostlos und wütend, dass ich zusammenzucke. »Ich bin aus dem Team geworfen worden.«

»Du bist aus dem Team geworfen worden?« Ich starre ihn geschockt an. »Aber das war dein Team.«

»Tja, ich kann ja jetzt leider nicht mehr spielen, oder?«

Seine Stimme klingt belegt und leise. Ich habe das schreckliche Gefühl, dass er kurz davorsteht, in Tränen auszubrechen. Ich habe Frank nicht mehr weinen sehen, seit er zehn war.

»Oh Mann, Frank.« Es tut mir so leid für ihn, dass ich glatt selbst zu heulen anfangen könnte. »Hast du das Mum erzählt?«

»Ob ich das Mum erzählt hab?«, gibt er wütend zurück. »Damit sie jubelnd die Arme hochreißen kann?«

»Das würde sie nicht tun!«, sage ich. Aber so ganz sicher bin ich mir ehrlich gesagt nicht.

Das Problem ist, dass Mum im Grunde keine Ahnung hat, wovon sie da eigentlich redet. Ich meine das nicht böse. Die meisten Erwachsenen sind so. Sie checken es einfach nicht, sind aber nun mal diejenigen, die das Heft in der Hand haben. Total verrückt. Sie bestimmen, wie viel Zeit man am Computer und *in sozialen Netzwerken* verbringen darf, aber wenn sie dann mal mit ihrem eigenen Computer irgendwelche Schwierigkeiten haben, sind sie so hilflos wie kleine Babys. »Was ist mit meinem Dokument passiert?« – »Ich komme nicht mehr in Facebook rein.« – »Wie kann ich das Foto da hochladen?« – »Ich glaub, ich hab das Internet gelöscht.«

Und wir müssen das Problem dann für sie lösen.

Also würde Mum wahrscheinlich tatsächlich jubelnd die Arme hochreißen, wenn sie hören würde, dass Frank nicht mehr im Team ist. Und im nächsten Atemzug würde sie sagen: »Warum suchst du dir nicht ein Hobby und machst bei einem anderen Team mit?«

»Das tut mir wirklich wahnsinnig leid, Frank«, sage ich, aber er reagiert nicht darauf. Einen Moment später schlurft er aus der Küche, und ich bleibe allein mit den Doritos zurück.

16. Kapitel

»Es ist zurzeit also etwas schwierig.« Dr. Sarah klingt so bedächtig und unerschütterlich wie immer.

»Es geht schon. Aber alle sind total gestresst. Und ich hab irgendwie viel im Bett gelegen. Keine Ahnung. Ich bin einfach ständig so *müde.*«

»Wenn du müde bist, dann ruh dich aus. Versuche nicht, dagegen anzukämpfen. Dein Körper holt sich von selbst, was er braucht.«

»Ich weiß«, seufze ich und schlage die Beine auf dem Sessel unter. »Aber ich will nicht müde sein. Ich will nicht überwältigt sein. Ich will mich dagegen wehren.«

Die Worte kommen heraus, bevor ich sie gedacht habe, und mich durchfährt plötzlich ein kleiner Adrenalinstoß.

Wenn ich mit Dr. Sarah spreche, ist es, als würde ich die Dinge, die ich sage, zum ersten Mal hören und als würden sie dadurch auf einmal real werden. Ich glaube, sie hat magische Fähigkeiten. Wie eine Wahrsagerin – nur dass sie nicht die Zukunft, sondern die Gegenwart voraussagt. Irgendwie verändern sich in ihrem Behandlungszimmer die Dinge. Ich weiß nicht, wie, sie tun es einfach.

»Gut!«, sagt sie. »Das ist sehr gut. Aber worüber du dir nicht bewusst zu sein scheinst, Audrey, ist die Tatsache, dass du dich bereits dagegen wehrst.«

»Nein, tue ich nicht«, antworte ich und werfe ihr einen vorwurfsvollen Blick zu. Wie kann sie so was bloß sagen?

»Doch, natürlich.«

»Ich hab die letzten drei Tage nur im Bett rumgelegen.«

»Niemand hat gesagt, dass der Heilungsprozess eine einfache Reise wird. Wir haben da doch mal so ein Diagramm entworfen, weißt du noch?«

Sie steht auf, geht zum Whiteboard und zeichnet zwei Achsen und eine nach oben und unten ausschlagende, aufwärtsstrebende rote Linie darauf.

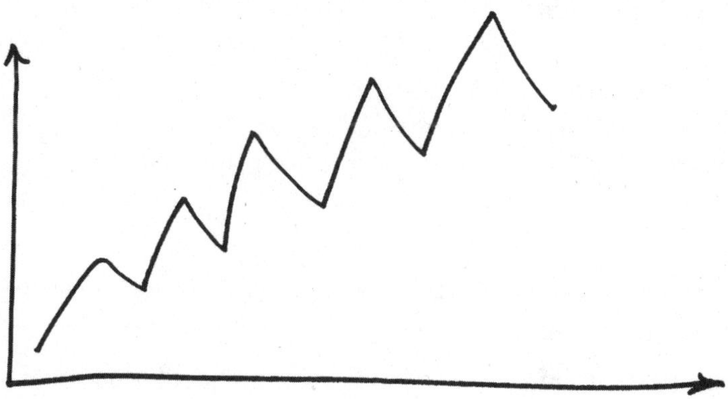

»Du hast Aufs und du hast Abs. Aber alles in allem geht es in die richtige Richtung, nämlich nach oben. Du hast einen langen Weg hinter dir, Audrey. Erinnerst du dich noch an unser erstes Treffen?«

Ich zucke mit den Achseln. An die ersten Sitzungen hier erinnere ich mich ehrlich gesagt nur noch verschwommen.

»Tja, ich kann mich noch sehr gut daran erinnern. Und glaube mir, das, was ich heute vor mir sehe, das gefällt mir außerordentlich.«

»Oh.« Ich spüre ein winziges bisschen Stolz in mir aufsteigen, was wirklich erbärmlich ist. Ich meine, ich habe absolut nichts *getan*.

»Wie läuft es mit dem Film?«

»Okay«, nicke ich.

»Hast du schon jemanden interviewt, der nicht zu deiner Familie gehört?«

»Na ja.« Ich zögere. »Noch nicht. Nicht wirklich.«

Dr. Sarah wartet. Das kann sie gut. Sie wartet wie ein Cop, der einen Verbrecher auf frischer Tat ertappen will. Und jedes Mal schwöre ich mir, dass ich nicht als Erste nachgeben werde. Vergeblich.

»Okay. Es gibt da so einen Jungen. Er heißt Linus«, höre ich mich selbst sagen.

Sie nickt. »Ja, du hast ihn schon einmal erwähnt.«

»Er ist ein Freund von Frank und schon öfter bei uns gewesen, und ich wollte ein Interview mit ihm machen. Nur dass er jetzt in nächster Zeit erst mal nicht mehr bei uns vorbeikommen wird. Also dachte ich … Ich meine …« Ich verstumme und bin mir nicht sicher, was ich meine.

»Vielleicht solltest du ihn einfach fragen, ob er nicht mal wieder vorbeikommen möchte«, sagt Dr. Sarah, als wäre es keine große Sache.

»Das kann ich nicht«, sage ich automatisch.

»Warum nicht?«

»Weil …« Sie kennt den Grund. Er muss nicht extra ausgesprochen werden.

»Lass uns doch kurz gemeinsam überlegen, was das Schlimmste wäre, das passieren könnte«, sagt Dr. Sarah fröhlich. »Du fragst Linus, ob er vorbeikommt, und er sagt Nein. Welches Gefühl löst diese Vorstellung in dir aus?«

Vor lauter Anspannung laufen mir kleine Schweißtröpfchen den Rücken hinunter. Ich habe keine Lust mehr auf diese Unterhaltung. Ich hätte Linus nie erwähnen sollen.

»Welches Gefühl löst es in dir aus?«, lässt Dr. Sarah nicht locker. »Arbeite mit mir, Audrey. Linus hat gerade *Nein, ich komme nicht vorbei* gesagt. Was fühlst du?«

»Es ist mir wahnsinnig peinlich«, sage ich unglücklich. »Ich hab das Gefühl, zu sterben. Es ist, keine Ahnung. Oh mein Gott. Ich bin so *dumm* …« Ich verziehe gequält das Gesicht.

»Wieso dumm?«

»Weil – *darum*!«, sage ich verzweifelt und bin fast ein bisschen wütend auf sie. Manchmal stellt Dr. Sarah sich absichtlich blöd.

»Okay. Linus kommt nicht vorbei.« Sie steht wieder auf und schreibt auf das Whiteboard:

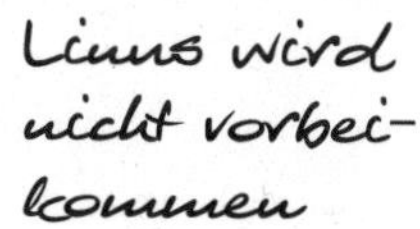

Dann zeichnet sie von dort einen Pfeil und schreibt *Linus' Gedanken* in einen Kreis.

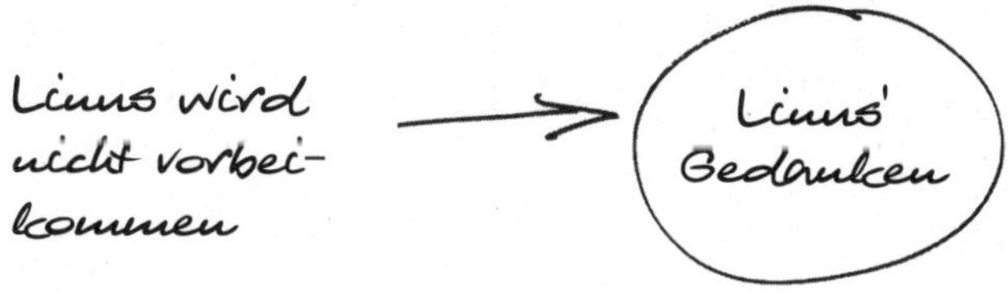

»Warum sollten diese Gedanken«, sie tippt auf das Board, »dich dazu bringen, dich dumm zu fühlen?«

»Weil …« Ich kämpfe noch mit meinen eigenen Gedanken. »Weil ich ihn nicht hätte fragen sollen.«

»Warum nicht?«, entgegnet sie. »Er sagt also Nein. Das

heißt lediglich, dass er keine Lust hat, interviewt zu werden, oder dass er keine Zeit hat oder dass er vorhat, ein anderes Mal Ja zu sagen. Oder was auch immer. Es heißt nicht, dass es etwas mit dir zu tun hat.«

»Natürlich hat es etwas mit mir zu tun!«, sage ich, bevor ich mich davon abhalten kann.

»Natürlich?«, gibt sie sofort zurück. *»Natürlich?«*

Okay, ich bin in die Falle getappt. *Natürlich* ist die Art von Phrase, auf die Dr. Sarah anspringt wie ein Hai, der Blut wittert. Das und *Ich muss*.

»Audrey. Weißt du, was Linus denkt?«

»Nein«, antworte ich widerstrebend.

»Du scheinst dir nicht ganz sicher zu sein. Kannst du in die Köpfe anderer Menschen schauen, Audrey?«

»Nein.«

»Bist du mit übernatürlichen Fähigkeiten gesegnet? Gibt es da etwas, das ich noch nicht über dich weiß?«

Ich hebe die Hände. »Schon gut, ich hab's kapiert. Ich habe versucht, Gedanken zu lesen.«

»Du hast versucht, Gedanken zu lesen.« Sie nickt. »Du hast keine Ahnung, was Linus denkt. Es könnte etwas Gutes sein oder etwas Schlechtes. Am wahrscheinlichsten ist, dass er gar nicht sonderlich viel denkt. Er ist schließlich ein Junge. Du solltest besser anfangen, dich daran zu gewöhnen.« Sie zwinkert mir amüsiert zu.

»Klar.« Ich weiß, dass sie versucht, mich zum Lächeln zu bringen, aber ich bin verwirrt. »Dann ... dann sollte ich ihn also fragen?«

»Genau das denke ich.« Sie nimmt ein Tuch, wischt *Linus wird nicht vorbeikommen* vom Whiteboard und schreibt stattdessen:

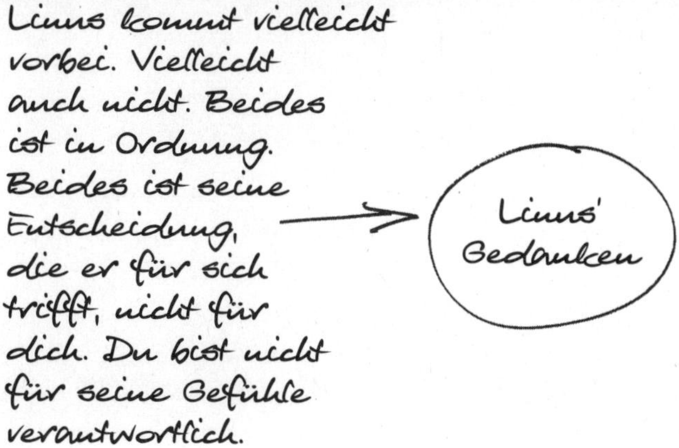

»Okay?«, sagt sie, als ich es gelesen habe.

»Okay.«

»Gut. Dann frag ihn. Lass uns das zu deiner nächsten Hausaufgabe machen, ja? Linus fragen.«

17. Kapitel

Der erste Schritt ist, Mum in einem guten Moment zu erwischen, damit sie nicht sofort ausflippt oder überreagiert oder so etwas. Ich warte, bis sie gerade eine Folge ihrer Lieblingskochshow *MasterChef* zu Ende geschaut hat, dann setze ich mich wie nebenbei auf die Armlehne des Sofas und sage:

»Mum, ich würde gern wieder ein Handy haben.«

»Ein Handy?« Sie setzt sich mit weit aufgerissenen Augen und heruntergeklapptem Kiefer auf. »Ein *Handy*?«

Wenn ich die Königin im Überreagieren bin, dann ist Mum die Kaiserin.

»Ähm, ja. Ein Handy. Wenn das okay ist.«

»Wen willst du denn damit anrufen?«, fragt sie.

»Ich dachte nur … keine Ahnung. Leute.« Ich weiß, ich klinge wirr, aber sie macht mich wirr.

»Was für Leute?«

»Leute eben! Soll ich dir jetzt jeden Einzelnen mit Namen nennen?«

Es ist kurz still, und ich weiß, was sie denkt, weil ich dasselbe denke. Mein letzter Handybesitz war nicht gerade ein Erfolg. Ich meine, es war ein schönes Handy. Ein Samsung. Aber es wurde zu so einer Art Tor. Einem Tor zur … Hölle. Wenn ich nur schon den Eingang einer SMS hörte, fing ich vor Angst an zu zittern, ganz zu schweigen davon, sie zu lesen. Ich weiß nicht, was damit passiert ist. Dad hat sich darum gekümmert.

Aber ich meine, das war damals.

Das war wegen ihnen.

»Audrey …« Mums Gesicht ist angespannt, und es tut mir leid, dass ich ihr den gemütlichen Abend mit *MasterChef* und *Große Träume, große Häuser* kaputtgemacht habe.

»Ich bin bereit dafür, Mum. Wirklich«, versichere ich ihr.

»Willst du Natalie anrufen? Geht es darum?«

Der Name *Natalie* lässt mich ein bisschen zusammenzucken. Ich weiß nicht, ob ich schon so weit bin, mit Natalie zu reden. Aber genauso wenig will ich Mum gegenüber irgendetwas preisgeben.

»Vielleicht.« Ich zucke mit den Achseln.

»Ich weiß nicht, Audrey …«

Mum ist sehr sensibel, was dieses Thema angeht, und glaubt mir, das bin ich auch. (Ich bin sogar *über*sensibel, wie mir praktisch die ganze Welt immer wieder zu verstehen gegeben hat.) Aber ich lasse nicht locker. Ich bin fest entschlossen, dieses Handy zu kriegen.

»Sei vorsichtig, Audrey. Ich … Ich möchte nicht, dass du …«

»Ich weiß.«

In Mums glänzend braunem Schopf sind die ersten grauen Haare zu sehen. Ihre Haut wirkt irgendwie dünn. Ich glaube, diese ganze Sache hat sie älter werden lassen. *Ich* habe sie älter werden lassen.

»Dr. Sarah fände es gut, wenn ich wieder ein Handy habe«, sage ich, um ihr die Entscheidung leichter zu machen. »Sie hat schon öfter gesagt, dass ich ihr dann, wann immer ich will, eine Nachricht schicken kann und dass ich selbst wissen würde, wann ich so weit bin. Und jetzt bin ich so weit.«

»Okay«, seufzt Mum. »Wir werden dir ein Handy besorgen. Ich meine, es ist toll, dass du eines willst, Schatz. Es ist wunderbar.« Sie legt eine Hand auf meine, als würde sie erst jetzt das Positive daran sehen. »Das ist ein Fortschritt!«

»Ich hab es noch nicht benutzt«, erinnere ich sie. »Freu dich also nicht zu früh.« Ich setze mich richtig aufs Sofa und lehne mich ins Polster zurück. »Was schaust du da?«

Als ich die Kissen ein Stück zur Seite schiebe, sehe ich ein Buch in Mums Schoß liegen. Der Titel lautet: *Wie Sie mit Ihrem Kind in der Teenagerzeit den richtigen Ton treffen* von Dr. Terence Kirshenberger.

»Oh mein Gott.« Ich greife danach. »Was ist das, Mum?«

Mum wird rot und versucht, es mir wieder wegzunehmen. »Nichts weiter. Ist mir bloß zufällig in die Hände gefallen.«

»Du brauchst doch keinen Ratgeber, um mit uns *den richtigen Ton zu treffen*!« Ich blättere durch die Seiten, die mit etlichen lahmen Cartoons bebildert sind, und schaue mir dann die Rückseite an. »Zwölf fünfundneunzig? Du hast zwölf fünfundneunzig dafür ausgegeben? Was steht da überhaupt drin? Ich wette, solche Sachen wie *Ihr Teenager ist auch nur ein Mensch.*«

»Nein, da steht *Gib mir mein Buch zurück.*« Mum reißt es mir aus der Hand und setzt sich darauf. »Also, schauen wir jetzt fern oder nicht?«

Aber sie ist immer noch rot und wirkt verlegen. Arme Mum. Ich kann nicht glauben, dass sie tatsächlich zwölf Pfund fünfundneunzig für ein Buch voller schrottiger Cartoons ausgegeben hat.

Sie hat es gelesen! Sie hat das Zwölf-Pfund-fünfundneunzig-Buch gelesen! Das weiß ich deswegen, weil sie am Samstag beim Frühstück plötzlich anfängt, mit Frank zu reden, als würde sie eine fremde Sprache sprechen.

»Also, Frank, mir ist aufgefallen, dass du gestern in deinem Zimmer zwei nasse Handtücher auf dem Boden liegen gelassen hast«, beginnt sie betont sachlich. »Das hat ein Gefühl der Überraschung in mir ausgelöst. Was für ein Gefühl hat es bei dir ausgelöst?«

»Hä?«, macht Frank und starrt sie verwirrt an.

»Ich glaube, dass wir für das Handtuch-Problem gemeinsam eine Lösung finden können«, fährt Mum fort. »Ich glaube, das wäre eine Herausforderung, die uns beiden total Spaß machen könnte.«

Frank wirft mir einen fragenden Blick zu, und ich zucke mit den Achseln.

»Wie denkst du darüber, Frank?«, lässt Mum nicht locker. »Was würdest du zum Thema Handtücher empfehlen, wenn du für den Haushalt hier verantwortlich wärst?«

»Keine Ahnung«, sagt Frank leicht genervt. »Geschirrhandtücher zu benutzen und danach wegzuwerfen.«

Mum ist anzusehen, dass sie von der Antwort ein bisschen frustriert ist, sie behält aber weiter diese unnatürliche Ruhe bei. »Ich verstehe, was du meinst, und finde, dass das eine interessante Idee ist.«

Frank mustert sie argwöhnisch. »Ist es nicht.«

»Doch, absolut.«

»Mum, es ist eine total bescheuerte Idee. Ich hab das bloß gesagt, um dich zu ärgern.«

»Ich verstehe, was du meinst.« Mum nickt. »Ich kann deine Sichtweise nachvollziehen, Frank. Sie ist berechtigt.«

»Ich hab keine Sichtweise!«, faucht Frank. »Und hör bitte auf, die ganze Zeit *Ich verstehe, was du meinst* zu sagen.«

»Mum hat da so ein Buch gelesen«, kläre ich ihn auf. »Es heißt *Wie Sie mit Ihrem Kind in der Teenagerzeit den richtigen Ton treffen.*«

»Was ist das denn für eine gequirlte Scheiße.« Frank verdreht die Augen.

»Nicht in diesem Ton, junger Mann!«, fällt Mum sofort aus ihrer Vorzeigeroboter-Mutter-Rolle heraus.

»Gegrillte Scheiße!«, ruft Felix fröhlich, worauf Mum wütend die Luft einzieht.

»Siehst du? Siehst du, was du angerichtet hast?«

»Dann hör endlich auf, wie ein verdammter Automat mit mir zu reden!«, ruft Frank. »Das ist doch total gekünstelt.«

»Verdammter Automat!«, wiederholt Felix begeistert.

»Das Buch hat zwölf fünfundneunzig gekostet«, informiere ich Frank, der ungläubig lacht.

»Zwölf fünfundneunzig! Ich würde nur zehn Worte brauchen, um dieses Buch zu schreiben: *Hören Sie auf, Ihr Kind in der Teenagerzeit zu bevormunden.*«

Es ist eine Weile still am Tisch. Ich glaube, Mum versucht, nicht die Beherrschung zu verlieren. So wie sie ihre Serviette zu einem winzigen Ball zusammenknüllt, scheint es ihr ziemlich schwerzufallen. Als sie schließlich wieder aufschaut, lächelt sie verkrampft.

»Mir ist klar, dass du zurzeit nicht zufrieden bist mit deinem Leben. Also habe ich mir ein paar Beschäftigungsmöglichkeiten für dich ausgedacht. Heute kannst du ein bisschen mit deinem Dad in der Garage jammen und nächste Woche stellst du dich freiwillig für eine ehrenamtliche Tätigkeit zur Verfügung.«

»Ehrenamtliche Tätigkeit?«, sagt Frank bestürzt. »So was wie Hütten in Afrika bauen?«

»Sandwiches für das Avonlea-Sommerfest machen.«

Das Avonlea ist das Altenheim hier um die Ecke. Es veranstaltet jedes Jahr einen Tag der offenen Tür, zu dem die ganze Nachbarschaft eingeladen ist, was eigentlich immer sehr nett ist. Na ja, ihr wisst schon. Für eine Gartenparty mit alten Leutchen.

»Sandwiches machen?« Frank wirkt fassungslos. »Das ist nicht dein Ernst.«

»Ich habe unsere Küche für das Catering angeboten. Wir werden alle mithelfen.«

»Ich werde keine verdammten Sandwiches machen.«

»Ich verstehe, was du meinst«, entgegnet Mum. »Und doch, du wirst. Und hör auf, Kraftausdrücke zu benutzen.«

»Nein!«

»Ich verstehe, was du meinst, Frank. Aber es bleibt dabei.«

»Hör bitte auf, Mum, okay?«

»Ich verstehe, was du meinst.«

»Hör auf.«

»Ich verstehe, was du …«

»Schon gut, Herrgott noch mal!« Frank presst sich die Fäuste an die Schläfen. »Dann mache ich diese verdammten Sandwiches eben, okay?! Bist du jetzt fertig damit, mein Leben zu ruinieren?«

Als er vom Tisch aufsteht und aus der Küche geht, spielt ein winziges Lächeln um Mums Lippen.

EINBLICKE IN DAS HARMONISCHE LEBEN MEINER LIEBEVOLLEN FAMILIE – Filmskript

INNEN. 5 ROSEWOOD CLOSE. TAG.

Die Kamera nähert sich der Garagentür. Darin sehen wir Dad in Lederklamotten und mit einer Gitarre, die an einen riesigen Verstärker angeschlossen ist. Frank steht neben ihm mit einer Bassgitarre und zieht ein düsteres Gesicht.

DAD

(euphorisch)
Okay, lass uns anfangen.
Einfach ein bisschen drauflosspielen
und Spaß haben.

Er schlägt ein angeberisches Gitarrenriff an.

DAD

Kennst du »For Her, For Me«?

FRANK

Was?

DAD

»For Her, For Me«. Das ist unser
bekanntester Song.

Er wirkt ein bisschen gekränkt.

DAD

Der Link, den ich dir geschickt hab?
Bei dem Stück hab ich ein Solo.

Er schlägt noch ein angeberisches Gitarrenriff an.

FRANK

Aha. Ähm … Kenn ich nicht.

DAD

Was kennst du denn?

FRANK

Die Erkennungsmelodie von *LOC*.

Er fängt an, sie zu spielen, aber Dad schüttelt ungeduldig den Kopf.

DAD

Wir wollen doch echte Musik machen. Okay, wir jammen einfach über die Progression weg. Lass es uns nicht kompliziert machen. Also, Intro – C, E, F, G, den Refrain doppelt so schnell – d-Moll, F, C, und dann noch einmal den Refrain mit einem G-Akkord für den Auftakt.

Frank starrt ihn panisch an.

FRANK

Progress-was?

DAD

Fühl es einfach. Du kriegst das schon hin. A one, a two, a one-two-three-four …

Ohrenbetäubender Lärm zerreißt die Luft, als sie zu spielen anfangen. Dann beginnt Dad mit krächziger Stimme zu singen.

DAD

(singt)

For her … for meeeee … Comin' round again …

(schreit über die Musik)

Du übernimmst die Begleitung, Frank.

(singt)

For her, for meeeee …

Er setzt zu einem Solo an. Frank blickt mit namenlosem Entsetzen in die Kamera und formt mit den Lippen das Wort »Hilfe«.

EINBLICKE IN DAS HARMONISCHE LEBEN MEINER LIEBEVOLLEN FAMILIE - Filmskript

INNEN. 5 ROSEWOOD CLOSE. TAG.

Mum ist in der Küche und macht gerade Mittagessen, als ein völlig aufgedrehter Dad hereinkommt. Sie schaut auf.

MUM

Und, wie war's?

DAD

Es war fantastisch! Wir haben gejammt, wir haben uns verbunden gefühlt … Ich glaub, Frank hat es total genossen.

MUM

Wunderbar, Liebling! Gut gemacht!

Sie umarmt ihn.

EINBLICKE IN DAS HARMONISCHE LEBEN MEINER LIEBEVOLLEN FAMILIE – Filmskript

INNEN. 5 ROSEWOOD CLOSE. TAG.

Frank sitzt oben auf der Treppe. Er spricht direkt in die Kamera.

FRANK

Das war die schlimmste Erfahrung meines Lebens.

AUDREY (OFF)

Nein, war es nicht.

FRANK

(finster)

Du hast keine Ahnung.

Er lässt den Oberkörper gegen das Geländer fallen.

FRANK

Warum will Dad Altherrenrock mit mir spielen? Warum?

AUDREY (OFF)

Um dich von Computerspielen wegzubringen.

Frank wirft ihr einen vernichtenden Blick zu.

FRANK

Vielen Dank, Einstein.

AUDREY (OFF)

Ich meine ja nur. Sie wollen dich für andere Dinge interessieren.

FRANK

(explodiert)

Ich will mich nicht für andere Dinge interessieren! Was ist falsch an Computerspielen?

AUDREY (OFF)

Ich hab nie gesagt, dass daran irgendwas falsch ist.

FRANK

Computerspiele fördern die Reaktionsfähigkeit, den Teamgeist und das strategische Denken, man kann eine Menge dabei lernen …

AUDREY (OFF)

(skeptisch)

Was denn zum Beispiel?

FRANK

Okay, pass auf:

(er zählt die Punkte an seinen Fingern auf)

Minecraft – Architektur. *Sim City* – wie man ein Gemeinwesen organisiert und einen Staatshaushalt verwaltet und solche Sachen. *Assassin's Creed* – antikes Rom und die Borgias und … Leonardo da Vinci. Ich meine, alles, was ich über Geschichte weiß, hab ich aus *Assassin's Creed*. Nicht aus der Schule.

AUDREY (OFF)

Und was hast du durch *LOC* gelernt?

FRANK

(grinst)
Vor allem koreanische Schimpfwörter.
(Fängt plötzlich an zu schreien:)
SHEEBSEKEE!

AUDREY (OFF)

Was heißt das?

FRANK

Benutze deine Fantasie.

Mum ruft von unten.

MUM

Frank! Audrey! Essen!

Frank scheint sie noch nicht einmal zu hören.

FRANK

Hast du gewusst, dass *LOC* in total vielen Ländern ein wahnsinnig beliebter Publikumssport ist? Die haben sogar ganze Arenen dafür gebaut.

AUDREY (OFF)

Ich weiß. Das hast du mir schon eine Million Mal erzählt.

FRANK

Und hast du gewusst, dass es an manchen Universitäten in den USA *LOC*-Stipendien gibt?

AUDREY (OFF)

Hast du mir auch schon erzählt.

FRANK

LOC ist super anspruchsvoll. Es hat seine ganz eigene Sprache. Seine eigenen Regeln. Es ist wie ... wie Latein. Ja, verdammt, genau das ist es. Es ist wie Latein. Und Mum und Dad schimpfen die ganze Zeit nur darüber, wie »böse und schlecht« es ist. Was, wenn ich nach Latein süchtig wäre?

Es entsteht eine lange Pause.

AUDREY (OFF)

Das kann ich mir ehrlich gesagt nicht vorstellen.

18. Kapitel

Mum hat mir also ein Handy gekauft. Das war der erste Schritt. Ich habe mir von Frank Linus' Nummer geben lassen. Das war der zweite Schritt. Jetzt muss ich ihn anrufen.

Ich gebe seine Nummer ein und starre dann eine Weile darauf. Versuche mir vorzustellen, wie ich die Unterhaltung anfangen soll. Schließlich schreibe ich ein paar nützliche Stichwörter und Sätze auf, die ich vielleicht gebrauchen kann. (Ein Tipp von Dr. Sarah.) Ich stelle mir eine ideale Situation vor.

Aber ich kann mich trotzdem nicht dazu durchringen, ihn anzurufen. Also schreibe ich ihm stattdessen eine SMS.

> Hi Linus. Ich bin's, Audrey. Franks Schwester. Ich hab dir ja von meiner Doku erzählt, und du meintest, ich könnte dich dafür interviewen. Ist das immer noch okay für dich? Können wir uns vielleicht treffen? Danke, Audrey.

Ich rechne nicht mit einer Antwort, oder zumindest, dass ich lange darauf warten muss, aber kaum habe ich die Nachricht abgeschickt, hat er auch schon zurückgeschrieben:

Klar. Wann?

Darüber habe ich noch nicht nachgedacht. Tja, wann? Es ist Samstagabend, also hätten wir morgen den ganzen Tag zur Verfügung.

Morgen? Hast du Lust, hier vorbeizukommen? Um 11?

Ich tippe auf *Senden,* und dieses Mal muss ich ein bisschen warten, bis er antwortet:

Nein, lass uns bei Starbucks treffen.

Panik durchzuckt mich wie weißglühendes Feuer. Starbucks? Ist er verrückt? Dann geht eine zweite Nachricht ein:

Du musst doch sowieso dorthin, oder? Ist das nicht Teil deines Projekts?

Aber … aber … aber …

Starbucks?

Morgen?

Meine Finger zittern. Meine Haut fühlt sich heiß an. Ich atme ein und zähle langsam bis vier, atme wieder aus und zähle langsam bis sieben und versuche Dr. Sarah heraufzubeschwören. Was würde sie mir raten? Was würde sie sagen?

Aber ich weiß schon, was sie sagen würde. Weil sie es bereits gesagt hat. Ich kann ihre Stimme in meinem Kopf hören:

Es ist Zeit, größere Schritte zu machen.

Du musst es dir nur zutrauen, Audrey.

Du wirst es erst wissen, wenn du es versucht hast.

Ich weiß, dass du das schaffst.

Ich starre auf das Handy, bis die Nummern vor meinen Augen verschwimmen. Schließlich fange ich an zu tippen, bevor ich es mir wieder anders überlegen kann.

Okay. Bis morgen.

19. Kapitel

Ich weiß jetzt, wie es ist, ein alter Mensch zu sein.

Okay, ich weiß nicht, wie es ist, Falten und graue Haare zu haben. Aber ich *weiß*, wie es ist, mit langsamen und unsicheren Schritten die Straße entlangzugehen, bei jedem Passanten, der einem entgegenkommt, zurückzuweichen, wenn ein Auto hupt, erschrocken zusammenzuzucken und das Gefühl zu haben, dass alles einfach viel zu schnell ist.

Mum und Dad sind mit Felix zu einer Gartenausstellung gefahren und haben in letzter Minute auch Frank mitgenommen, damit er seinen »Horizont erweitern« kann. Sie haben also keine Ahnung davon, was ich gerade mache. Ich habe es nicht geschafft, es ihnen zu erzählen. Mum hätte bestimmt ein unglaubliches Drama daraus gemacht, und das hätte ich nicht ertragen. Also habe ich gewartet, bis sie weg waren, Geld und die Kamera eingesteckt, meine Schlüssel genommen und einfach das Haus verlassen.

Was ich nicht mehr gemacht habe, seit …

Ich weiß es nicht. Einer *Ewigkeit*.

Wir wohnen ungefähr zwanzig Minuten zu Fuß von Starbucks entfernt, wenn man normal schnell geht. Ich gehe nicht normal schnell. Ich gehe einfach. Obwohl mein Reptiliengehirn kurz davor ist, sich vor Todesangst in sich zusammenzurollen, gelingt es mir, einen Fuß vor den anderen zu setzen. Links, rechts. Links, rechts.

Ich habe meine Sonnenbrille auf, die Hände fest in die Taschen meines Hoodies gerammt und mir außerdem noch die Kapuze übergezogen, um einen zusätzlichen Schutz zu haben. Ich habe noch kein einziges Mal den Blick vom Asphalt gehoben, aber das ist okay. Die meisten Leute, die an mir vorbeikommen, sind sowieso in ihrer eigenen Welt.

Als ich die Einkaufsstraße erreicht habe, wird die Menschenmenge dichter und die Schaufenster der Geschäfte sind hell erleuchtet und es ist laut, und mit jedem Schritt wächst das Bedürfnis, panisch loszurennen, aber ich tue es nicht. Ich treibe mich weiter an. Sage mir, dass es dasselbe ist wie einen Berg hochzusteigen. Dein Körper will es nicht, aber du zwingst ihn dazu.

Und dann habe ich es endlich zu Starbucks geschafft. Als ich auf die vertraute Fassade zugehe, fühle ich mich irgendwie erschöpft, aber auch fast ein bisschen euphorisch. Ich bin hier. Ich bin hier!

Ich drücke die Tür auf, und mein Blick fällt sofort auf Linus, der an einem Tisch neben dem Eingang sitzt. Er trägt eine Jeans und ein graues T-Shirt, und bevor ich es verhindern kann, fällt mir auf, dass er unglaublich süß aussieht. Nicht dass dies ein Date wäre.

Natürlich ist es kein Date. Aber trotzdem …

Mitten im Satz abgebrochen. Egal. Ihr wisst, was ich meine.

Als Linus mich sieht, fangen seine Augen an zu leuchten und er springt vom Tisch auf. »Du hast es geschafft!«

»Ja!«

»Das hätte ich nicht gedacht.«

»Ich auch nicht.«

»Aber du hast es geschafft! Du bist geheilt!«

Seine Begeisterung ist so ansteckend, dass ich wie irre zurückgrinse und mit ihm so eine Art Mini-Tanz aufführe, bei dem wir die Arme hin- und herschwenken.

»Sollen wir uns einen Kaffee holen?«

»Ja!«, sage ich mit meinem neuen Alles-ist-super-Selbstvertrauen. »Cool!«

Als wir uns in der Schlange anstellen, fühle ich mich irgendwie aufgekratzt. Die Musik aus der Anlage ist zu laut, und die Gespräche um mich herum treffen mit einer solchen Wucht auf meine Trommelfelle, dass ich zusammenzucke, aber ich lasse mich darauf ein, statt mich dagegen zu wehren. Genau wie auf einem Rockkonzert, wenn die Sinne von der Kraft des Lärms beherrscht werden und man sich einfach ergeben muss. (Und ja, mir ist klar, dass die meisten Leute die leise vor sich hin plätschernde Hintergrundmusik bei Starbucks nicht mit einem Rockkonzert vergleichen würden. Aber dazu kann ich nur sagen: *Versucht ihr doch mal, in einem Kopf wie meinem zu leben.*)

Ich spüre, wie mein Herz hämmert, aber ich weiß nicht, ob es an dem Lärm oder an den Leuten liegt oder daran, dass ich mit einem supersüßen Jungen hier bin. Als wir an der Reihe sind und ich meine Bestellung aufgebe (Caramel Frappuccino), sagt das mürrische Mädchen hinter der Kasse: »Name?«

Wenn es eines gibt, was ich auf keinen Fall möchte, dann dass mein Name durch ein gut besuchtes Café gebrüllt wird.

»Ich hasse das mit dem Namen«, murmle ich Linus zu.

»Ich auch.« Er nickt. »Sag einfach einen falschen Namen. Das mache ich auch immer.«

»Name?«, wiederholt das Mädchen ungeduldig.

»Oh. Ähm, Rhabarber«, sage ich.

»Rhabarber?«

Ein Pokergesicht zu bewahren, wenn man eine Sonnenbrille und einen Hoodie trägt und den Kopf abwendet, ist nicht sonderlich schwer.

»Ja, so heiße ich. Rhabarber.«

»Du heißt Rhabarber?«

»Natürlich heißt sie Rhabarber«, schaltet Linus sich ein. »Hey, Rhab, hast du Hunger? Willst du vielleicht einen Muffin, Rhab?«

»Nein danke.« Ich muss lächeln.

»Okay, Rhab. Kein Problem.«

»Schön. Rha-bar-ber«, schreibt das Mädchen mit ihrem Edding. »Und du?«

»Ich hätte gern einen Cappuccino«, sagt Linus höflich.

»Dein Name?«

»Den buchstabiere ich besser«, sagt er. »Z-W-P-A-E-N-«

»Was?« Sie starrt ihn mit dem gezückten Edding in der Hand an.

»Moment, ich war noch nicht fertig. Doppel-F-Bindestrich-T-J-U-S. Das ist ein holländischer Name«, fügt Linus ernst hinzu.

Meine Schultern beben, während ich versuche, nicht zu lachen.

Das Starbucks-Mädchen wirft uns einen finsteren Blick zu. »Du bist John«, knurrt sie und beschriftet seinen Becher.

Ich sage Linus, dass er eingeladen ist, weil das mein Dokumentarfilm ist und ich die Produzentin bin, und er sagt, in Ordnung und dass die nächste Runde auf ihn geht. Dann nehmen wir unsere Becher – Rhabarber und John – und kehren an unseren Tisch zurück. Mein Herz klopft jetzt sogar noch heftiger, aber ich habe einen absoluten Höhenflug. Schaut mich an! Ich bin bei Starbucks! Ich führe wieder ein normales Leben!

Ich meine, okay, ich trage immer noch eine Sonnenbrille, kann niemanden anschauen und knete hektisch die Hände in meinem Schoß. Aber ich bin hier. Und nur darum geht es.

»Frank hat erzählt, dass ihr ihn aus eurem Team geworfen habt«, sage ich, als wir uns hinsetzen, und bereue es auf der Stelle, weil es irgendwie so vorwurfsvoll klingt.

Aber Linus scheint sich nicht angegriffen zu fühlen. Er wirkt eher besorgt. »Frank gibt nicht mir die Schuld«, sagt er, was wohl bedeutet, dass sie sich darüber unterhalten haben. »Ich meine, er würde nicht von uns erwarten, dass wir jetzt alle aufhören, *LOC* zu spielen, nur weil er es nicht mehr kann. Er meinte, er hätte es an unserer Stelle nicht anders gemacht.«

»Und wer ist für ihn eingesprungen?«

»Matt«, sagt Linus ohne Begeisterung. »Er ist okay.«

»Dad hat Frank zu einer Jamsession in der Garage gezwungen«, erzähle ich ihm. »Er findet, dass Bassgitarre spielen ein besseres Hobby ist.«

»Spielt Frank überhaupt Bass?«

Ich fange an zu prusten. »Er kann vielleicht drei Akkorde, und Dad spielt auf seiner E-Gitarre grauenhafte Zehn-Minuten-Solos.«

»Was ist daran grauenhaft? Mein Dad spielt Blockflöte.«

»Er spielt *was*?« Mein Lachen erstirbt. »Im Ernst?«

»Das kann man echt niemandem erzählen.« Linus wirkt plötzlich verletzlich, und ich spüre eine Welle … von irgendwas. Etwas, das stark und warm ist. So, wie wenn man den Arm um jemanden legt und ihn an sich drückt.

»Ich werde es niemandem erzählen. Versprochen.« Ich nehme einen Schluck von meinem Frappuccino. »Eine Blockflöte wie die, auf der kleine Kinder spielen?«

»Eine für Erwachsene. Aus Holz. Ziemlich groß.« Er zeigt mit den Händen eine Länge von gut einem halben Meter an.

»Wow. Ich wusste nicht, dass es so was überhaupt gibt.«

Wir nippen an unseren Getränken und lächeln uns an. Durch meinen Kopf rasen alle möglichen Gedanken; tolle Gedanken wie *Ich habe es geschafft! Ich bin bei Starbucks! Gut gemacht!* Aber auch angespannte und schlechte Gedanken wie *Alle starren mich an* und *Ich hasse mich*. Und plötzlich *Ich wünschte, ich wäre jetzt zu Hause*, was wirklich seltsam ist. Ich wünsche mir nämlich *gar nicht*, zu Hause zu sein. Ich bin mit Linus bei Starbucks!

»Okay, was für Fragen würdest du mir gern in deinem Film stellen?«, sagt er.

»Oh, ich weiß nicht. Was mir so einfällt.«

»Gehört das zu deiner Therapie dazu?«

»Ja, irgendwie.«

»Brauchst du die Therapie denn überhaupt noch? Ich meine, du siehst aus, als würde es dir total gut gehen.«

»Mir geht es auch gut. Es ist bloß so eine Art Projekt ...«

»Wenn du es jetzt noch schaffen würdest, deine Sonnenbrille abzunehmen, dann wärst du, keine Ahnung, dann wäre wieder alles in Ordnung mit dir. Du solltest es einfach machen«, sagt Linus enthusiastisch. »Es einfach *machen*, verstehst du?«

»Das werde ich.«

»Aber du solltest nicht damit warten. Sondern es gleich tun, jetzt sofort.«

»Ja. Vielleicht.«

»Soll ich es für dich machen?« Er streckt eine Hand aus, und ich weiche zurück.

Aus meinem Höhenflug wird ein Sturz in die Tiefe. Seine Stimme hat einen einschüchternden Klang bekommen, und ich fühle mich bedrängt.

Ich weiß nicht, welcher Schalter in meinem Kopf umgelegt wird, aber auf einmal ist alles anders. Ich nehme einen Schluck von meinem Frappuccino und versuche, mich zu entspannen, dabei würde ich am liebsten nach einer Serviette greifen und sie in tausend Stücke zerfetzen. Die Geräusche um mich herum werden immer lauter und bedrohlicher.

An der Theke beschwert sich jemand über seinen kalten Kaffee – »Das ist jetzt schon das dritte Mal … Nein, ich will keinen Kaffee aufs Haus … Dieser Laden hier ist wirklich das Letzte!« –, und die wütende Stimme dringt wie ein Meißel in meinen Kopf. Ich zucke bei jedem Wort zusammen, schließe die Augen und will einfach nur noch fliehen. Panik steigt in mir auf, und meine Brust hebt und senkt sich hektisch. Ich kann hier nicht bleiben. Ich kann das nicht. Dr. Sarah hat sich geirrt. Mir wird es niemals besser gehen. Ich schaffe es ja noch nicht einmal, bei Starbucks zu sitzen. Ich bin eine totale Versagerin.

Die Gedanken, die durch meinen Kopf kreisen, werden immer dunkler. *Ich sollte mich einfach bis in alle Ewigkeit verstecken. Am besten wäre es, ich würde gar nicht existieren. Wozu bin ich überhaupt gut?*

»Audrey?« Linus schwenkt eine Hand vor meinem Gesicht hin und her, was mich noch mehr zusammenzucken lässt. »Audrey?«

»Tut mir leid.« Ich schlucke und schiebe meinen Stuhl zurück.

»Was?« Linus sieht mich verwirrt an.

»Ich kann nicht bleiben.«

»Warum?«

»Es ist einfach ... zu laut. Zu viel.« Ich presse die Hände auf die Ohren. »Tut mir leid. Tut mir wirklich leid ...«

Eine Sekunde später bin ich schon an der Tür, zerre sie auf und spüre einen winzigen Anflug von Erleichterung, als ich es nach draußen geschafft habe. Aber noch bin ich nicht in Sicherheit. Noch bin ich nicht zu Hause.

»Aber es ging dir doch gut.« Linus ist mir nach draußen gefolgt. Er klingt beinahe wütend. »Bis vor einer Minute war doch noch alles in Ordnung! Wir haben uns total nett unterhalten und gelacht ...«

»Ich weiß.«

»Also, was ist passiert?«

»Keine Ahnung«, sage ich verzweifelt. »Ich verstehe es ja selbst nicht.«

»Dann zwing dich dazu, dich zusammenzureißen. Kämpfe mit deinem ganzen Willen dagegen an.«

»Ich hab es doch versucht!« Vor Wut schießen mir Tränen in die Augen – nicht dass er es sehen könnte. »Was denkst du, was ich da drin die ganze Zeit gemacht hab?«

In meinem Kopf geht es zu wie in einer Notrufzentrale, in der sämtliche rote Lämpchen blinken. Ich kann keine Sekunde länger bleiben. Ohne darüber nachzudenken, strecke ich die Hand aus und halte zum ersten Mal in meinem Leben ein Taxi an.

»Tut mir leid«, sage ich zu Linus, als ich in den schwarzen Wagen steige, und versuche das Zittern in meiner Stimme zu unterdrücken. »Es tut mir wirklich leid. Am besten, wir vergessen die Sache mit dem Interview und das alles. Okay, dann … sehen wir uns wahrscheinlich nicht wieder. Mach's gut. Tut mir wirklich schrecklich leid.«

Ich liege vollkommen regungslos mit Ohropax und zugezogenen Vorhängen zu Hause im Bett. So liege ich schon seit ungefähr drei Stunden da. Ich rühre keinen Muskel. Manchmal habe ich das Gefühl, ein Handy zu sein und dass ich meinen Akku nur so wieder aufladen kann. Dr. Sarah sagt, dass mein Körper auf einer Adrenalin-Achterbahn fährt und ich deswegen ständig zwischen totaler Aufgekratztheit und totaler Erschöpfung hin- und herschlingere.

Als der Hunger mich irgendwann nach unten treibt, bin ich ziemlich wacklig auf den Beinen. Ich schicke Dr. Sarah eine SMS mit dem Text: Bin bei Starbucks gewesen und hatte einen Nervenzusammenbruch. Die schlimmen dunklen Gedanken sind zwar weg, aber sie haben ihre Spuren hinterlassen und mich schwach und zittrig gemacht.

Auf dem Weg in die Küche fällt mein Blick in den Spiegel, und ich weiche vor meinem eigenen Anblick zurück. Ich sehe blass aus und irgendwie … keine Ahnung … geschrumpft. Es ist wie ein grippaler Infekt, der den ganzen Körper ausknockt. Ich überlege gerade, ob ich mir ein Nutella- oder lieber ein Käsebrot machen soll, als ein klapperndes Geräusch aus der Diele dringt und ich höre, wie etwas auf die Fußmatte fällt. Mir bleibt vor Schreck fast das Herz stehen.

Jeder meiner Muskeln zittert vor Anspannung wie bei einem Tier, das in der Falle sitzt, aber ich murmle immer wieder stumm wie ein Mantra *Ich bin in Sicherheit, ich bin in Sicherheit, ich bin in Sicherheit* vor mich hin, bis mein Puls sich langsam wieder beruhigt und ich in die Diele gehen und nachschauen kann, was es ist.

Auf der Fußmatte liegt ein aus einem Block herausgerissenes, liniertes Blatt Papier, auf dem in Linus' Schrift *Audrey* steht. Ich hebe es auf und falte es auseinander:

Bist du okay? Ich habe dir eine SMS geschickt, aber du hast nicht geantwortet. Frank hat auch nicht geantwortet. Ich wollte nicht klingeln und dir einen Schreck einjagen. Bist du okay??

Seit ich wieder zu Hause bin, habe ich keinen einzigen Blick mehr auf mein Handy geworfen. Und Frank ist auf dieser Gartenshow auf dem Land und hat dort wahrscheinlich kein Netz. Als ich mir vorstelle, wie Frank mit finsterem Gesicht zwischen Blumenbeeten hindurchstapft, muss ich kurz lächeln. Er wird mit Sicherheit unfassbar schlecht gelaunt sein.

Plötzlich sehe ich durch das geriffelte Glas der Eingangstür eine Bewegung und erstarre. Oh Gott. Ist das etwa Linus? Steht er noch da draußen und wartet? Worauf?

Ich greife nach einem Stift, denke einen Moment nach und schreibe unter seine Nachricht:

Mir geht's gut, danke. Sorry, dass ich so ausgeflippt bin.

Anschließend schiebe ich das Blatt durch den Briefkastenschlitz und warte. Einen Augenblick später kommt es wieder zurück.

Du hast wirklich schlecht ausgesehen. Ich habe mir Sorgen gemacht.

Während ich auf seine Worte starre, wird mein Herz so schwer wie ein Stein. *Wirklich schlecht.* Ich habe *wirklich schlecht* ausgesehen. Ich habe alles ruiniert.

Sorry.

Irgendwie fällt mir nichts anderes ein als dieses eine Wort, also schreibe ich es noch mal.

Sorry. Sorry.

Kaum habe ich es durch den Schlitz geschoben, schiebt er seine Antwort zurück:

Nein. Es muss dir nicht leidtun. Das ist nicht deine Schuld. Was hast du gedacht, als wir vorhin bei Starbucks waren?

Damit habe ich nicht gerechnet. Ich knie einen Moment reglos auf der Fußmatte, während meine Gedanken wie ein Tickerband durch meinen Kopf jagen. Soll ich darauf antworten? Und wenn ja, was?

Will ich ihm sagen, was ich gedacht habe?

Die Stimme der Therapeutin, die im St. John's den »Selbstbehauptungs-Workshop« abgehalten hat, geht mir durch den Kopf. *Wir müssen nichts über uns preisgeben.* Das hat sie jede Woche gesagt. *Jeder von uns hat ein Recht auf Intimsphäre. Ihr müsst euch niemandem mitteilen, egal, wie sehr man euch dazu drängt. Egal, worum es dabei geht. Fotos, Fantasien, Pläne fürs Wochenende … es ist ganz allein eure Sache.* Dabei schaute sie immer beinahe streng in die Runde. *Ihr braucht nicht darüber zu reden.*

Ich muss nicht mit Linus darüber reden, was ich gedacht habe. Ich könnte ihn einfach da draußen stehen lassen und gehen. Ich könnte *Ach, nichts weiter!* schreiben oder *Das willst du lieber nicht wissen!!! ;-)* Als wäre das alles bloß ein Scherz.

Aber irgendwie … will ich mit ihm darüber reden. Ich weiß nicht, warum. Ich vertraue ihm. Außerdem haben wir eine Tür zwischen uns, was dem Ganzen einen geschützten Rahmen gibt, fast ein bisschen so wie in einem Beichtstuhl.

Bevor ich es mir anders überlegen kann, schreibe ich:

Ich dachte: »Ich bin eine totale Versagerin.
Am besten wäre es, ich würde gar nicht existieren.
Wozu bin ich überhaupt gut?«

Ich schiebe den Zettel durch den Schlitz, hocke mich auf die Fersen zurück und atme seltsam erleichtert aus. So. Schluss mit Sichverstellen. Jetzt weiß er, wie seltsam und verworren es in mir drin aussieht. Ich halte die Luft an und lausche auf irgendwelche Zeichen, die mir etwas über seine Reaktion verraten, aber auf der anderen Seite der Tür ist es still. Nichts rührt sich hinter dem geriffelten Glas. Tja. Ich glaube, er ist gegangen. Klar ist er gegangen. Wer würde nach so einem Geständnis noch bleiben?

Oh Gott, habe ich komplett den Verstand verloren? Wie konnte ich bloß auf die Idee kommen, dem Jungen, den ich wirklich mag, meine dunkelsten Gedanken durch den Briefkastenschlitz zuzuschieben? Wieso mache ich so was?

Ich rapple mich ernüchtert auf und habe gerade die Küchentür erreicht, als ich es klappern höre. Schnell wirble ich herum und sehe eine Antwort auf der Fußmatte liegen. Ich laufe zurück, hebe sie mit zitternden Händen auf und bin so nervös, dass ich mich zuerst gar nicht richtig darauf konzentrieren kann. Er hat eine neue Seite aus dem Block gerissen, die mit folgenden Worten beginnt:

Wozu du überhaupt gut bist? Wie wäre es für den Anfang damit?

Und darunter hat er eine lange Liste geschrieben. Eine sehr lange Liste, die die ganze Seite ausfüllt. Ich bin so durcheinander, dass ich sie noch nicht einmal richtig lesen kann, aber während ich sie überfliege, bleibt mein Blick immer wieder an einigen Stellen hängen – *wunderschönes Lächeln* und *total cooler Musikgeschmack (ich hab heimlich einen Blick in deinen iPod geworfen)* und *genialer Starbucks-Name.*

Ich fange prustend an zu lachen und gleichzeitig muss ich fast schluchzen und dann wieder lächeln und dann wische ich mir plötzlich die Tränen aus den Augen. Ich bin völlig durch den Wind.

Als noch eine Nachricht klappernd durch den Schlitz fällt, zucke ich erschrocken zusammen. Sind ihm etwa noch mehr tolle Sachen zu mir eingefallen? Aber da steht bloß:

Darf ich reinkommen?

Oh Gott, denke ich panisch. Ich kann ihm auf keinen Fall mein geschrumpftes, blasses, armseliges Ich zeigen. Ich kann einfach nicht. Ich weiß, dass Dr. Sarah mir jetzt sagen würde, dass ich nicht geschrumpft oder armselig bin, dass ich mir das nur einrede, aber sie ist nicht hier, oder?

Das schaffe ich grade nicht. Ein andermal. Sorry, sorry …

Nachdem ich die Nachricht durch den Schlitz geschoben habe, halte ich nervös den Atem an. Jetzt ist er bestimmt gekränkt und geht, und damit war's das. Vorbei, bevor es überhaupt begonnen hat …

Dann klappert der Briefkastenschlitz erneut:

Verstehe. Ich bin dann mal weg.

Oh nein. Er geht wirklich. Er ist tatsächlich gekränkt. *Er hasst mich, ich hätte die Tür aufmachen sollen, ich hätte stärker sein sollen, ich bin so dumm …* Während ich verzweifelt darüber nachdenke, was ich schreiben könnte, fällt noch ein Blatt Papier auf die Fußmatte. Es ist in der Mitte zusammengefaltet und mit dieser Nachricht beschriftet:

Musste dir das geben, bevor ich gehe.

Ich traue mich eine Weile nicht, das Blatt aufzufalten und zu lesen. Als ich es schließlich doch tue, starre ich ungläubig auf das, was er geschrieben hat. Was *Linus* an *mich* geschrieben hat. Ich kann kaum noch atmen.

Es ist ein Kuss.

20. Kapitel

Im St. John's versuchen sie einem beizubringen, nicht ständig im Kreis zu denken und immer wieder die alten Sachen hochzuholen. Nicht in der Vergangenheit, sondern in der Gegenwart zu leben. Aber wie soll man das anstellen, wenn einen der Junge, den man mag, gerade praktisch irgendwie geküsst hat?

Als ich das nächste Mal bei Dr. Sarah bin, habe ich die Szene schon ungefähr eine Million Mal in meinem Kopf durchgespielt und frage mich mittlerweile, ob er das nur getan hat, um mich auf den Arm zu nehmen oder um sich mit seinen Freunden darüber lustig zu machen oder bloß aus Höflichkeit? Ich meine, tue ich ihm vielleicht einfach nur leid? War es ein Mitleidskuss? Oh Gott. Natürlich war es ein Mitleidskuss. (Nicht dass ich, was Küsse angeht, eine Expertin bin. Ich habe in meinem ganzen Leben exakt einen Jungen geküsst, das war letztes Jahr in den Ferien, und es war widerlich.)

Dr. Sarah hört ungefähr eine halbe Stunde lang geduldig zu, während ich sie über Linus zutexte. Und danach sprechen wir über »Gedankenlesen« und »Katastrophendenken«, genau wie ich es mir gedacht habe. Manchmal habe ich das Gefühl, ich könnte selbst Therapeutin werden.

»Ich weiß, was Sie mir zu sagen versuchen«, seufze ich

schließlich. »Dass ich seine Gedanken nicht lesen kann und es auch gar nicht erst versuchen soll. Aber wie soll ich nicht daran denken? Er hat mich *geküsst.* Ich meine … irgendwie. Auf dem Papier.« Ich zucke verlegen mit den Achseln. »Sie denken wahrscheinlich, dass das nicht zählt.«

»Ganz und gar nicht«, sagt Dr. Sarah ernst. »Die Tatsache, dass es auf dem Papier war, macht es nicht kleiner. Ein Kuss ist ein Kuss.«

»Und seitdem hab ich nichts mehr von ihm gehört, und ich hab keine Ahnung, was er denkt, und das macht mich total fertig …« Als Dr. Sarah nicht sofort antwortet, seufze ich wieder. »Ich weiß, ich weiß. Ich habe eine Krankheit, und sie ist vollständig heilbar.«

Es ist eine Weile still. Um Dr. Sarahs Mund zuckt es, als müsste sie sich ein Lächeln verkneifen.

»Hör zu, Audrey«, sagt sie schließlich. »Ich sage das jetzt zwar nur ungern, aber sich den Kopf darüber zu zerbrechen, was ein Junge denkt, nachdem er einen geküsst hat, ist leider nicht heilbar. Zumindest nicht *vollständig.*«

Und dann, als ich drei Tage nach Starbucks gerade friedlich allein fernschaue, kommt Frank hereingestapft und sagt: »Linus ist da.«

»Oh, okay.« Ich setze mich nervös auf. »Echt? Er ist hier bei uns? Aber …« Ich schlucke. »Ihr könnt doch gar kein *LOC* spielen … Ich meine, warum ist er …?«

»Er ist deinetwegen hier«, sagt Frank achselzuckend. Diese Tatsache scheint ihn nicht sonderlich zu beeindrucken. »Ist das okay für dich? Schaffst du es, locker zu bleiben?«

»Nein. Ja. Ich meine … Ist okay.«

»Cool«, sagt er, dann ruft er: »Alles klar, Linus, du kannst reinkommen!«, und stapft wieder raus.

Andere Brüder würden ihrer Schwester die Möglichkeit geben, sich noch kurz durch die Haare zu fahren. Oder wenigstens das ausgeleierte T-Shirt zu wechseln, das sie schon den ganzen Tag anhat. Ich schicke Frank telepathisch Mordfantasien, als Linus vorsichtig das Zimmer betritt und sagt: »Hi. Wow, ganz schön dunkel hier drin.«

In meiner Familie haben sich alle mittlerweile so an mein immer mal wieder abgedunkeltes Zimmer gewöhnt, dass ich vergesse, wie es auf andere Leute wirken muss. Die Vorhänge sind heute mal wieder zugezogen, und das einzige Licht im Raum kommt vom Fernseher. Nur so fühle ich mich sicher. So sicher, dass ich meine Sonnenbrille abnehmen kann.

»Ja. Sorry.«

»Nein, kein Problem. Deswegen heißt du ja auch Rhabarber.«

»Genau so heiße ich.« Ich sehe ihn durch das dunkle Zimmer hindurch lächeln. Seine Zähne blitzen im flackernden Schein des Fernsehers auf, und seine Augen verziehen sich zu zwei leuchtenden Schlitzen.

Ich sitze auf dem Teppich und lehne mit dem Rücken an der Couch, und einen Moment später kommt er rüber und setzt sich neben mich. Ich meine, nicht *direkt* neben mich. Er hält ungefähr dreißig Zentimeter Abstand. Ich scheine plötzlich die extrem feinen Sinne einer Fledermaus zu haben, weil ich mir mit jeder Faser meines Körpers über seine Position im Verhältnis zu meiner im Klaren bin. Und die ganze Zeit über dröhnt bloß ein Gedanke durch meinen Kopf: *Er hat mich geküsst. Auf dem Papier. Irgendwie. Er hat mich geküsst.*

»Was schaust du da?« Er guckt auf den Fernseher, wo eine Frau in einem maßgeschneiderten Kleid gerade ein Algenshampoo anpreist. »Ist das *QVC*?«

»Ja. Die Gespräche haben irgendwie so etwas Beruhigendes.«

QVC ist der Sender, bei dem man sich am besten entspannen kann. Man hat drei Leute in einem Studio, die alle davon überzeugt sind, dass die Anti-Falten-Creme fantastisch ist. Niemand behauptet das Gegenteil oder wird laut. Es gibt keine ungewollten Schwangerschaften, keinen Mord und Totschlag, keine von Band eingespielten Lacher – die sich in meinem Kopf wie ein Presslufthammer anhören können.

»Schon gut«, füge ich hinzu. »Ich weiß selbst, wie verrückt das ist.«

»Das nennst du verrückt?«, sagt Linus. »Dann solltest du dringend meine Granny kennenlernen. Sie ist nämlich *wirklich* verrückt. Sie glaubt, dass sie fünfundzwanzig ist, und wenn sie in den Spiegel schaut, wird sie wütend und beschuldigt uns, ihn irgendwie manipuliert zu haben. Sie kann die Wirklichkeit nicht sehen. Sie trägt Miniröcke, will ständig tanzen gehen und ist stärker geschminkt als jede andere Granny, die du je gesehen hast.«

»Sie klingt toll!«

»Sie ist du weißt schon.« Er zuckt mit den Achseln. »Manchmal ist es lustig, manchmal ist es traurig. Aber der Punkt ist doch, dass sie nicht fünfundzwanzig ist, oder? Dass ihr krankes Gehirn ihr das bloß vorgaukelt, oder?«

Er scheint eine Antwort zu erwarten, also sage ich: »Ja, stimmt.«

»Das wollte ich dir schon früher sagen. Nachdem wir bei Starbucks waren. Verstehst du, was ich damit meine?«, fragt er sanft. »Gran ist nicht fünfundzwanzig, und du bist nicht … du bist nichts von den ganzen fiesen Sachen, die dein Kopf dir einzureden versucht. *Nichts* davon.«

Und plötzlich begreife ich, worum es ihm geht und was er damit zu erreichen versucht.

»Ich weiß«, sage ich.

Und das ist die Wahrheit. Obwohl es schwer ist, es nicht zu vergessen, wenn die negativen Gedanken wie ein reißender Strom durch deinen Kopf jagen.

»Danke«, sage ich. »Danke, dass du … du weißt schon. Es verstehst.«

»Ich verstehe es nicht wirklich. Aber …«

»Doch, tust du. Mehr als die meisten Leute. Glaub mir.«

»Na ja.« Er klingt verlegen. »Wie auch immer. Also, geht es dir jetzt wieder besser?«

»Viel besser.« Ich lächle in seine Richtung. »Sehr viel besser.«

Die QVC-Moderatorinnen sind mittlerweile bei einem Gemüsehobel angelangt, und wir schauen eine Weile zu, wie er Möhren und Kohl zerkleinert. Plötzlich sagt Linus: »Wie kommst du eigentlich mit dem Schuhkontakt voran?«

Bei dem Wort *Kontakt* erstarre ich innerlich. *Kontakt.* Nicht nur auf dem Papier. In echt.

Glaubt nicht, ich hätte nicht darüber nachgedacht.

»Hab es seitdem nicht mehr versucht«, sage ich so beiläufig wie möglich.

»Willst du es vielleicht jetzt versuchen?«

»Okay.«

Ich schiebe langsam meinen Fuß zu ihm rüber, bis er seinen berührt. Schuh an Schuh, wie wir es schon mal getan haben. Ich rechne mit einem Nervenzusammenbruch, mit einem hysterischen Anfall oder sonst einer extrem peinlichen Reaktion. Aber das Seltsame ist…nichts davon passiert. Mein Körper ist nicht davor zurückgeschreckt. Mein Atem geht normal. Mein Reptiliengehirn ist so entspannt wie ein buddhistischer Mönch. Was ist los?

»Es liegt daran, dass es dunkel ist«, sage ich, obwohl ich es gar nicht laut aussprechen wollte. »Es liegt daran, dass es *dunkel* ist.« Mir ist fast schwindlig vor Erleichterung.

»Was meinst du?«

»Ich kann mich entspannen, wenn es dunkel ist. Als wäre die Welt dann ein anderer Ort.« Ich breite die Arme aus und spüre die Dunkelheit wie eine warme, weiche Decke an meiner Haut. »Ich glaube, ich könnte alles machen, wenn es auf der Welt die ganze Zeit dunkel wäre. Dann würde es mir total gut gehen.«

»Dann solltest du Höhlenforscherin werden«, sagt Linus.

»Oder eine Fledermaus.«

»Ein Vampir.«

»Oh Gott, natürlich! Ich sollte Vampir werden.«

»Bis auf diese Sache mit dem Bluttrinken und so.«

»Igitt.« Ich nicke zustimmend.

»Wird das nicht irgendwann langweilig? Jede Nacht Menschen das Blut aussaugen? Will man da zwischendurch nicht auch mal eine Portion Fritten haben?«

»Keine Ahnung.« Ich spüre ein Kichern in der Kehle. »Wenn ich das nächste Mal einen Vampir treffe, frage ich ihn.«

Wir schauen zu, wie der Gemüsehobel einem Dampfkocher Platz macht, von dem in dieser Stunde bereits einhundertfünfundvierzig Stück verkauft wurden.

»Okay, also wenn man jetzt mal berücksichtigt, dass es

dunkel ist und so …« Linus räuspert sich. »Wie wäre es dann mit … Daumenkontakt? Nur um zu sehen, ob du es kannst? Als eine Art Experiment.«

»Okay, ähm …« Ich habe ein leichtes Ziehen im Magen. »Warum nicht?«

Ich spüre, wie seine Hand sich vorsichtig zu meiner herübertastet, bis unsere Daumen sich gefunden haben. Seine Haut fühlt sich trocken und warm an und irgendwie so, wie ich es mir vorgestellt habe. Er kreist mit dem Daumen um meinen und lacht, als ich spielerisch ausweiche.

»Daumenkontakt ist also okay für dich.«

Ich nicke. »Daumenkontakt ist gut.«

Dann spüre ich, wie er seinen Daumen in meine Handfläche schiebt. Jetzt haben wir Finger-Hand-Kontakt. Und ein paar Sekunden später Handflächen-Kontakt. Seine Hand schließt sich um meine, und ich erwidere den Druck.

Er rückt näher. Obwohl er mich noch nicht berührt, kann ich die Wärme seines Körpers an meinem Arm und meinem Bein spüren. Und jetzt bin ich zwar ein kleines bisschen angespannt, aber nicht so wie bei Starbucks. Mir gehen keine schrägen Sachen durch den Kopf. Ich bin mir noch nicht einmal sicher, ob mir überhaupt irgendetwas durch den Kopf geht, außer *Passiert das wirklich?* Und *Ja, das passiert wirklich.*

»Ist Jeans-Kontakt okay?«, murmelt er, als sein Bein sich an meines schmiegt.

»Ja, Jeans-Kontakt ist gut«, flüstere ich.

Dann kommt Arm-um-Schulter-Kontakt. Haar-Kontakt. Wangen-Kontakt. Sein Gesicht fühlt sich ein bisschen rau an, als er damit über meines streicht.

Mund-Kontakt.

Er sagt nichts dazu oder fragt, ob es okay ist. Ich sage auch nichts. Aber es ist okay. Mehr als okay.

Nachdem wir uns ungefähr eine Ewigkeit geküsst haben, setzt er sich aufrecht hin, zieht mich auf seinen Schoß, und ich kuschle mich an ihn. Er fühlt sich warm und fest an. Seine Arme um mich fühlen sich stark an. Und seine Haare riechen gut. Und es ist ganz schön schwer, sich auf die Vorteile einer Küchenmaschine mit vier einzigartigen Aufsätzen zu konzentrieren, die heute, und nur heute, zum einmaligen Preis von nur neunundsechzig Pfund neunundneunzig im Angebot ist.

Okay, und hier kommt der peinliche Teil: Ich bin eingeschlafen. Ich weiß nicht, ob es eine Post-Adrenalin-Erschöpfung war oder bloß die Clonazepam, die ich beim Mittagessen genommen habe – aber ich schlief tatsächlich ein. Als ich aufwachte, lag ich ausgestreckt auf dem Boden und Mum rief aus der Diele nach mir und die QVC-Moderatorinnen unterhielten sich über eine absolut magische Fritteuse, die die Kalorien um die Hälfte reduziert. Und neben mir lag eine Nachricht.

Bis bald. xxx.

21. Kapitel

Ich habe das nächste Level erreicht. Eine andere Beschreibung fällt mir dafür nicht ein. Wäre ich eine *LOC*-Heldin, wäre ich mit verbesserten Fähigkeiten ausgestattet oder mit irgendeiner zusätzlichen Superwaffe. Ich bin stärker. Ich fühle mich größer. Ich komme schneller wieder auf die Beine. Es ist eine Woche her, seit Linus und ich zusammen QVC geschaut haben, und ja, okay, einmal hatte ich einen schlimmen Schub, aber ich bin nicht so tief abgestürzt wie sonst.

Linus ist noch ein paarmal hier gewesen, und wir haben jedes Mal QVC geschaut und uns unterhalten und so, und es ist einfach … Na ja. Es ist schön. Jetzt haben wir Freitagnachmittag, und obwohl ich nicht in der Schule bin, habe ich dieses Wochenendgefühl. Die Luft ist warm, und ich kann die Kinder in den umliegenden Gärten spielen hören. Vom Küchenfenster aus schaue ich zu, wie Felix mit einer Gießkanne nackt über den Rasen läuft.

Als ich das Klingeln eines Eiswagens höre und gerade nach Mum rufen will, um ihr vorzuschlagen, dass wir Felix ein Eis besorgen sollen, kommt sie in die Küche. Genauer gesagt schwankt sie in die Küche. Sie sieht ganz blass aus, beinahe *mauvefarben*. Und sie hält sich an der Kücheninsel fest, als würde sie sonst zusammenbrechen.

»Mum? Bist du okay?«, frage ich besorgt und weiß noch

im selben Moment, was für eine bescheuerte Frage das ist. Natürlich ist sie nicht okay, sie sieht erbärmlich aus. »Vielleicht solltest du dich lieber ein bisschen hinlegen?«

Sie lächelt schwach. »Mir geht es gut.«

»Quatsch, Mum! Du siehst aus, als hättest du dir was eingefangen. Hast du Fieber?« Ich versuche mich an die ganzen Sachen zu erinnern, die sie immer zu uns sagt, wenn wir krank sind. »Möchtest du vielleicht ein Lemsip?«

»Oh, ein Lemsip.« Sie seufzt leise und sieht wie ein Gespenst aus. »Ich glaube, das wäre nicht das Schlechteste.«

»Ich kümmere mich um Felix«, sage ich entschieden, »und du legst dich ein bisschen hin. Ich bringe dir das Lemsip dann gleich hoch.«

Ich setze den Wasserkessel auf und suche in den Schränken nach einer Packung Lemsip – eine Art Heiße-Zitrone-Pulver mit Paracetamol –, als ich höre, wie Frank nach Hause kommt. Ich sage ganz bewusst *höre*, weil er einen Mordslärm dabei veranstaltet, wie immer, wenn er seine Schultasche plus Sporttasche, Kricketschläger und keine Ahnung was sonst noch alles aus großer Höhe auf die Fliesen fallen lässt. Ein paar Sekunden später schlendert er irgendwas vor sich hin summend in die Küche und zerrt sich seine Krawatte über den Kopf.

»Haha!« Er rammt die Faust in die Luft und singt: »Wochenendeeeee … Was gibt's zum Abendessen?«

»Mum ist krank«, informiere ich ihn. »Sie hat eine Erkältung oder so was. Ich hab ihr gesagt, sie soll sich hinlegen. Wäre super, wenn du noch mal kurz losgehen und ihr …«, ich denke kurz nach, »… Trauben besorgen könntest.«

Frank verzieht das Gesicht. »Ich bin gerade erst nach Hause gekommen und am Verhungern.«

»Okay, dann isst du eben schnell ein Sandwich und gehst ihr *dann* Trauben besorgen.«

»Und wofür sollen Trauben gut sein?«

»Keine Ahnung«, sage ich ungeduldig. »Ich weiß nur, dass Mum dir immer welche besorgt, wenn du krank bist.«

Nachdem ich das Lemsip gemacht habe, lege ich noch ein paar Zwiebäcke auf einen Teller und stelle alles auf ein Tablett.

»Und bring auch noch Traubensaft mit«, sage ich. »Und diesen Fiebersaft … wie heißt der noch mal … ach ja, Nurofen. Am besten, du schreibst alles auf.« Ich drehe mich um, möchte mich vergewissern, dass Frank mir zugehört hat – aber er macht keine Anstalten, irgendetwas aufzuschreiben. Er steht bloß mit zur Seite geneigtem Kopf da und schaut mich mit einem seltsamen, sehr Frank-untypischen Blick an, der irgendwie fasziniert wirkt oder verwundert oder *was auch immer.* »Was?«, frage ich. »Ich weiß, dass Freitag ist, aber Mum ist krank.«

»Schon klar«, sagt Frank. »Du bist nur so …« Er zögert. »Ganz ehrlich, Aud? Vor ein paar Monaten hättest du das noch nicht gemacht. Ich meine, zu der Zeit, als du frisch aus dem Krankenhaus zurückgekommen bist. Du hast dich verändert.«

Ich bin so überrascht, dass ich nicht weiß, was ich sagen soll. Erstens hätte ich nie gedacht, dass Frank so etwas an mir auffallen würde. Und zweitens frage ich mich, ob er wirklich recht hat. Ich versuche, mich an die Zeit zurückzuerinnern, aber sie ist ein bisschen verschwommen. Ein Nebeneffekt der Depressionen, wie ich von Dr. Sarah weiß. Deine Erinnerung wird durchlöchert. Das kann etwas Gutes oder etwas Schlechtes sein.

»Findest du?«, sage ich schließlich.

»Du hättest dich einfach in deinem Zimmer verkrochen. Du bist ja schon ausgeflippt, wenn es nur an der Tür geklingelt hat. Aber schau dich jetzt an. Du übernimmst wieder Verantwortung. Du hast die Lage im Griff.« Er deutet mit dem Kopf auf das Tablett, das ich in den Händen halte. »Das ist … na ja … das ist gut. Es ist cool.«

»Danke«, sage ich verlegen.

»Kein Problem«, antwortet er genauso verlegen. Dann macht er den Kühlschrank auf, holt einen Karton Kakao heraus und steckt sich die Stöpsel seines iPods in die Ohren. Ich schätze, die Unterhaltung ist damit beendet.

Aber als ich das Tablett die Treppe hochtrage, gehe ich sie im Kopf noch einmal durch. *Du übernimmst wieder Verantwortung. Du hast die Lage im Griff.* Allein der Gedanke lässt mich innerlich aufleuchten. Ich habe schon seit … einer *Ewigkeit* nicht mehr das Gefühl gehabt, irgendwas im Griff zu haben.

Ich klopfe kurz an die Schlafzimmertür, bevor ich eintrete. Mum liegt mit geschlossenen Augen im Bett. Ich glaube, sie ist eingeschlafen. Sie muss wirklich total erschöpft gewesen sein.

Ich stelle das Tablett so leise wie möglich auf ihrem Nachttisch ab. Dabei fällt mein Blick auf die Fotos, die dort stehen. Mum und Dad an ihrem Hochzeitstag … Frank und ich als Babys … und eines von Mum mit allen ihren Kollegen, als die Agentur, für die sie freiberuflich arbeitet, einen Preis gewonnen hat. Sie trägt ein rosa Jackett und umklammert strahlend die Trophäe aus Plexiglas. Sie sprüht vor Leben.

Mum arbeitet im Bereich Brand Consulting und betreut Projekte im ganzen Land. Manchmal hat sie total viel zu tun und manchmal hat sie wochenlang frei, und so ist es schon immer gewesen. Einmal hat sie an meiner Schule im Rahmen einer Veranstaltung zur Berufsorientierung über ihre Arbeit gesprochen und uns die Entstehung eines Supermarkt-Logos erklärt, an dem sie damals gerade arbeitete, und alle fanden es total spannend. Ich meine, sie ist cool. Ihr Job ist cool. Aber als ich mir jetzt dieses Foto anschaue, frage ich mich: *Wann hat sie eigentlich das letzte Mal gearbeitet?*

Sie war mitten in einem Projekt, als ich krank wurde. Ich kann mich vage daran erinnern, gehört zu haben, wie sie sich mit Dad darüber unterhalten hat und sagte: »Ich gebe das Projekt ab. Ich werde nicht nach Manchester gehen.« Ich habe damals einfach nur Erleichterung gespürt. Ich wollte, dass sie nirgendwohin geht.

Aber jetzt …

Ich schaue wieder das Foto an, Mums glückliches, strahlendes Gesicht darauf – im Gegensatz zu ihrem müden, schlafenden Gesicht auf dem Kissen. Mir war nicht bewusst, dass Mum komplett zu arbeiten aufgehört hat. Aber jetzt wird mir klar, dass sie kein einziges Mal mehr in der Agentur gewesen ist, seit ich zu Hause bin.

Ich habe das Gefühl, langsam aus einem Nebel aufzutauchen und Dinge zu bemerken, die mir vorher nicht aufgefallen sind. Es stimmt, was Dr. Sarah gesagt hat: Man wird ich-besessen, wenn man krank ist. Man bekommt nicht mehr mit, was um einen herum passiert. Aber jetzt fange ich an, die Dinge wieder klarer zu sehen.

»Audrey?«

Ich drehe mich zu Mum um, die sich ein Stück aufgerichtet hat und auf den Ellbogen abstützt.

»Hey«, sage ich. »Ich dachte, du schläfst. Hier, ich hab dir dein Lemsip gebracht.«

Auf Mums Gesicht breitet sich ein Lächeln aus, als hätte ich ihr Jahr gerettet. »Ach, Schatz«, sagt sie. »Das ist *so* lieb von dir.«

Ich reiche ihr die Tasse und schaue zu, wie sie an dem heißen Getränk nippt. Ihr Blick wirkt so abwesend, als würde sie jeden Moment wieder einschlafen, aber als sie mich wieder ansieht, scheint sie plötzlich hellwach zu sein.

»Audrey«, sagt sie. »Dieser Linus.«

Ich bin sofort auf der Hut. Nicht Linus. *Dieser* Linus.

»Ja?«, sage ich so beiläufig wie möglich.

»Ist er …?« Sie zögert. »Bist du …? Ist diese Freundschaft zwischen euch etwas Besonderes?«

Ich krümme mich innerlich. Ich will nicht mit Mum über Linus sprechen.

»Vielleicht.« Ich weiche ihrem Blick aus. »Du sagst doch selbst immer, dass ich mir neue Freunde suchen soll. Genau das hab ich gemacht.«

»Und das ist wunderbar.« Mum zögert wieder. »Aber versprich mir, dass du auf dich aufpasst, Audrey. Du bist noch sehr verletzlich.«

»Dr. Sarah sagt, dass ich mich mehr fordern soll«, entgegne ich. »Dass ich anfangen muss, wieder Beziehungen außerhalb der Familie aufzubauen.«

»Ich weiß.« Mum wirkt aufgewühlt. »Aber mir wäre es lieber, wenn du mit … Na ja. Wenn du dich für den Anfang mit einem Mädchen anfreunden würdest.«

»Weil Mädchen ja so viel netter, süßer und behutsamer sind?«, rutscht es mir heraus, und Mum seufzt.

»*Touché.*« Sie nimmt noch einen Schluck von ihrem Lemsip. »Ach, ich weiß doch auch nicht. Wenn dieser Linus ein netter Junge ist, dann …«

»Er ist sogar wahnsinnig nett«, sage ich. »Und sein Name ist nicht *Dieser Linus*, sondern einfach nur Linus.«

»Was ist mit Natalie?«

Natalie. Ein winziger Teil von mir zieht sich bei dem Namen automatisch zusammen. Aber zum ersten Mal seit einer Ewigkeit spüre ich auch eine Art Sehnsucht. Eine Sehnsucht nach der Freundschaft, die wir hatten. Nach Freundschaft, Punkt.

Es ist still im Raum, während ich versuche, Ordnung in meine wirren Gedanken zu bringen. Mum drängt mich nicht. Sie weiß, dass ich manchmal sehr lange brauche, bis ich das, was ich denke, in Worte fassen kann. Sie ist ein ziemlich geduldiger Mensch.

Ich habe das Gefühl, auf einer unglaublich langen, einsamen Reise gewesen zu sein, die wahrscheinlich keiner von meinen Freunden je wird nachvollziehen können, nicht einmal Natalie. Ich glaube, ich habe sie dafür irgendwie gehasst. Aber jetzt scheint alles ein bisschen einfacher geworden zu sein. Vielleicht schaffe ich es ja, mich irgendwann wieder mit Natalie zu treffen? Vielleicht spielt es dann keine so große Rolle mehr, dass sie nicht verstehen kann, was ich durchgemacht habe?

Auf Mums Spiegelkommode steht ein Foto von Natalie und mir auf dem Abschlussball der Neunten, und ich ertappe mich dabei, wie mein Blick dorthin wandert. Nat trägt ein rosa Spitzenkleid und ich ein blaues. Wir lachen und ziehen gerade an Knallbonbons. Wir mussten das Foto ungefähr sechs Mal machen, bis die Knaller genau im richtigen Moment losgingen. Es war Nats Idee. Sie hat oft solche lustigen Einfälle. Man kann ziemlich viel Spaß mit ihr haben.

»Vielleicht melde ich mich bei Natalie«, sage ich schließlich. »Irgendwann.« Ich schaue Mum an, um ihre Reaktion zu sehen, aber sie ist eingeschlafen. Die halb volle Tasse Lemsip balanciert gefährlich schief auf dem Rand des Tabletts, und ich stelle sie so hin, dass sie nicht mehr umkippen kann.

Dann schleiche ich auf Zehenspitzen aus dem Zimmer und spüre auf dem Weg nach unten plötzlich eine ganz neue Energie in mir.

»Frank«, sage ich, als ich in die Küche komme. »Hat Mum eigentlich inzwischen komplett aufgehört zu arbeiten?«

»Glaub schon.«

»Für immer?«

»Keine Ahnung.«

»Aber sie liebt ihren Job.«

»Klar, aber dann wäre sie wieder öfter weg, und das geht im Moment ja nicht, oder?«

Er spricht es nicht laut aus, aber ich weiß auch so, was er eigentlich sagen wollte. *Deinetwegen.*

Meinetwegen ist Mum fast immer zu Hause, macht sich Sorgen und liest die *Daily Mail.* Meinetwegen sieht Mum angespannt und müde aus statt strahlend und glücklich.

»Sie sollte wieder arbeiten gehen.«

Frank zuckt mit den Achseln. »Das wird sie schon noch irgendwann wieder machen, wenn, na ja … du weißt schon …«

Und wieder hängt das Unausgesprochene in der Luft: *Wenn es dir wieder besser geht.*

»Okay, ich geh dann mal schnell los und besorge die Trauben und so.« Er trottet aus der Küche, und ich sitze da und starre in der blitzenden Oberfläche des Edelstahlkühlschranks mein verschwommenes Spiegelbild an. *Wenn es mir wieder besser geht.* Dann werde ich eben dafür sorgen, dass es mir wieder besser geht.

EINBLICKE IN DAS HARMONISCHE LEBEN MEINER LIEBEVOLLEN FAMILIE – Filmskript

INNEN. 5 ROSEWOOD CLOSE. TAG.

Dad sitzt in seinem Arbeitszimmer und telefoniert.

DAD

(ins Telefon)

Ja. In Ordnung. Ich prüfe das gleich mal.

(Er gibt etwas in seinen Laptop ein.)

Okay, jetzt hab ich's vor mir.

Frank stürmt ohne anzuklopfen ins Zimmer.

FRANK

Dad, ich muss was für meine Geografie-Hausaufgabe recherchieren.

DAD

Das muss leider bis später warten, Frank. Sorry, Mark …

FRANK

Aber um meine Hausaufgaben machen zu können, muss ich zuerst was nachschauen.

DAD

Später, Frank.

Frank sieht ihn kopfschüttelnd an.

FRANK

Ständig erzählst du mir, dass ich meine Hausaufgaben gleich machen soll. Dass ich sie nicht auf die lange Bank schieben soll.
Und jetzt soll ich auf einmal genau das tun? Ich meine, sind das nicht total widersprüchliche Aussagen? Heißt es nicht immer von Eltern, dass sie konsequent sein sollen?

DAD

(seufzend)
Schön. Schau nach. Mark? Sorry, ich rufe gleich zurück.

FRANK

Danke.

Als Frank wieder weg ist, klickt Dad sein Dokument an und ruft Mark zurück.

DAD

Bitte entschuldige, Mark. Okay, diese Zahlen müssen, wie gesagt, noch einmal geprüft …

Er hält inne, als Frank erneut reinkommt.

FRANK

Ich muss kurz nachschauen, wie viele Einwohner Uruguay hat.

Dad legt die Hand über das Telefon.

DAD

Was?

FRANK

Uruguay. Einwohnerzahl.

Dad starrt ihn verzweifelt an.

DAD

Ist das jetzt wirklich so wichtig?

Frank schaut verletzt.

FRANK

Ich brauche die Information für meine Hausaufgabe, Dad. Sonst sagst du doch auch immer, dass ich die Schule ernst nehmen soll und schlechte Noten sich auf mein ganzes restliches Leben auswirken können. Ich meine, ich würde ja meinen eigenen Computer dafür benutzen, aber …
(Er senkt traurig den Blick.)
Es war Mums Entscheidung. Wahrscheinlich werden wir nie erfahren, warum sie das getan hat.

DAD

Frank …

FRANK

Nein, ist schon okay. Wenn dein Telefonat wichtiger ist als meine schulischen Leistungen … Du bist der Boss.

DAD

(resigniert)

Also gut, meinetwegen.

(er steht auf)

Mark? Tut mir leid, wir müssen uns auf später vertagen.

FRANK

(murmelnd am Computer)

Es müsste noch hier im Verlauf sein …

Er ruft eine Seite namens »So können Sie Ihren Alfa Romeo finanzieren« auf.

FRANK

Wow, Dad. Hast du etwa vor, dir einen Alfa Romeo zu kaufen? Weiß Mum davon?

DAD

(ungehalten)

Das geht dich gar nichts an.

Außerdem …

Er verstummt, als er sieht, wie Frank auf der Tastatur herumtippt.

DAD

Was machst du denn da, Frank? Was ist mit meinem Bildschirm passiert?

Dads nichtssagender Blaue-Lagune-Desktophintergrund wurde durch einen anzüglich grinsenden Charakter aus *LOC* ersetzt.

FRANK

Du hast dringend ein neues Hintergrundbild gebraucht. Dein altes war total uncool. Jetzt müssen wir noch ein paar neue Sound-Einstellungen …

Er klickt auf die Maus, und aus dem Computer dröhnt *Boomshakalaka.*

Dad verliert die Beherrschung.

DAD

Hör auf damit! Das ist mein Computer …
(Er steht auf und marschiert zur Tür.)
Anne? Anne?

EINBLICKE IN DAS HARMONISCHE LEBEN MEINER LIEBEVOLLEN FAMILIE – Filmskript

INNEN. 5 ROSEWOOD CLOSE. TAG.

Von der Küchentür aus sehen wir Dad und Mum, die sich in gedämpftem Tonfall streiten.

DAD

Er braucht seinen eigenen Computer. Wenn ich meinen noch länger mit ihm teilen muss, kann ich für nichts mehr garantieren.

MUM

Er braucht keinen Computer!

DAD

Er braucht ihn für seine Hausaufgaben. So wie alle Schüler heutzutage.

MUM

Unsinn.

DAD

Das ist kein Unsinn! Die wissen doch noch nicht einmal mehr, wozu Stifte gut sein sollen, weil sie es so gewöhnt sind, mit dem Laptop zu arbeiten. Sie halten sie für irgendein vorsintflutliches Schreibwerkzeug, aus dem irgendeine fremdartige Substanz herauskommt. Ich meine, sie können nicht mehr von Hand schreiben. Die Zeiten sind vorbei.

MUM

Was willst du damit sagen?
Dass Kinder ohne Computer nicht leben können? Dass es ihnen ohne Computer nicht möglich ist, etwas zu lernen? Wieso gibt es dann noch Bücher? Oder Bibliotheken?

DAD

Wann bist du das letzte Mal in einer Bibliothek gewesen? Dort stehen überall Computer. So eignet man sich heutzutage nun mal Wissen an.

MUM

(wütend)
Willst du mir etwa erzählen, dass die Kinder im afrikanischen Buschland nur lesen und schreiben lernen können, wenn sie einen Computer haben?

DAD

(verblüfft)
Afrikanisches Buschland? Wie kommst du denn auf einmal auf afrikanisches Buschland?

MUM

Braucht man einen Computer, um tolle Bücher lesen zu können?

DAD

Also ehrlich gesagt würde ich nicht mehr ohne meinen Reader …

Er verstummt, als er Mums Gesicht sieht.

DAD

Ich meine, nein. Natürlich nicht.

EINBLICKE IN DAS HARMONISCHE LEBEN MEINER LIEBEVOLLEN FAMILIE – Filmskript

INNEN. 5 ROSEWOOD CLOSE. TAG.

Eine Hand klopft an Franks Tür.

FRANK

Was ist?

AUDREY (OFF)

Ich bin's!

FRANK

Okay.

Die Tür öffnet sich, und das Bild wackelt ein bisschen, als die Kamera ins Zimmer kommt, in dem es wie auf einer Müllhalde für Teenager-Utensilien aussieht. Frank sitzt am Fenster und spielt auf einer alten Atari-Konsole, die blecherne Pieptöne von sich gibt.

AUDREY (OFF)

Du hättest das mit Uruguay auf deinem Handy nachschauen können.

FRANK

Hätte ich.

AUDREY (OFF)

Du wolltest Dad also bloß auf die Nerven gehen.

FRANK

Ich brauche einen Computer.

Die Kamera zoomt an die Atari-Konsole heran.

AUDREY (OFF)

Wo hast du die denn ausgegraben?

FRANK

Auf dem Dachboden.

Es klopft an der Tür, und Frank wirft in einer einzigen fließenden Bewegung einen Trainingsanzug über die Konsole, wirbelt mit seinem Stuhl herum und greift nach einem Buch.

Mum kommt rein und schaut sich im Zimmer um.

MUM

Dieses Zimmer ist der reinste Schweinestall, Frank. Du musst dringend mal wieder aufräumen.

Frank zuckt mit den Achseln.

MUM

Und, was treibst du so?

FRANK

Ach … du weißt schon.

Er schaut kurz zur Kamera rüber.

FRANK

Das Übliche.

22. Kapitel

Ich tue es. Ich sorge dafür, dass es mir besser geht. Nicht mit kleinen Trippel-, sondern mit riesigen Sieben-Meilen-Schritten. Es sind jetzt drei Wochen vergangen, und ich habe die Lage besser im Griff denn je. Ich bin dreimal bei Starbucks gewesen, einmal bei Costa Coffee und einmal bei Ginger Biscuit, weil ich Lust auf Milchshake hatte. Ich weiß! Dr. Sarah meinte: »Du machst riesige Fortschritte, Audrey!«, und fügte hinzu, dass ich nichts überstürzen und mich nicht überfordern soll und so weiter, aber man sah ihr deutlich an, dass sie total beeindruckt war.

Ich habe sogar in einer Pizzeria zu Mittag gegessen! Okay, den Nachtisch musste ich dann leider ausfallen lassen, weil es mir in dem Restaurant plötzlich zu laut und zu bedrohlich wurde – aber ich bin eine ganze Quattro Stagioni lang geblieben. Ich war mit Mum, Dad, Frank, Felix und Linus dort, und es fühlte sich an, als wären wir ... Ihr wisst schon. Eine ganz normale Gruppe von Leuten, die sich zum Mittagessen getroffen hat. Mal abgesehen von der Tatsache, dass einer von uns wie ein Möchtegernpromi mit einer Sonnenbrille am Tisch saß. Als ich das zu Mum sagte, meinte sie nur: »Also wenn hier jemand nicht normal aussieht, dann ja wohl dein kleiner Bruder!«

Womit sie nicht ganz unrecht hatte. Felix trug seinen heiß

geliebten neuen Superheldenanzug und eine Tigermaske und hatte einen Tobsuchtsanfall bekommen, als wir ihm sagten, dass er damit keine Pizza essen kann.

Jedenfalls habe ich mich danach sofort besser gefühlt. Es gibt im Moment überhaupt eine Menge Dinge, die dafür sorgen, dass ich mich besser fühle. Zum Beispiel Linus zu sehen. Wir schicken uns ständig SMS, und er kommt jeden Tag nach der Schule bei uns vorbei, und seit Neustem sind wir davon besessen, im Garten Tischtennis zu spielen. Sogar Frank spielt manchmal mit.

Und heute hat Linus mir ein Geschenk mitgebracht – ein T-Shirt mit einem Rhabarber vorne drauf, das er im Netz gefunden hat. Als Mum und Dad fragten: »Warum ausgerechnet ein Rhabarber?«, zwinkerte er mir zu und sagte: »Ach, das ist so eine spezielle Sache zwischen uns.«

So eine spezielle Sache zwischen uns.

Ich weiß nicht genau, was mich glücklicher macht – das T-Shirt oder die *spezielle Sache zwischen uns*. Ich hatte noch nie eine *spezielle Sache* mit einem Jungen. Jedenfalls bin ich immer noch ganz hin und weg. Mum und Dad sind ausgegangen, Frank macht Hausaufgaben, Felix ist schon im Bett, und ich bin irgendwie aufgedreht und ruhelos. Ich tigere in meinem neuen T-Shirt durchs Haus und würde das alles gern mit jemandem teilen. Ich würde gern mit jemandem darüber reden. Ich würde mich gern mit jemandem treffen.

Natalie. Ich würde gern Natalie treffen.

Der Gedanke leuchtet so hell wie ein warmer Sonnenstrahl in meinem Kopf auf, dass ich davon blinzeln muss. Ich möchte sie sehen. Ich möchte meine Freundin zurück. Okay. Ich tu's. Jetzt sofort.

Seit ich mit Mum darüber gesprochen habe, bin ich schon

ein paarmal kurz davor gewesen, sie anzurufen. Einmal hatte ich ihre Nummer schon zur Hälfte gewählt, als mich plötzlich der Mut verließ. Aber heute bin ich bereit dafür. Und nicht nur dafür.

Bevor ich es mir anders überlegen kann, hole ich mein Handy heraus und tippe Natalies Nummer ein. Ich kann sie auswendig, obwohl ich sie schon seit ungefähr einer Milliarde Jahren in kein Telefon mehr eingegeben habe. Das letzte Mal, als wir uns gesehen haben, war an diesem schrecklichen letzten Tag in der Schule. Sie weinte, und ich war noch nicht einmal mehr in der Lage zu weinen. Es war kein besonders toller Abschied.

Ich schicke ihr diese Nachricht:

> Hi Nat. Wie geht's dir? Mir geht's viel besser. Würde dich total gern irgendwann sehen. Auds x

Ungefähr dreißig Sekunden später kommt ihre Antwort. Es ist, als hätte sie in all diesen Wochen die ganze Zeit neben ihrem Handy gesessen und gewartet.

Vielleicht hat sie das ja sogar. Sie schreibt:

> OMG Auds. Ich hab mir SOLCHE SORGEN UM DICH GEMACHT. Kann ich vorbeikommen? Jetzt gleich? Mum sagt, kein Problem. Nat xxxxx

Ich antworte:

> Okay. Bis gleich.

Gefühlte fünf Minuten später klingelt es an der Tür. Vielleicht waren es auch zehn Minuten. Aber auf keinen Fall länger. Sie muss das Haus noch in derselben Sekunde verlassen haben, in der sie meine SMS bekam.

Ich reiße die Tür auf und weiche sofort wieder ein paar Schritte zurück. Nicht, weil ich mich nicht freue, Natalie zu sehen, sondern wegen dem ganzen Zeug, das sie dabeihat. Sie trägt einen Geschenkkorb in den Armen, der mit allen möglichen Sachen gefüllt ist – Bade-Öl, ein Teddybär, der eine Fahne mit der Aufschrift *Gute Besserung* festhält, Bücher, Zeitschriften, Schokoriegel und eine riesige Karte.

»Hi«, sage ich verdutzt. »Wow.«

»Wir wollten dich schon viel früher besuchen«, sagt Nat schnell. »Aber deine Mum meinte …« Sie schluckt. »Egal. Jedenfalls steht das Ding hier schon die ganze Zeit in unserer Diele herum.« Sie blickt auf ihre beladenen Arme hinunter. »War vielleicht ein bisschen zu viel des Guten.«

»Komm erst mal rein.«

Als sie an mir vorbeigeht, merke ich, wie sie meine Sonnenbrille mustert. »Was ist?«, frage ich.

»Ein paar Leute in der Schule haben erzählt, dass sie dich in der letzten Zeit ein paarmal damit in der Stadt gesehen haben.« Sie zeigt auf die Brille. »Sogar wenn es geregnet hat. Trägst du sie denn wirklich die ganze Zeit?«

»Es ist nur … du weißt schon.« Ich zucke verlegen mit den Achseln. »Wegen der Krankheit und so.«

»Oh.« Sie wirkt ein bisschen erschrocken. »Okay.«

Sie folgt mir in die Küche und stellt den Korb auf dem Tisch ab. Dann stehen wir unbehaglich da, bis das Ticken der Uhr immer lauter zu werden scheint und ich mich langsam frage, ob es vielleicht ein Fehler war, sie anzusimsen.

Ich bin so angespannt wie eine Katze vor dem Sprung. Das Wiedersehen mit Nat ist nicht so, wie ich es mir vorgestellt habe, aber vor allem lässt es alle möglichen Sachen wieder hochkommen, die ich irgendwo tief in mir drin vergraben hatte.

»Es tut mir so leid, Auds«, stößt sie schließlich unglücklich hervor. »Es tut mir so leid, dass …«

»Nein.« Ich schüttle den Kopf, um das Thema abzuwehren. »Es muss dir nicht leidtun.«

»Aber ich hätte … ich hab mich nicht …« Ihr strömen Tränen über die Wangen. »Ich kann immer noch nicht glauben, dass es passiert ist.«

»Hey, schon gut. Lass uns was trinken.«

Ich schenke jeder von uns ein Glas Holunderlimonade ein. Mir hätte klar sein müssen, dass unser Wiedersehen sie aufwühlen wird. Ich habe das alles schon zur Genüge durchgekaut. Oder mich *hindurchgearbeitet*, wie Dr. Sarah es nennen würde. *Es verarbeitet.* Als wäre ich ein Fleischwolf oder so was.

Ich glaube nicht, dass Nat so schrecklich viel verarbeitet hat. Jedes Mal, wenn sie mich anschaut, laufen ihr von Neuem die Tränen hinunter.

»Und jetzt bist du krank.«

»Ich bin okay. Es geht mir schon viel besser. Ich hab einen Freund!«

Okay, das kam jetzt ein bisschen plötzlich, aber machen wir uns nichts vor – das war der eigentliche Grund, warum ich sie eingeladen habe vorbeizukommen. Um ihr zu erzählen, dass ich einen Freund habe. Sofort versiegen ihre Tränen, und sie beugt sich nach Details lechzend vor.

»Einen Freund? Jemand aus der Klinik?«

Was denkt sie denn von mir, verdammt? Dass ich verrückt bin und nur mit Leuten abhänge, die ebenfalls verrückt sind, weil ich mehr einfach nicht draufhabe?

»Nein, nicht aus der Klinik«, sage ich ungeduldig. »Erinnerst du dich noch an Linus? Aus Franks Jahrgang auf der Cardinal Nicholls?«

»Linus? Nein! Du meinst … Atticus Fink?«, ruft Nat völlig geplättet.

»Genau der. Das hat er mir heute geschenkt.« Ich zeige auf mein T-Shirt. »Ist das nicht total cool?«

Sie zieht verwirrt die Brauen zusammen. »Ist das ein Bild von einem Rhabarber?«

»Ja. Das ist so ein spezielles Ding zwischen uns«, sage ich lässig.

»Wow.« Nat scheint über diese Neuigkeit nicht hinwegzukommen. »Und … wie lange seid ihr schon zusammen?«

»Ein paar Wochen. Wir sehen uns ziemlich oft, gehen zu Starbucks und so. Ich meine, es ist nur … du weißt schon. Wir haben jedenfalls jede Menge Spaß.«

»Ich dachte, du wärst richtig … krank. Mit im Bett liegen und allem Drum und Dran.«

»War ich auch«, sage ich achselzuckend. »Aber wie es aussieht, geht's mir langsam wieder besser.« Ich nehme einen Schokoriegel aus dem Korb, reiße das Papier auf und breche ihn in Stücke. »Wie läuft es in der Schule?«

Ich zwinge mich, die Frage zu stellen, obwohl das Wort *Schule* eine wunde Stelle in meinem Kopf hinterlässt; ein bisschen so, wie wenn man sich verbrannt hat.

»Komplett anders als früher«, sagt Natalie vage. »So ohne Tasha und die anderen, meine ich. Katie hat sich echt *total* geändert. Du würdest sie nicht wiedererkennen. Und Chloe ist nicht mehr mit Ruby befreundet, und hast du gewusst, dass Miss Amerson gegangen ist? Die neue Schulleiterin ist absolut super und …« Natalie unterbricht ihren hektischen Redefluss. »Kommst du denn wieder zurück?«

Die Frage trifft mich wie ein Schlag in die Magengrube. Die Vorstellung, an diesen Ort zurückzukehren, macht mich buchstäblich krank.

»Ich werde auf die Heath Academy gehen und erst einmal ein Jahr wiederholen, weil ich so viel Unterrichtsstoff verpasst hab«, sage ich. »Ich meine, ich bin sowieso immer die Jüngste in meiner Stufe gewesen, es wird also bestimmt kein Problem sein …«

»Du könntest das Jahr auch auf der Stokeland wiederholen«, meint Nat.

Ich verziehe das Gesicht. »Das wäre total komisch, wenn ich plötzlich eine Klasse unter dir wäre. Außerdem …« Ich zögere. »Die Stokeland ist nicht gerade gut auf uns zu sprechen. Meine Eltern haben alle möglichen rechtlichen Schritte gegen sie eingeleitet, und am Ende hat es sich ganz schön … zugespitzt.« Das weiß ich von Frank, *nicht* von Mum und Dad. »Sie sind der Meinung, dass die Schulleitung sehr unverantwortlich damit umgegangen ist.«

»Das stimmt ja auch!«, sagt Nat und reißt die Augen auf. »Das sagen alle. Meine Eltern fangen immer wieder davon an.«

»Tja, also, genau. Deswegen wäre es irgendwie seltsam zurückzukommen.«

Ich breche noch ein paar Stücke von der Schokolade ab und biete sie Nat an. Sie nimmt eines, und als sie danach aufschaut, laufen ihr wieder Tränen übers Gesicht. »Du fehlst mir, Auds.«

»Du mir auch.«

»Es war so schrecklich, als du weg warst. *Absolut* schrecklich.«

Wir schweigen einen Moment lang – und dann liegen wir uns plötzlich in den Armen und halten uns fest. Natalie riecht wie immer nach Herbal Essences und tätschelt mir auf ihre typische Art den Rücken, was so vertraut ist, dass es mir die Tränen in die Augen treibt.

Ich habe Umarmungen vermisst. *Gott*, ich habe es so vermisst.

Als wir uns wieder voneinander lösen, müssen wir beide unter Tränen lachen. Dann fängt ihr Handy an zu klingeln, und sie zieht es ungeduldig aus ihrer Tasche.

»Ja, Mum«, sagt sie und verdreht die Augen. »Es ist alles in Ordnung. Das war Mum«, erklärt sie, während sie das Handy wieder wegsteckt. »Sie wartet draußen im Wagen. Ich sollte ihr alle fünf Minuten eine SMS schreiben, damit sie weiß, dass alles okay ist.«

»Warum das denn?«

»Weil … na ja, du weißt schon.«

»Was?«

Natalie weicht unbehaglich meinem Blick aus. »Oh Mann, Auds. Kannst du dir das nicht selbst denken?«

»Jetzt sag schon!«

»Weil du psychisch labil bist.« Natalie flüstert es beinahe.

»Wie bitte?« Ich starre sie völlig fassungslos an. »Was meinst du?«

»Wegen deiner bipolaren Störung.« Natalie sieht aus, als würde sie am liebsten im Erdboden versinken. »Menschen mit einer bipolaren Störung können gewalttätig werden. Mum hat sich bloß Sorgen gemacht.«

»Ich hab keine bipolare Störung!«, rufe ich. »Wer hat dir denn den Quatsch erzählt?«

»Hast du nicht?«, fragt Natalie mit großen Augen. »Na ja, Mum meinte, dass du das mit ziemlicher Sicherheit hast.«

»Und deswegen kann ich jeden Moment mit einem Messer über dich herfallen und hätte niemals aus meiner Anstalt entlassen werden dürfen, sondern sollte für den Rest meines Lebens in eine Zwangsjacke gesteckt werden? Großer Gott!« Ich versuche ruhig zu bleiben. »Ich habe Leute mit einer bipolaren Störung kennengelernt, und ob du es glaubst oder nicht, Nat, aber die hätten keiner Fliege was antun können.«

»Tut mir leid, okay?« Natalie macht ein unglückliches Gesicht. »Aber wir hatten schließlich keine Ahnung, wie es dir wirklich geht.«

»Hat meine Mum euch nicht *erzählt*, was los ist? Hat sie es euch denn nicht erklärt?«

»Na ja …«, druckst Natalie unbehaglich herum. »Meine Mum dachte, sie würde das Ganze vielleicht beschönigen. Da waren diese ganzen Gerüchte und …«

»Was für Gerüchte?«, will ich wissen, und als Natalie nicht antwortet, sage ich drohend: »Nats! Was für Gerüchte?«

»Okay, okay! Dass du versucht hast, dich umzubringen … dass du blind geworden bist … dass du nicht mehr sprechen kannst … Oh! Irgendjemand hat sogar behauptet, du hättest dir die Augen ausgestochen und würdest deshalb eine Sonnenbrille tragen.«

»*Was?*«, rufe ich geschockt. »Und das hast du *geglaubt*?«

»Nein! Natürlich nicht. Aber …«

»Ich soll mir die Augen ausgestochen haben? Wie van Gogh?«

»Bei dem waren es die Ohren«, korrigiert mich Natalie. »Genauer gesagt, ein Ohr.«

»Ich soll mir *die Augen ausgestochen haben*?« Ich glaube, ich werde ein bisschen hysterisch. Ein seltsames, schmerzhaftes Lachen steigt in mir hoch. »Und du hast das geglaubt, Nats? Du hast es wirklich geglaubt, oder?«

»Nein!« Natalie wird rot. »Natürlich nicht. Ich erzähle es dir bloß.«

»Aber du dachtest, ich hätte eine bipolare Störung und wäre eine gemeingefährliche Verrückte.«

»Ich weiß noch nicht mal, was bipolare Störung überhaupt heißt«, gibt Natalie zu.

»Eine gemeingefährliche Verrückte mit bipolarer Störung und ausgestochenen Augen. Natürlich wartet deine Mum draußen im Wagen!«

»Hör bitte auf!«, jammert Natalie. »Ich hab das doch alles nicht gewollt!«

Natalie ist eine absolute Idiotin, und ihre Mutter ist noch etwas Schlimmeres. Aber als ich sie jetzt so unglücklich, verwirrt und nach Worten ringend vor mir sehe, kann ich nicht anders, als sie immer noch gernzuhaben. Ich kenne Natalie, seit wir sechs waren, und manchmal ist sie heute noch genauso naiv wie früher (es hat lange gedauert, bis sie nicht mehr davon überzeugt war, dass mein Vater wirklich der Weihnachtsmann ist).

»Mir geht es gut«, sage ich schließlich. »Es ist alles okay. Mach dir keine Gedanken.«

»Wirklich?« Natalie sieht mich beklommen an. »Oh Gott, Auds, es tut mir leid. Ich hab wirklich von nichts eine Ahnung.« Sie beißt sich auf die Unterlippe. »Also … wenn du keine bipolare Störung hast, was ist dann mit dir?«

Die Frage überrascht mich, und ich muss kurz nachdenken, bevor ich antworte.

»Ich bin auf dem Weg der Besserung«, sage ich dann. Und das ist die Wahrheit. Ich greife nach dem letzten Stück Schokolade und breche es in zwei Hälften. »Schnell weg damit, bevor Frank darüber herfallen kann.«

23. Kapitel

Dr. Sarah amüsiert sich köstlich, als ich ihr die Geschichte von der gemeingefährlichen Verrückten mit der bipolaren Störung erzähle.

Also genauer gesagt stöhnt sie immer wieder laut auf, fasst sich mehrmals an den Kopf, sagt schließlich: »Im Ernst?«, und schreibt dann leise vor sich hin murmelnd *Aufklärung und Sensibilisierung an Schulen? ERZIEHUNGSAUFTRAG???* auf ihren Notizblock.

Aber ich lache bloß darüber. Ich meine, es ist *wirklich* witzig, auch wenn es gleichzeitig völlig absurd ist. Manche Dinge sollte man besser mit Humor nehmen, statt sich darüber aufzuregen.

Ich lache in der letzten Zeit überhaupt ziemlich viel, wenn ich bei Dr. Sarah bin. Und nicht nur das – ich *rede* plötzlich wie ein Wasserfall. Eine ganze Weile sah es so aus, als hätte sie viel mehr zu sagen als ich, während ich meist nur dasaß und zuhörte. (Wobei man fairerweise nicht vergessen darf, dass ich zu Beginn unserer Sitzungen nicht besonders scharf darauf war, mich mit jemandem auszutauschen. Bei meiner ersten Therapiestunde wollte ich ja noch nicht einmal in ihr Sprechzimmer kommen, ganz zu schweigen davon, sie anzuschauen oder mich gar mit ihr zu unterhalten.) Aber jetzt ist es genau andersherum. Es gibt so vieles, über das ich mit ihr reden will! Über Linus, über Natalie, über meine ganzen Ausflüge in die Außenwelt, über das erste Mal, als ich wieder mit dem Bus gefahren bin und kein bisschen panisch wurde …

»Also jedenfalls glaube ich, dass ich es jetzt geschafft habe«, sage ich, als ich zu Ende erzählt habe. »Ich bin fertig.«

»Fertig?«

»Geheilt.«

»Verstehe.« Dr. Sarah tippt nachdenklich mit dem Stift auf ihren Block. »Das heißt also …«

»Sie wissen schon. Dass es mir gut geht. Dass mit mir wieder alles in Ordnung ist.«

»Du machst zweifellos außerordentlich gute Fortschritte, worüber ich mich wirklich unglaublich freue, Audrey, wir sollten nur …«

»Ich mache nicht nur *gute Fortschritte*«, unterbreche ich sie ungeduldig. »Ich funktioniere wieder normal, verstehen Sie? Jedenfalls so gut wie.«

»Hm.« Dr. Sarah legt eine höfliche kleine Pause ein, bevor sie mir widerspricht. »Du gehst immer noch nicht zur Schule, du trägst immer noch eine Sonnenbrille und nimmst immer noch Medikamente.«

»Kein Grund, gleich so negativ zu werden.« Leise Wut steigt in mir hoch. »Ich hab doch gesagt, *so gut wie*.«

»Ich möchte nur, dass du realistisch bist.«

»Ich bin realistisch!«

»Erinnerst du dich an dein Diagramm, das ich gezeichnet habe? An die nach oben und unten ausschlagende Linie?«

»Das ist Schnee von gestern«, sage ich. »Das hier ist jetzt mein Diagramm.«

Ich gehe zum Whiteboard und zeichne eine gerade verlaufende Linie, die den Sternen entgegenstrebt. »Das bin ich. Keine Talfahrten mehr. Ab sofort geht es nur noch bergauf.«

Dr. Sarah seufzt. »Audrey, ich wünschte, es wäre so. Aber fast alle Patienten, die ähnliche traumatische Erfahrungen gemacht haben wie du, erleben während des Heilungsprozesses immer wieder Rückschläge. Und das ist in Ordnung. Es ist völlig normal.«

»Ich hab alle meine Rückschläge schon hinter mir.« Ich schaue sie abweisend an. »Es wird keine mehr geben.«

»Ich weiß, dass du frustriert bist, Audrey …«

»Ich denke positiv. Was ist so falsch daran?«

»Nichts. Ich sage nur, dass du es nicht übertreiben sollst. Setze dich nicht unter Druck, sonst läufst du Gefahr, dir nicht nur einen kleinen, sondern einen *richtigen* Rückschlag einzuhandeln.«

»Mir geht es gut«, sage ich stur.

»Ja, es geht dir gut«, stimmt sie mir nickend zu. »Aber gleichzeitig bist du noch sehr zerbrechlich. Stell dir einen Porzellanteller mit einer Bruchstelle vor, die noch nicht ganz ausgehärtet ist.«

»Sie vergleichen mich mit einem *Teller*?«, schnaube ich, aber Dr. Sarah geht nicht darauf ein.

»Ich hatte vor ein paar Jahren eine Patientin, die dir sehr ähnlich war, Audrey. Sie befand sich ungefähr im selben Stadium des Genesungsprozesses und entschied sich gegen meinen Rat dazu, nach Disneyland in Paris zu fahren.« Sie schüttelt den Kopf. »Ausgerechnet Disneyland!«

»Was ist passiert?«, frage ich widerstrebend.

»Es war viel zu viel für sie. Sie musste den Ausflug abbrechen und hatte anschließend das Gefühl, versagt zu haben. Ihre psychische Verfassung erreichte einen absoluten Tiefpunkt, es ging ihr so schlecht wie nie zuvor, und sie musste praktisch wieder von vorn anfangen.«

Ich verschränke die Arme. »Ich hab nicht vor, nach Disneyland zu fahren«, sage ich und schiebe noch ein trotziges »So« hinterher.

Dr. Sarah senkt kurz den Kopf, aber ich sehe, wie es um ihre Mundwinkel zuckt. »Gut«, sagt sie, als sie mich wieder anschaut. »Ich weiß, dass du ein vernünftiges Mädchen bist, und wir können definitiv festhalten, dass du deinen Kampfgeist wiedergewonnen hast. Es läuft also alles gut?«

»Alles läuft gut.«

»Und Linus ist immer noch …« Sie hält taktvoll inne.

Ich nicke. »Linus ist immer noch Linus. Ich soll Ihnen übrigens schöne Grüße von ihm ausrichten.«

»Oh, tatsächlich?« Dr. Sarah wirkt überrascht. »Grüß ihn bitte von mir zurück.«

»Und ich soll Ihnen sagen, dass Sie einen ziemlich guten Job gemacht haben.«

Es ist einen Moment lang still, und ich sehe, wie ein kleines Lächeln über Dr. Sarahs Gesicht huscht. »Tja«, sagt sie schließlich. »Das kann ich nur zurückgeben. Ich würde diesen Linus wirklich gern mal kennenlernen.«

»Klar. Aber ich würde mir an Ihrer Stelle keine allzu großen Hoffnungen machen«, antworte ich trocken. »Er ist schon vergeben.«

EINBLICKE IN DAS HARMONISCHE LEBEN MEINER LIEBEVOLLEN FAMILIE – Filmskript

INNEN. 5 ROSEWOOD CLOSE. TAG.

Totale: Linus und Felix sitzen im Garten. Sie haben ein Schachbrett zwischen sich.

Die Kamera geht näher heran, um ihre Stimmen einzufangen. Felix bewegt eine Figur und schaut Linus anschließend triumphierend an.

FELIX

Schach.

Linus bewegt eine Figur.

LINUS

Schach.

Felix bewegt eine Figur.

FELIX

Schach.

Linus bewegt eine Figur.

LINUS

Schach.

Er sieht Felix ernst an.

LINUS

Das ist ein tolles Spiel, das du da erfunden hast, Felix.

Felix strahlt.

FELIX

Ich weiß.

LINUS

Wie hast du es noch mal genannt?

FELIX

Vierecke.

Linus verzieht keine Miene, obwohl es ihm sichtlich schwerfällt.

LINUS

Ach ja, stimmt. Vierecke. Warum sagen wir dann eigentlich nicht »Vierecke«, wenn wir die Figuren bewegen?

Felix schaut ihn mitleidig an, als ob er ein bisschen schwer von Begriff wäre.

FELIX

Weil wir »Schach« sagen.

Linus schaut in die Kamera.

LINUS

Jetzt weiß ich Bescheid.

Mum kommt in den Garten.

MUM

Linus! Gut, dass du da bist! Du sprichst doch ziemlich gut Französisch, oder?

LINUS

(vorsichtig)
Zumindest ganz okay.

MUM

Wunderbar! Könntest du dann vielleicht mal kurz mitkommen und mir helfen, die Gebrauchsanweisung von meinem neuen Geschirrspüler zu entziffern? Die ganze Anleitung ist komplett auf Deutsch. Ich meine, Französisch. Was soll man denn davon halten.

LINUS

Oh. Okay.

Als er aufsteht, hält Felix ihn am Bein fest.

FELIX

Li-nus! Vierecke spielen!

In dem Moment kommt Frank in den Garten gelaufen und winkt Linus mit einem Videospiele-Magazin zu.

FRANK

Das musst du dir anschauen, Linus.

AUDREY (OFF)

Diese Familie treibt mich noch in den Wahnsinn. Könnt ihr ihn nicht endlich mal in Ruhe lassen? Das ist mein Freund, klar?

24. Kapitel

Dr. Sarah hat gesagt, dass ich mehr Kontakt zu fremden Leuten haben sollte. Dass es nicht damit getan ist, einfach in ein Restaurant zu gehen, mich hinter der Speisekarte zu verstecken und die anderen für mich bestellen zu lassen. (Woher wusste sie das?) Dass ich lernen muss, selbstbewusst mit Menschen zu sprechen, die mir nicht vertraut sind. Das ist meine Hausaufgabe. Deswegen sitze ich jetzt mit Linus bei Starbucks, und er sucht willkürlich Leute für mich aus, die ich dann ansprechen muss.

In der Klinik wurden genau zu diesem Zweck alle möglichen Rollenspiele durchgeführt. Aber Rollenspiele sind Rollenspiele. Man kommt sich einfach nur *dämlich* dabei vor. Einmal mussten ein Junge aus meiner Therapiegruppe und ich so tun, als hätten wir eine »konfrontative Begegnung«. Wir waren beide damals noch in einem Stadium, in dem wir praktisch schon eine Panikattacke bekamen, wenn man uns nur anschaute. Und ständig sagte der Therapeut: »Achtet auf eure Körpersprache«, oder raunte uns wie ein Souffleur den Text zu, wenn wir stecken blieben. Es war unsäglich peinlich.

Egal. Rollenspiele sind extrem nervtötend, aber das hier macht irgendwie Spaß. Weil jeder von uns mal dran ist. Ein bisschen wie »Wahrheit oder Pflicht«, nur dass es hier bloß Pflicht gibt.

»Okay, der Typ da hinten.« Linus zeigt auf einen jungen Mann, der allein an einem Ecktisch sitzt und auf seinen Laptop eintippt. Er ist um die zwanzig, hat ein Ziegenbärtchen und trägt ein graues Shirt. An seinem Stuhl hängt eine von diesen Lederumhängetaschen im Vintagelook, die Frank nicht ausstehen kann. »Geh zu ihm und frag, ob er hier WLAN hat.«

Ich versuche, die aufsteigende Panik hinunterzuschlucken. Der Typ scheint total in seine Arbeit vertieft zu sein und macht nicht den Eindruck, als würde er gern gestört werden.

»Ich weiß nicht …«, sage ich. »Er sieht aus, als wäre er ziemlich beschäftigt. Wie wäre es mit ihr?« Ich deute mit dem Kopf auf einen der Nebentische, an dem eine süße ältere Dame sitzt, die schon ein paarmal in unsere Richtung gelächelt hat.

Linus schüttelt unnachgiebig den Kopf. »Zu einfach. Du bräuchtest wahrscheinlich selbst kein einziges Wort zu sagen, weil die ganze Zeit nur sie reden würde. Geh zu dem Typen und frag ihn wegen des WLAN. Ich warte hier.«

Alles in mir sträubt sich dagegen, aber weil ich vor Linus nicht kneifen will, zwinge ich meine Beinmuskulatur zu kooperieren. Als ich es schließlich durch das Café bis zu seinem Tisch geschafft habe und direkt vor ihm stehen bleibe, zeigt er keinerlei Reaktion. Er runzelt bloß kurz die Stirn, während er weiter vor sich hin tippt.

»Ähm, hi«, presse ich hervor.

Kurzes Stirnrunzeln, weitertippen.

»Entschuldigung?«, versuche ich es erneut.

Kurzes Stirnrunzeln, weitertippen.

Ich wünsche mir nichts mehr, als auf der Stelle wieder zu

verschwinden. Aber ich will Linus unbedingt beweisen, dass ich es kann.

»Verzeihung?« Ich erschrecke mich beinahe selbst vor dem lauten Klang meiner Stimme, aber der Typ hebt endlich den Kopf. »Ich hab mich gefragt, ob Sie hier WLAN haben?«

»Ob ich was?«, fragt er unfreundlich.

»WLAN? Haben Sie hier WLAN?«

»Großer Gott. Ich versuche zu *arbeiten.*«

»Natürlich. Tut mir leid. Ich hab mich nur gefragt ...«

»Ob es hier WLAN gibt, schon klar. Bist du vielleicht blind oder was?« Er zeigt auf eine kleine Infotafel über der Theke mit den WLAN-Zugangsdaten des Cafés. Dann fixiert er meine Sonnenbrille. »Bist du echt blind? Oder bloß zurückgeblieben?«

»Ich ... ich bin nicht blind«, stammle ich leise. »Ich wollte Sie nur etwas dazu fragen. Tut mir leid, wenn ich Sie gestört habe.«

»Behinderte Kuh«, murmelt er und fängt wieder an zu tippen.

Auf dem Weg zurück an unseren Tisch zittern mir die Beine, und ich kämpfe gegen die Tränen an. Aber ich halte das Kinn oben und bin fest entschlossen, nicht zu weinen. Als ich mich wieder hingesetzt habe, zwinge ich ein Lächeln auf mein Gesicht.

»Geschafft!«

»Was hat er gesagt?«, fragt Linus.

»Dass ich eine blinde, zurückgebliebene, behinderte Kuh bin. Ansonsten war er ganz nett.«

Ich kann die Tränen nicht länger zurückhalten, und Linus schaut mich erschrocken an.

»Audrey!«

»Schon gut.« Ich wische mir energisch übers Gesicht. »Ich bin okay.«

»So ein Arschloch.« Linus schaut finster zu dem Typen rüber. »Wenn er nicht gestört werden will, dann soll er sich nicht in ein Café setzen, sondern ein Büro mieten. Aber dafür ist er wahrscheinlich zu geizig. Lieber kommt er hierher, nuckelt vier Stunden lang an ein und demselben Kaffee und erwartet von den anderen Gästen auch noch, dass sie auf Zehenspitzen um ihn herumschleichen. Was für ein absolutes Riesenarschloch.«

»Egal. Ich hab's gemacht.« Ich versuche fröhlich zu klingen. »Du bist dran.«

»Alles klar. Ich knöpfe mir denselben Typen vor.« Linus steht auf. »Zieht hier so eine Scheiße ab und glaubt auch noch, dass er damit durchkommt. Na warte.«

»Tu das nicht«, flehe ich ihn an. Panik schnürt mir die Luft ab, obwohl ich noch nicht einmal weiß, wovor ich eigentlich Angst habe. Ich weiß nur, dass ich nicht will, dass Linus zu dem Typen rübergeht. Ich will lieber gehen. »Setz dich wieder«, bitte ich ihn. »Ich habe keine Lust mehr auf das Spiel.«

»Das Spiel ist aber noch nicht zu Ende.« Linus zwinkert mir zu und steuert mit seinem Kaffee in der Hand den Ecktisch an. »Hi!«, sagt er, als er dort angekommen ist, und spricht mit einer so lauten und übereifrigen Kinderstimme, dass das halbe Café sich zu ihm umdreht. »Das ist ein Apple, oder?«

Der Mann schaut auf, als könnte er es nicht fassen, dass er schon wieder gestört wird. »Ja«, sagt er knapp.

»Können Sie mir vielleicht sagen, was die Vorteile von einem Apple im Vergleich zu anderen Computern sind?«, sagt

Linus. »Ich will mir nämlich demnächst einen Computer kaufen. Ich wette, der, den Sie da haben, ist super, hab ich recht?« Er zieht einen Stuhl hervor und setzt sich dem Mann gegenüber. »Darf ich ihn mir mal anschauen?«

»Ich hab zu tun«, fährt der Typ ihn an. »Kannst du dich vielleicht woanders hinsetzen?«

»Arbeiten Sie hier?«

Als der Typ nicht reagiert, sondern schweigend weitertippt, beugt Linus sich vor und wiederholt mit erhobener Stimme: »Arbeiten Sie?«

»Ja, verdammt!«, schnauzt der Typ ihn an. »Ich arbeite.«

»Mein Dad arbeitet in einem Büro«, fährt Linus ungerührt fort. »Haben Sie kein Büro? Was arbeiten Sie denn? Darf ich Ihnen ein bisschen über die Schulter gucken? Kommen Sie doch mal bei uns in der Schule vorbei und erzählen dort was über Ihren Job. Oh, Ihre Tasse ist ja leer. Wollen Sie sich keinen neuen Kaffee bestellen? Was hatten Sie denn? Cappuccino? Ich mag ja am liebsten den Flat White. Aber wissen Sie, warum der so heißt? Können Sie das vielleicht mal kurz für mich recherchieren?«

»Hör zu, Kleiner.« Der Mann knallt seinen Laptop zu. »Ich versuche zu arbeiten, okay? Kannst du dir also bitte einen anderen Tisch suchen?«

»Aber wir sind hier bei Starbucks«, sagt Linus überrascht. »Da darf man sich hinsetzen, wo man will.« Er winkt einer Barista, die am Nebentisch gerade leere Kaffeetassen einsammelt. »Entschuldigung, aber bei Starbucks ist es doch so, dass man sich hinsetzen kann, wo man will, oder?«

»Klar«, sagt die Barista lächelnd. »Hier herrscht freie Platzwahl.«

»Sehen Sie?« Linus schaut wieder den Typen an. »Ich kann

mich hinsetzen, wo ich will. Und im Gegensatz zu Ihnen hab ich sogar noch Kaffee in meinem Becher. Oh, Moment.« Er gibt der Barista die leere Tasse und fügt an den Typen gewandt hinzu: »Tja, jetzt müssen Sie sich entweder einen neuen Kaffee bestellen oder gehen.«

»Ich fass es nicht!« Der Typ scheint kurz vor dem Explodieren zu sein. Wütend schiebt er seinen Laptop in seine Vintageledertasche und steht auf. »Dämlicher kleiner Scheißkerl«, knurrt er vor sich hin. *»Ich fass es nicht.«*

»Okay, bis dann mal«, sagt Linus unschuldig. »Und weiterhin viel Spaß damit, ein Arschloch zu sein.«

Der Typ sieht einen Moment aus, als wollte er Linus eine knallen, aber dann rauscht er nur stocksauer aus dem Café. Linus kommt zu mir an den Tisch zurück und lächelt sein strahlendes Orangenschnitz-Lächeln.

»Oh mein Gott.« Ich atme aus. »Ich kann nicht glauben, dass du das wirklich gemacht hast.«

»Das nächste Mal bist du dran.«

»So was könnte ich nie im Leben!«

»Klar könntest du. Es macht sogar Spaß.« Linus reibt sich die Hände. »Versuch's doch mal.«

»Okay, was soll ich machen?«, sage ich angespornt.

»Frag die Barista, ob sie Minz-Muffins haben.« Er winkt ihr, und sie kommt lächelnd an unseren Tisch, sodass ich keine Zeit habe, darüber nachzudenken, ob ich nervös bin oder nicht.

»Entschuldigung, haben Sie Minz-Muffins?«, frage ich und ahme dabei Linus' unschuldige Kinderstimme nach. Irgendwie fühle ich mich stärker, wenn ich es so wie Linus mache. Ich bin dann nicht ich. Ich bin nicht Audrey. Ich schlüpfe in eine Rolle.

»Tut mir leid, nein.« Sie schüttelt den Kopf.

»Aber ich hab sie auf der Webseite gesehen«, sage ich. »Ich bin mir sicher, dass ich sie dort gesehen hab. Minz-Muffins mit einem Schokoladenkern? Und Streuseln?«

»Und Pfefferminzpastillen obendrauf«, sagt Linus, ohne eine Miene zu verziehen, und ich kann mir kaum noch das Lachen verbeißen.

»Hmmm.« Die Barista runzelt verwirrt die Stirn. »Von denen habe ich noch nie was gehört.«

»Schade, aber trotzdem danke«, sage ich höflich, und als sie wieder weg ist, grinse ich Linus an und bin fast euphorisch. »Ich hab's geschafft!«

»Siehst du?« Er nickt. »Du kannst reden, mit wem du willst. Als Nächstes stellen wir dich mitten in die Fußgängerzone und lassen dich eine Rede halten.«

»Großartige Idee!«, sage ich. »Und das posten wir dann auf Facebook, damit auch ja viele Leute kommen.«

»Die Diagrammkurve geht also steil nach oben. Miss Audrey strebt den Sternen entgegen.« Ich habe Linus von der nach oben und nach unten ausschlagenden beziehungsweise gerade verlaufenden Linie erzählt und sie ihm sogar aufgezeichnet.

»Vollkommen richtig.« Ich stoße mit meiner Kaffeetasse an seine an. »Miss Audrey strebt den Sternen entgegen.«

25. Kapitel

Was bloß beweist, dass ich es selbst in der Hand habe, wie mein Diagramm aussieht. *Ich* ganz allein. Und wenn ich eine gerade verlaufende Diagrammkurve möchte, dann werde ich eine gerade verlaufende Diagrammkurve haben.

Deswegen flunkere ich ein bisschen, als ich bei meiner nächsten Stunde mit Dr. Sarah den Fragebogen ausfülle.

Hattest du in letzter Zeit mit vielen Ängsten zu kämpfen? Nein, gar nicht.

Fällt es dir schwer, deine Ängste zu kontrollieren? Nein, gar nicht.

Nachdem ich ihn Dr. Sarah gegeben habe, schaut sie ihn sich mit hochgezogenen Brauen an.

»Das nenne ich mal eine Verbesserung!«

»Sehen Sie?« Ich kann einfach nicht an mich halten. »Ich hab es Ihnen ja gesagt!«

»Hast du eine Ahnung, warum du diese Woche so große Fortschritte gemacht hast, Audrey?« Sie sieht mich lächelnd an. »Läuft es im Moment einfach gut, oder ist irgendetwas anders? Ich meine, gab es vielleicht irgendwelche Veränderungen?«

»Keine Ahnung.« Ich zucke unschuldig mit den Achseln. »Mir fällt nichts Besonderes ein.«

Das war schon wieder nicht die Wahrheit. Es hat sich

nämlich etwas verändert: Ich habe aufgehört, meine Medikamente zu nehmen. Ich drücke die Tabletten nur noch aus dem Blister und sammle sie in einem Umschlag. (Ins Klo werfen will ich sie nicht, sonst verseuchen die ganzen Chemikalien das Grundwasser oder so.)

Und soll ich euch mal was sagen? Mir ist kein Unterschied aufgefallen. Was nur beweist, dass ich sie nicht brauche.

Ich habe es niemandem gesagt. Ich meine, natürlich habe ich es niemandem gesagt, weil sonst alle ein totales Drama daraus machen würden. Ich warte noch ungefähr einen Monat, und dann lasse ich es so ganz nebenbei einfließen und sage: *Seht ihr?*

»Es ist genau, wie ich es Ihnen gesagt habe«, versichere ich Dr. Sarah. »Ich bin fertig. Ich bin geheilt. Ich bin wieder in Ordnung.«

26. Kapitel

Mum ist in Großreinemach-Stimmung. Sie wirbelt mit diversen Putzutensilien bewaffnet durchs Haus und ruft immer wieder laut: »Wem gehören diese Schuhe? Was haben die *hier* verloren? Hab ich euch nicht schon tausendmal gesagt, dass …«

Wir haben uns aus der Schusslinie gebracht und in den Garten verzogen. Mit *wir* meine ich Frank, Linus, Felix und mich. An einem so sonnigen Tag wie heute ist es sowieso viel schöner, faul im Gras zu sitzen und Gänseblümchen zu pflücken.

Plötzlich raschelt es laut, und Dad schiebt sich zwischen dem Gebüsch hindurch, hinter dem wir uns verstecken.

»Hi, Dad«, sagt Frank. »Willst du dich unserer Rebellentruppe anschließen?«

»Frank, ich glaube, deine Mutter verlangt nach dir«, entgegnet Dad.

Deine Mutter. Heißt übersetzt: *Keine Ahnung, was deine Mum sich jetzt schon wieder ausgedacht hat, ich hab jedenfalls nichts damit zu tun.*

»Wieso das denn?«, stöhnt Frank. »Ich bin beschäftigt.«

»Damit beschäftigt, dich hinterm Gebüsch zu verstecken?«, pruste ich.

»Hattest du nicht deine Hilfe für das Avonlea-Sommerfest

angeboten?«, fragt Dad. »Für das Catering, meine ich. Ich glaube, sie fangen jetzt an.«

»Ich hab meine Hilfe nicht *angeboten*«, antwortet Frank finster. »Man hat mich dazu gezwungen. Das nennt man Zwangsarbeit.«

»Deine Haltung ist wirklich vorbildlich«, sage ich mit gespielter Bewunderung. »Immer zur Stelle, wenn es darum geht, deinen Mitmenschen eine helfende Hand zu reichen.«

»Das musst du grade sagen«, schnaubt Frank. »Wo ist denn bitte *deine* helfende Hand?«

»Ich hab kein Problem damit, ein paar Sandwiches zu schmieren«, gebe ich achselzuckend zurück. »Ich lasse dir bloß den Vortritt, damit du mit gutem Beispiel vorangehen und der ganzen Welt zeigen kannst, was für ein selbstloser Mensch du bist.«

»Ha, ha, ha«, macht Frank. »Als ob du jedes Mal laut *Hier!* schreist, wenn es darum geht, bei irgendwas zu helfen. Aber das ist mal wieder typisch, immer muss ich den Kopf herhalten, und du bist fein raus. Weißt du, wie ich das nenne? *Diskriminierung in der eigenen Familie.*«

»Das ist keine Diskriminierung, sondern …«

»Ich glaube, wir sollten langsam wirklich rein«, unterbricht uns Dad. »Eure Mutter ist auf dem Kriegspfad.«

»Ich kann jetzt nicht«, sagt Frank, ohne sich von der Stelle zu rühren. »Ich muss mich um Linus kümmern, er ist schließlich mein Gast. Es wäre unhöflich, ihn jetzt einfach so hier sitzen zu lassen.«

»Linus ist *mein* Gast«, sage ich.

Frank wirft mir einen vernichtenden Blick zu. »Ich bin als Erster mit ihm befreundet gewesen, also hab ich auch ältere Rechte als du.«

»Ich muss sowieso los«, sagt Linus diplomatisch. »Mein Wasserpolo-Training fängt gleich an.«

Kaum ist Linus gegangen, gellt Mums Stimme durch den Garten. »Chris! Frank! Herrgott noch mal, wo *seid* ihr?« Weil jeder von uns den unheilvollen »Das werdet ihr mir noch büßen«-Unterton herausgehört hat, beschließen wir, dass es keinen Sinn mehr ergibt, sich noch länger zu verstecken. Frank trottet auf das Haus zu, als würde er seiner eigenen Hinrichtung entgegengehen, aber ich bleibe noch einen Moment sitzen und atme ein paarmal tief durch, um meine nervöse Unruhe in den Griff zu bekommen.

Ich meine, es geht mir gut. Ich habe keine Panik oder so was. Ich bin bloß ein kleines bisschen …

Na ja. Ein bisschen zittrig. Keine Ahnung, warum. Wahrscheinlich fange ich bloß wieder an, mich normal zu fühlen, nachdem mein Körper über all diese Monate hinweg mit Chemie verseucht wurde. Ich weiß ja schon gar nicht mehr, wie sich *normal* überhaupt anfühlt, oder?

In unserer Küche tummelt sich eine bunt gemischte Gruppe von Leuten. Eine alte Dame in einem lila 70er-Jahre-Hosenanzug, die eindeutig eine Perücke trägt. Eine Frau mittleren Alters mit langen Zöpfen und Gesundheitssandalen. Ein dickliches Pärchen im Partnerlook, die St.-Luke's-Church-Sweatshirts tragen. Und ein weißhaariger Mann auf einem Elektromobil.

Das Elektromobil ist sogar ziemlich cool. Aber es steht irgendwie ständig allen im Weg.

»So!« Mum kommt herein und klatscht in die Hände. »Herzlich willkommen und vielen Dank, dass ihr heute alle hier seid. Das Sommerfest beginnt um drei, wir sollten uns also ein bisschen ranhalten. Ich hoffe, ich habe an alles gedacht…« Sie fängt an, Supermarkttüten auszupacken und diverse Nahrungsmittel auf den Tisch zu legen – Tomaten, Gurken, Kopfsalat, Fenchel, Brot, Tortillafladen, aufgeschnittene Putenbrust und Schinken. »Ich dachte, wir machen einfach Sandwiches und ein paar Burritos und ähm…hat vielleicht sonst noch jemand eine Idee?«

»Wie wäre es mit Würstchen im Schlafrock?«, schlägt die dickliche Frau vor.

»Oh, okay.« Mum nickt. »Meinen Sie, Würstchen im Schlafrock zu kaufen oder Würstchen im Schlafrock zu *machen*?«

»Tja, also…«, sagt die Frau ratlos. »Ich weiß nicht. Ich dachte nur, weil eigentlich jeder Würstchen im Schlafrock mag.«

»Das Problem ist nur, dass wir keine Würstchen im Schlafrock dahaben, auch keine Würstchen ohne Schlafrock, deshalb…«

»Das ist aber schade«, sagt die Frau. »Weil doch eigentlich jeder Würstchen im Schlafrock mag.«

Ihr Mann nickt. »Das stimmt. Zu einem Würstchen im Schlafrock sagt niemand Nein.«

Mums Lächeln wirkt ein bisschen angespannt. »Vielleicht das nächste Mal. In Ordnung, wo waren wir? Ach ja…Wie wäre es mit Eier-Sandwiches?«

»Mum!«, ruft Frank entsetzt. »Eier-Sandwiches sind total ekelhaft.«

»Also, ich mag Eier-Sandwiches!«, verteidigt Mum ihren Vorschlag. »Isst sonst noch jemand gern Eier-Sandwiches?«

»Darling, ich bin mir sicher, dass wir noch viel mehr als bloß Eier-Sandwiches draufhaben«, dröhnt die Stimme eines Mannes durch die Küche, und ein Typ, den ich noch nie gesehen habe, kommt hereinmarschiert. Er ist vielleicht so Mitte zwanzig, trägt eine Glatze, hat ungefähr sechs Piercings im Ohr und ist wie ein Chefkoch angezogen.

»Hallo zusammen. Ich bin Ade«, stellt er sich vor. »Mein Großvater Derek Gould ist gerade erst ins Avonlea eingezogen und hat mir erzählt, dass hier die Catering-Zentrale für das Sommerfest ist. Also, was kann ich tun?«

»Sind Sie Koch?«, fragt Mum und starrt ihn mit riesigen Augen an. »Ich meine, ist Kochen ihr *Beruf*?«

»Ich bin Küchenchef im *Fox and Hounds*. Und weil ich gerade Mittagspause hab, dachte ich, ich spring mal kurz vorbei und schau, ob ihr noch ein bisschen Hilfe braucht. Okay, was haben wir denn hier?« Er begutachtet die Sachen, die Mum eingekauft hat, und rollt eine Tomate in der Hand hin und her. »Mit den Zutaten können wir eine schöne frische Füllung für die Burritos zubereiten, vielleicht so eine Art Waldorf-Salat, den Fenchel braten wir einmal kurz scharf an und servieren ihn mit einem Zitronen-Estragon-Dressing, und dann …«

»Moment mal, junger Mann«, unterbricht ihn die alte Dame in Lila. »Wie sollen wir denn an so einem heißen Tag wie heute den Salat frisch halten?«

»Keine Sorge«, winkt Ade freundlich ab. »Ich hab dreißig Kühlboxen aus dem Restaurant mitgebracht und noch ein paar andere Catering-Bedarfsartikel. Die können Sie bis morgen behalten.«

Die Frau in Lila sieht ihn überrascht blinzelnd an.

»Kühlboxen?« Mum scheint vor Glück fast ohnmächtig zu werden. »Catering-Bedarfsartikel? Sie muss der Himmel geschickt haben!«

»Kein Problem. Alles klar, unser Menü besteht also aus

Waldorf- und Kidney-Bohnen-Mus-Burritos, verschiedenen Salaten …«

»Ähm, könnten wir vielleicht auch noch irgendwas machen, wofür man Eier braucht?«, fragt Mum verlegen. »Ich hab nämlich ziemlich viele für die Eier-Sandwiches besorgt, auf die anscheinend niemand scharf ist.«

»Kartoffelomelette«, sagt Ade wie aus der Pistole geschossen. »Mit ein bisschen Chorizo, Knoblauch und gedünsteten Zwiebeln …«

Ich *liebe* Kartoffelomelette. Dieser Typ ist so cool.

»Oh, und hier«, sagt Mum eifrig und reicht ihm eine große rote Paprika. »Von denen hab ich auch eine ganze Menge besorgt. Könnte man die vielleicht auch noch mit reintun?«

»Perfekt.«

Ade nimmt Mum die Paprika aus der Hand und dreht sie zwischen den Fingern. Dann macht er seinen Rucksack auf und zieht ein Messer-Set heraus, in dem jede Klinge in einer eigenen Schutzhülle steckt. Wir beobachten gespannt, wie er die Paprika auf ein Schneidebrett legt, sich eines der Messer nimmt und loslegt.

Zack-zack-zack-zack-zack.

Ich habe noch *nie* jemanden so schnell eine Paprika schneiden sehen.

Alle in der Küche reißen vor Staunen die Augen auf. Sogar Frank. Genauer gesagt – vor allem Frank. Als Ade fertig ist und alle klatschen, steht Frank immer noch wie gebannt da und kriegt den Mund nicht mehr zu.

»Du«, sagt Ade zu ihm, »übernimmst das Würfeln.«

»Aber …« Frank schluckt. »Ich glaube nicht, dass ich das kann.«

»Kein Problem, Kumpel. Ich zeig dir, wie's geht.« Ade

mustert ihn kurz von oben bis unten. »Hast du eine Schürze?«

»Ich hol eine«, antwortet Frank sofort, und ich unterdrücke ein Kichern. Frank trägt freiwillig eine *Schürze*?

Anschließend durchsucht Ade Mums Küchenschränke und reiht alle möglichen Zutaten auf der Theke auf.

»Okay, hier kommt die Einkaufsliste«, ruft er. »Wir brauchen Parmesan, noch mehr Knoblauch, Harissa … Wer macht für uns den Laufburschen?« Sein Blick fällt auf mich. »Hübsches Mädchen mit der Sonnenbrille. Willst du unser Laufbursche sein?«

In den Supermarkt gehen ist mittlerweile ganz okay für mich.

Ich meine, es ist nicht immer *einfach*. Ich muss nach wie vor mein Reptiliengehirn in Schach halten, das sich am liebsten dann rührt, wenn ich es am allerwenigsten gebrauchen kann. In den letzten Tagen hatte ich immer mal wieder ganz plötzlich einen leichten Anflug von Panik, obwohl ich eigentlich dachte, dass ich es jetzt endlich hinter mir hätte.

Aber zumindest habe ich gelernt, nicht gegen mein Reptiliengehirn *anzukämpfen*, sondern seine Anfälle einfach irgendwie zu *ertragen*. Ihm zuzuhören und zu sagen: »Ja, ja, schon gut.« So wie man die Anfälle eines Vierjährigen erträgt. Mein Reptiliengehirn ist im Grunde genau wie Felix. Es ist total sprunghaft und tut Dinge, die keinen Sinn ergeben. Man darf ihm nicht die Herrschaft über sein Leben anvertrauen. Wenn wir Felix die Herrschaft über unser Leben anvertrauen würden, würden wir den ganzen Tag Superhelden-Kostüme tragen und uns ausschließlich von Eis ernähren.

Aber wenn man versucht, gegen Felix anzukämpfen, erreicht man damit nichts als Geheul und Geschrei und Tobsuchtsanfälle, und alles wird bloß noch schlimmer. Der Trick ist, ihm mit einem Ohr zuzuhören und zu nicken und dann einfach trotzdem sein eigenes Ding zu machen.

Mit dem Reptiliengehirn ist es genau dasselbe.

Als ich vor dem Supermarkteingang also plötzlich eine kleine Panikattacke habe, zwinge ich mich lächelnd zu sagen: »Netter Versuch, Reptiliengehirn.« Ich sage die Worte sogar laut und atme dann zwölf Sekunden lang aus. (Wenn man ganz langsam ausatmet, reguliert sich das Kohlendioxid im Kopf, und man wird sofort ruhiger.) Danach betrete ich den Laden und tue so, als wäre es mir wirklich so was von egal, was irgend so eine dämliche alte Echse denkt.

Und wisst ihr was? Es funktioniert irgendwie.

Als ich vom Einkaufen zurückkomme, fallen mir vor Staunen fast die beiden Tragetaschen aus der Hand. Frank steht in einer von Mums Schürzen an der Arbeitstheke und schnippelt Gemüse.

Er benutzt ein ziemlich großes Messer dafür, wahrscheinlich hat Ade ihm eines von seinen geliehen, und kann schon ziemlich gut damit umgehen. Er macht diese Zack-zack-zack-zack-Sache und ist so darin vertieft, dass er noch nicht einmal bemerkt, wie ich dastehe und ihn anstarre, geschweige denn, dass er auf die Idee kommt, seine üblichen Sprüche zu klopfen.

»Perfekt!«, ruft Ade, als er mich entdeckt, und nimmt mir die Taschen ab. »Ah, da haben wir ja den Knoblauch.« Er riecht an der Knolle und reibt liebevoll über die papierne

Schale. »Herrlich. Okay, Frank, ich will ihn in ganz feine Würfel gehackt haben.«

»Alles klar, Chef«, sagt Frank atemlos und greift nach dem Knoblauch.

Alles klar, Chef?

Alles klar, Chef?

Was ist denn plötzlich mit meinem Bruder passiert?

EINBLICKE IN DAS HARMONISCHE LEBEN MEINER LIEBEVOLLEN FAMILIE – Filmskript

INNEN. 5 ROSEWOOD CLOSE. TAG.

Die Kamera kommt in die Küche, wo Frank über Dads Laptop gebeugt ist.

AUDREY (OFF)

Wir waren heute auf dem Sommerfest. Es war ganz okay. Ich hab das hier bei der Tombola gewonnen.

Eine Hand nimmt einen flauschigen rosafarbenen Klopapierrollen-Bezug vom Küchentisch.

AUDREY (OFF)

Das macht man über seine Klopapierrolle. Habt ihr schon jemals so etwas Hässliches gesehen?

Sie legt den Klopapierrollen-Bezug zurück.

AUDREY (OFF)

Aber das Essen ist super gut angekommen.
Die Leute haben es GELIEBT.
Der Bürgermeister hat es sogar in seiner kleinen Rede erwähnt.
Ich glaube, es ist alles bis auf den letzten Krümel verkauft worden.

Die Kamera richtet sich auf Frank, der sich auf YouTube ein Video anschaut, in dem ein Koch in rasender Geschwindigkeit eine Zwiebel würfelt.

FRANK

Meinst du, Mum würde mir ein Messer-Set kaufen? Ich meine, so ein richtig gutes?

AUDREY (OFF)

Keine Ahnung. Was kostet so was?

Frank öffnet ein neues Fenster.

FRANK

Hier gibt es welche für 650 Pfund.

AUDREY (OFF)

Klar. Kauft sie dir sofort.

FRANK

Gute Messer sind das A und O. Ade hat mir angeboten, mal bei ihm im Restaurant vorbeizukommen und zu schauen, wie es dort so abgeht. Wenn ich Lust hab, bringt er mir noch mehr Sachen bei, und ich muss dafür nur ein bisschen spülen und so.

Er schaut vom Laptop auf, und seine Augen leuchten.

AUDREY (OFF)
Hey, das ist ja super!

FRANK
Also, er macht da total krasse Sachen. Zum Beispiel benutzen die so eine Art Flammenwerfer, um die Federreste von den Hähnchen zu entfernen.

AUDREY (OFF)
Wow. Das Essen war auch echt lecker. Die Leute haben von nichts anderem geredet.

FRANK
Ade meinte, der Waldorf hätte ein bisschen würziger sein können.

AUDREY (OFF)
Also ich fand ihn gut, so wie er war.

Die Kamera verlässt die Küche und steuert den Hinterausgang an. Auf der Treppe zum Garten hält sie inne. Wir sehen Mum und Dad, die neben dem Spielhaus stehen und sich leise unterhalten. Mum hat einen Ausdruck in der Hand und gestikuliert damit aufgebracht vor Dad herum.

MUM

Wie können sie es überhaupt wagen, uns darum zu bitten?

DAD

Du darfst dir das nicht so zu Herzen nehmen, Anne.

MUM

Wie soll ich mir das nicht zu Herzen nehmen? Was bilden die sich eigentlich ein? Das ist eine absolute Unverschämtheit!

DAD

Ich weiß. Es ist absurd.

MUM

Es ist ungeheuerlich! Ist dir klar, welchen Schaden sie damit bei Audrey anrichten könnten? Ich werde diesen Leuten heute Abend antworten und ihnen sehr deutlich zu verstehen geben, was ich von ihnen …

DAD

Ich glaube, es ist besser, wenn ich diese Mail schreibe.

MUM

(aufgebracht)
Von mir aus. Aber du schreibst, was ich dir sage, und versuchst NICHT, mich zu zensieren, Chris.

DAD

Wir schreiben die Mail zusammen, okay? Aber wir sollten darauf achten, nicht zu feindselig rüberzukommen.

MUM

Nicht zu feindselig? Soll das ein Scherz sein?

AUDREY (OFF)

Worüber redet ihr?

Beide Eltern wirbeln erschrocken herum.

AUDREY (OFF)

Was ist los?

MUM

Audrey!

DAD

Gar nichts, Liebes. Alles in Ordnung.

MUM

Nichts, worüber du dir Sorgen machen müsstest.
Ähm, findest du nicht auch, dass das Sommerfest ein voller Erfolg war?

Die Kamera verweilt einen Moment auf ihren besorgten Gesichtern und zoomt dann an den Ausdruck in Mums Hand heran.

AUDREY (OFF)

(langsam)
Ja. Ein voller Erfolg.

27. Kapitel

Was ist das bloß für eine Mail gewesen? Worum ging es darin?

Ich habe Mum und Dad noch nie so erlebt. Sie hatten so eine Angst davor, dass ich vielleicht mitbekommen habe, worum es ging, dass sie fast schon aggressiv waren. Ich meine, Mum stand kurz davor, die Zähne zu fletschen.

Sie wollen also auf keinen Fall, dass ich irgendetwas darüber – worüber auch immer – erfahre.

Wenn ich wenigstens einen Anhaltspunkt hätte, um irgendwelche Theorien zu entwickeln und wieder zu verwerfen, aber ich bin wirklich völlig ratlos. Hat es vielleicht etwas mit Dr. Sarah zu tun? Will sie eine noch unerforschte Behandlungsmethode an mir ausprobieren, und Mum und Dad regen sich darüber auf, dass sie so etwas überhaupt vorschlägt?

Aber das sieht Dr. Sarah nicht ähnlich. Sie würde nie etwas tun, von dem sie nicht absolut überzeugt wäre, dass es gut für mich ist. Oder? Außerdem würden Mum und Dad nicht in der Mehrzahl von ihr sprechen.

Als ich an dem Abend beim Essen noch einmal davon anfange, reißen Mum und Dad mir fast den Kopf ab.

»Da war nichts«, fährt Mum mich an und dreht hektisch ihre Nudeln auf die Gabel. »Absolut nichts.«

»Mum, ich hab doch gemerkt, dass etwas nicht stimmt.«

»Du musst nicht über alles Bescheid wissen, was in der Welt vor sich geht, Audrey.«

Ein beklemmendes Gefühl steigt in mir auf. Ist Mum womöglich krank? Steuert unsere Familie etwa auf irgendeine schreckliche Tragödie zu, die uns allen den Boden unter den Füßen wegziehen wird?

Aber dann wird mir klar, dass es um etwas anderes gehen muss. Mum hat von irgendeinem Schaden gesprochen, den sie bei mir anrichten könnten. Es geht also um mich und um *sie*, wer immer *sie* sind.

28. Kapitel

Nach dem Abendessen schließen Mum und Dad sich für ungefähr zwei Stunden in Dads Arbeitszimmer ein, und als sie schließlich herauskommen, sagt Mum: »Tja, da sind wir wieder.« Sie ist von einer Art dunkler, zufriedener Wolke umgeben, und ich habe das dumpfe Gefühl, dass sie sich in dieser Mail nicht zurückgehalten hat.

Dad verkündet, dass er mal kurz weg ist, um mit seinem Freund Mike eine Runde Squash zu spielen, und Mum will ein Bad nehmen. Ich warte, bis ich das Wasser laufen höre, dann schleiche ich mich zu Frank, der in seinem Zimmer sitzt und mit seinem iPod beschäftigt ist.

»Hey, Frank«, sage ich leise. »Meinst du, du schaffst es, dich in Dads E-Mail-Programm zu hacken?«

»Klar. Warum?«

»Du musst was für mich nachschauen. Jetzt sofort, okay?«

So schnell und problemlos, wie Frank sich Zugang zu Dads E-Mail-Account verschafft, steht fest, dass er das nicht zum ersten Mal macht. Er kennt sogar Dads Passwort, das nur aus Zeichen, Nummern und zusammenhanglosen Buchstaben besteht.

Ich setze mich auf die Armlehne des Drehstuhls. »Schaust du dir öfter Dads Mails an?«

»Manchmal.«

»Weiß er das?«

»Natürlich nicht.« Frank klickt ein paar Mails von einem gewissen George Stourhead an. »Sind ein paar ganz interessante Sachen dabei. Wusstest du, dass er sich letztes Jahr für einen neuen Job beworben hat?«

»Nein.«

»Er hat die Stelle nicht bekommen. Aber sein Kumpel Allan meinte, dass die Firma in Schwierigkeiten stecken würde und es für Dad sowieso besser war, dass es nicht geklappt hat.«

»Oh.« Ich lasse die Information kurz sacken. »Aber so interessant finde ich das nun auch wieder nicht.«

»Immer noch interessanter als Geografie-Hausaufgaben. Ach, und für meinen Geburtstag planen sie eine Überraschungsparty, aber pass bloß auf, dass dir nichts rausrutscht, okay?«

»Oh Mann, Frank!«, stöhne ich. »Wieso erzählst du es mir dann?«

Er fährt sich mit Daumen und Zeigefinger über den Mund. »Ich habe nichts gesagt. Also, wonach suchen wir?«

»Keine Ahnung. Irgendeine Mail, wegen der Mum total sauer ist.«

Frank verdreht so lustig die Augen, dass ich kichern muss. »Geht es vielleicht ein bisschen konkreter?«

»Tja … Keine Ahnung. Es geht um mich. Such nach *Audrey.*«

Frank wirft mir einen merkwürdigen Blick zu. »Es geht praktisch in jeder zweiten Mail um dich, Audrey. Du bist in dieser Familie das Thema Nummer eins.«

»Oh.« Ich sehe ihn bestürzt an. Ich will nicht Thema Nummer eins sein.

»Quatsch«, sage ich kopfschüttelnd. »Wenn hier jemand Thema Nummer eins ist, dann *du*. Mum redet den ganzen Tag von nichts anderem als von dir. Frank hier, Frank dort.«

»Aber in ihren Mails geht es um nichts anderes als dich. Audrey hier, Audrey dort.« Er sieht mich ernst an. »Glaub mir.«

Das bringt mich kurz ins Grübeln. Mir ist bisher nie in den Sinn gekommen, dass Mum so eine Art geheimes E-Mail-Leben haben könnte. Was natürlich ziemlich naiv von mir war. Ich frage mich, was in den Mails steht, in denen es um mich geht. Ich könnte Frank bitten, sie mir zu zeigen …

Schon allein bei dem Gedanken schlägt in meinem Kopf ein schweres Eisengittertor zu. Kommt nicht infrage. Ich werde ihre Mails nicht lesen. Oder zumindest nur diese eine. Ich will nicht wissen, was Mum insgeheim denkt. Jeder von uns hat das Recht auf Privatsphäre.

»Du solltest Mum und Dad nicht hinterherschnüffeln«, sage ich.

»Du machst es doch auch«, gibt Frank zurück.

»Ja, schon, aber …« Er hat recht, und ich weiß es. »In dem Fall hab ich keine andere Wahl. Es ist eine einmalige Angelegenheit und es geht darin um mich und es ist wichtig, und … danach werde ich es nie wieder tun.«

»Das müsste sie sein.« Frank klickt eine kürzlich versandte Mail an mit dem Betreff *Ihre Bitte*.

Als der Text erscheint, wandert mein Blick sofort ans Ende der Mail, die mit Anne und Chris Turner unterzeichnet ist.

»Oh mein Gott«, prustet Frank. »Denen hat es Mum aber gegeben.«

»Schscht! Lass mich in Ruhe lesen!«, zische ich und spähe mit zusammengekniffenen Augen über seine Schulter.

Sehr geehrte Mrs Lawton, sehr geehrter Mr Lawton,
wir sind geschockt, entsetzt und bestürzt.

Erstens, wie Sie es wagen können, sich in einer direkten Mail und auf so unangemessene Weise an unsere Tochter Audrey zu wenden. Zweitens, wie Sie überhaupt auf die Idee kommen, eine derart ungeheuerliche Bitte an sie zu richten. Wir bedauern, dass Ihre Tochter Izzy mit Problemen zu kämpfen hat, aber wenn Sie tatsächlich glauben, Audrey wäre bereit, sie zu treffen, müssen Sie komplett den Verstand verloren haben. Ist Ihnen nicht bewusst, worüber wir hier sprechen? Haben Sie schon vergessen, wie sehr unsere Tochter unter Ihrer Tochter (und anderen) zu leiden hatte? Sind Sie sich darüber im Klaren, dass Audrey seit diesen Vorkommnissen nicht wieder in der Schule war und mehrere Wochen in einer Klinik verbracht hat?

Es interessiert uns nicht, ob Izzy Audrey um Entschuldigung bitten möchte oder nicht. Wir werden das Risiko nicht eingehen, dass unserer Tochter weitere psychische Schäden zugefügt werden.

Hochachtungsvoll

Anne und Chris Turner

»Wer ist Izzy?«, fragt Frank. »Eine von denen?«

»Ja.« Allein der Name lässt wieder dieses dunkle und vergiftete Gefühl in mir aufsteigen.

»Ich kann nicht fassen, dass sie mich sehen will«, sage ich, ohne den Blick von der Mail abzuwenden. »Nach all der Zeit.«

»Tja, Mum und Dad haben Nein gesagt. Du bist also aus dem Schneider.«

»Bin ich nicht.«

»Klar bist du! Du brauchst nichts zu tun, was du nicht willst. Mum und Dad decken dir bei allem den Rücken. Wahrscheinlich bräuchtest du noch nicht einmal mehr in die Schule zu gehen. Du kannst verdammt noch mal tun und lassen, was immer du willst. Aber du scheinst das gar nicht wirklich zu schätzen zu wissen, oder?« Frank klickt eine andere Mail an. »Echt, wenn ich an deiner Stelle wäre …«

Franks Stimme dringt nur noch wie aus weiter Ferne zu mir durch. Die Gedanken in meinem Kopf drehen sich im Kreis. Gedanken, die ich noch nicht einmal selbst verstehe. Gedanken, die ich nicht haben will.

Ohne mir darüber bewusst zu sein, habe ich mich auf dem Boden zusammengekauert und den Kopf in den Händen vergraben. Ich brauche meine ganze Energie zum Nachdenken.

»Aud?«, sagt Frank plötzlich und beugt sich über mich. »Aud, was ist los?«

»Du verstehst das nicht«, sage ich. »Dadurch, dass ich jetzt weiß, dass sie mich sehen will, bin ich eben *nicht* aus dem Schneider.«

»Warum?«

»Weil …«

Ich kann es nicht aussprechen. Die Worte sind in meinem Kopf, aber ich will, dass sie verschwinden. Ich weiß nicht, wie sie dort hingekommen sind. Ich bin mir nur leider ziemlich sicher, dass sie sich nicht so leicht vertreiben lassen werden.

»Vielleicht sollte ich mich mit ihr treffen.« Jetzt habe ich es doch ausgesprochen. »Vielleicht sollte ich es wirklich tun.«

»Was?«, sagt Frank erschrocken. »Aber warum denn?«

»Ich weiß nicht. Weil … ich weiß nicht.« Ich reibe mir übers Gesicht. »Ich *weiß* es nicht.«

Frank schüttelt den Kopf. »Das ist eine totale Scheißidee, Aud. Als würdest du dir dein Leben freiwillig versauen wollen. Es ist doch auch so schon schwer genug für dich. Mach es nicht noch schlimmer. Hey, Dad hat neulich einen Link zu diesem Test *Welcher Simpson-Charakter bist du?* bekommen«, wechselt er abrupt das Thema. »Solltest du auch mal ausprobieren. Warte, ich hab ihn gleich gefunden …« Frank klickt wie wild auf dem Desktop herum. »Dad ist eigentlich ein ganz witziger Typ …«

»Sei still. Ich muss nachdenken.«

»Genau das ist dein Problem. Du denkst zu viel. Hör einfach mal auf, dir ständig den Kopf zu zerbrechen.« Frank hält mitten im Klicken inne. »Oh. Scheiße. Ich weiß nicht, was ich gerade gemacht hab. Hast du gesehen, was ich gerade gemacht habe?«

»Nein.«

»Ich glaube, ich hab ein Dokument gelöscht. Mist.« Er klickt hektisch mit der Maus herum. »Mach schon, du Scheißding – *rückgängig* Hey, erzähl Dad bloß nicht, was wir hier getrieben haben, okay? Wenn ich nämlich irgendwas Wichtiges gelöscht hab, flippt er aus …«

Frank redet weiter, aber ich verlasse den Raum, ohne auch nur irgendetwas davon mitzubekommen. In meinem Kopf dreht sich alles, mein Herzschlag dröhnt in meinen Ohren, und ich fühle mich seltsam unwirklich.

29. Kapitel

Um Entschuldigung bitten. Ich kann mir nicht vorstellen, wie Izzy um Entschuldigung bittet. Ich kann mir nicht vorstellen, wie Izzy überhaupt irgendetwas sagt. Sie hat nie viel von sich gegeben. Sie war nie die Anführerin, sondern bloß eine Mitläuferin, die gemacht hat, was Tasha wollte. Genau wie alle anderen aus meiner Klasse. Denn solange ich das Opfer war, waren sie in Sicherheit. Sogar Natalie hat irgendwann aufgehört, sich für mich einzusetzen…

Nein. Nicht das schon wieder. Natalie hatte Angst. Ich habe mit Natalie meinen Frieden geschlossen. Punkt.

Tasha ist die Schlimmste von allen gewesen. Sie ist diejenige, bei der es mir kalt den Rücken hinunterläuft. Sie ist intelligent, gerissen, ehrgeizig und auf diese »Sportliche Figur, markantes Kinn«-Art hübsch. Alle Lehrer haben sie geliebt. Sie haben sie *geliebt*. Bis sie dann die Wahrheit über sie herausgefunden haben und die ganze Sache ans Licht kam.

Ich hatte sehr viel Zeit, um darüber nachzudenken. Und ich bin zu dem Schluss gekommen, dass sie es getan hat, weil es ihr Spaß machte. Weil sie es *konnte*.

Wahrscheinlich wird Tasha eines Tages Auszeichnungen bekommen. Gut möglich, dass sie eine steile Karriere in der Werbebranche macht und auf ihre erbarmungslose, hartnäckige und extrem überzeugende Art Wünsche und Sehnsüchte in Menschen weckt, von denen diese gar nicht wussten, dass sie sie haben, und die meisten werden noch nicht einmal merken, dass sie gnadenlos manipuliert wurden. Sie wird andere benutzen und dann fallen lassen. Wer sich gegen sie wendet, wird so lange fertiggemacht, bis er völlig gebrochen ist, nur – wer interessiert sich schon für die?

Die *eigentliche* Wahrheit – die übrigens nie ein Erwachsener jemals zugeben würde – ist, dass ihr diese ganze Erfahrung noch sehr viel bringen wird im Leben. Sie hat sich selbst eine Aufgabe gestellt und sie mit Bravour gemeistert. Die Idee war innovativ, die Ausführung nachhaltig. Wäre es ein Prüfungsfach gewesen – *Quäle Audrey Turner, indem du eine Vielzahl einfallsreicher Methoden anwendest* –, hätte sie dafür eine Eins plus bekommen.

Ich meine, ja, am Ende wurde sie von der Schule verwiesen. Aber wen kümmern schon solche kleinen Details?

30. Kapitel

Irgendwann nach elf, als ich eigentlich schon schlafen sollte, lässt es mir keine Ruhe mehr, und ich gehe nach unten in die Küche, wo Mum und Dad sich gerade einen Kräutertee machen.

»Ich hab deine E-Mail gelesen, Mum, und ich glaube, dass ich mich mit Izzy treffen sollte«, sage ich.

Puh. Geschafft.

31. Kapitel

Das war also ein ganz klares Nein von Mum. Von Dad auch.

Mum ist ziemlich sauer geworden. Sie sagte zwar immer wieder, sie wäre auf Mrs Lawton sauer, aber für mich klang es eher so, als wäre sie sauer auf mich, weil sie immer wieder auf denselben Sachen herumhackte.

Ich sehe ein, dass es absolut inakzeptabel ist, anderer Leute E-Mails zu lesen.

Ich sehe ein, dass Mum und Dad schwierige Aufgaben zu bewältigen haben, denen sie nicht gerecht werden können, wenn sie ständig Angst haben müssen, dass ich mich in ihren Mail-Account hacke.

Möchte ich in einem Haus mit verschlossenen Türen leben? (Nein.)

Möchte ich in einer Familie leben, in der man sich nicht vertraut? (Nein.)

Moment mal, hat Frank etwas damit zu tun? Hat er dir etwa dabei geholfen? (Schweigen.)

Mums weiße Nasenflügel bebten, und die Ader auf ihrer Stirn pochte, und Dad sah so ernst und besorgt aus wie schon lange nicht mehr, und sie waren absolut davon überzeugt, dass ein Treffen mit Izzy von vornherein zum Scheitern verurteilt war.

»Du bist *zerbrechlich*, Audrey«, sagte Mum immer wieder.

»Du bist wie ein gesprungener Porzellanteller, der gerade erst geklebt wurde.«

Das hat sie hundertprozentig von Dr. Sarah geklaut.

Spricht Mum hinter meinem Rücken mit Dr. Sarah? Der Gedanke ist mir bisher noch nie gekommen. Andererseits bin ich manchmal ganz schön schwer von Begriff.

»Ich weiß, dass du dir davon so eine Art reinigenden Effekt erhoffst, Liebes«, sagt Dad. »Dass du denkst, du gehst da einfach hin, wirst los, was du zu sagen hast, und danach haben alle etwas gelernt und sind ein bisschen klüger. Aber das ist leider eine Wunschvorstellung. Ich bin in meinem Leben schon mit so vielen miesen Menschen konfrontiert gewesen, ich weiß, wovon ich rede, glaub mir. Keiner von ihnen hielt sich selbst für einen miesen Menschen. Sie sind sich keiner Schuld bewusst, egal, was man sagt.« Er sieht Mum an. »Erinnerst du dich noch an Ian? Meinen ersten Chef? Er war ein ausgemachter Dreckskerl. War es immer, wird es immer sein.«

»Ich habe nicht vor, irgendetwas loszuwerden«, entgegne ich. »Sie ist diejenige, die sich entschuldigen will.«

»Angeblich«, murmelt Mum finster. »*Angeblich.*«

»Warum liegt dir so viel daran?«, sagt Dad. »Erkläre es uns.«

»Geht es darum, dass sie dich um Verzeihung bitten soll?«, fragt Mum. »Wir könnten den Lawtons mitteilen, dass sie dir einen Brief schreiben soll.«

»Nein, darum geht es nicht.« Ich schüttle ungeduldig den Kopf und versuche meine chaotischen Gedanken zu sortieren. Das Problem ist, ich kann es nicht erklären. Ich weiß nicht, warum ich sie treffen will. Höchstens um irgendetwas zu beweisen. Aber wem? Mir selbst? Izzy?

Dr. Sarah legt keinen großen Wert darauf, etwas über Izzy

oder Tasha oder die anderen Mädchen zu erfahren. Wenn ich dann doch mal von ihnen anfange, sagt sie solche Sachen wie: »Es spielt keine Rolle, was andere Leute von dir denken, Audrey« und »Du bist nicht für die Gefühle anderer verantwortlich« oder »Diese Tasha langweilt mich zu Tode – lass uns das Thema wechseln«.

Sie hat mir sogar ein Buch über ungesunde Beziehungen geschenkt. (Ich musste fast laut lachen. Konnte es eine noch ungesündere Beziehung geben als die zwischen Tasha und mir?) In dem Buch ging es darum, dass man stark sein muss, um sich dem Missbrauch zu entziehen, und man sich nicht immer wieder auf die Machtspielchen solcher Menschen einlassen, sondern so unerschütterlich und autonom wie ein gesunder Baum sein soll. Nicht wie ein verkrüppelter, umstürzender, co-abhängiger Opfer-Baum. Oder so ähnlich.

Schön und gut. Das Problem ist nur, dass Izzy und Tasha und all die anderen immer noch in meinem Kopf sind. Sie haben noch nicht ausgecheckt. Möglicherweise bleiben sie auch für immer.

»Wenn ich es nicht tue, wird es mich für den Rest meines Lebens verfolgen«, sage ich schließlich. »Ich werde mich immer wieder fragen, ob ich es geschafft hätte, und wenn ja, ob es etwas geändert hätte.«

Mum und Dad wirken nicht überzeugt.

»Diese Frage kann man sich zu vielem stellen«, sagt Mum. »Würde ich es schaffen, einen Fallschirmsprung vom Empire State Building zu machen? Tja, vielleicht.«

»Das Leben ist zu kurz«, sagt Dad bestimmt. »Schau nach vorn.«

»Genau das *versuche* ich doch. Das ist praktisch Teil des Nach-vorne-schauen-Prozesses!«

Aber als ich von Dads Gesicht zu dem von Mum schaue, weiß ich, dass ich sie nie überzeugen werde. Nie, egal, was ich sage.

Also rede ich mit Frank. Der hält es ebenfalls für keine gute Idee, der Unterschied bei ihm ist jedoch, dass er, nachdem wir ungefähr fünf Minuten darüber diskutiert haben, mit den Achseln zuckt und sagt: »Ist dein Leben.«

Dad hat mittlerweile sein Passwort geändert, was aber kein Problem ist, weil Frank das neue in null Komma nichts in seinem BlackBerry unter einem Eintrag namens *Neues Passwort* (armer Dad, er sollte sein BlackBerry wirklich nicht herumliegen lassen) gefunden hat. Eigentlich hatte ich vor, die Mail selbst zu schreiben, aber Frank meint, ich soll das lieber ihm überlassen, und er hat Dads Schreibstil tatsächlich ziemlich perfekt drauf.

»Du hast zu viele von Dads Mails gehackt«, sage ich, als ich ehrfürchtig lese, was er geschrieben hat. »Das ist der Hammer!«

»Kinderspiel«, winkt Frank ab, kann sich aber ein kleines stolzes Lächeln nicht verkneifen. Und er hat auch allen Grund dazu. Die E-Mail ist ein absolutes Kunstwerk. Und so lautet sie:

> Liebe Mrs Lawton,
> meine Frau und ich möchten uns für unsere unbeherrschten Worte von gestern entschuldigen. Wie Sie sich vielleicht vorstellen können, waren wir zuerst einmal geschockt von Ihrem Anliegen und haben möglicherweise zu unbedacht reagiert.
> Nach genauerer Überlegung wäre Audrey gern bereit, Izzy zu

treffen und zu hören, was sie zu sagen hat. Dafür schlagen wir nächsten Donnerstag, 15 Uhr, bei Starbucks vor.

Da mein Computer zurzeit immer wieder Ausfälle hat, möchte ich Sie bitten, lieber nicht per Mail zu antworten, sondern Ihre Bestätigung per SMS an diese Nummer zu senden: 079986 435 619.

Mit besten Grüßen,
Chris Turner

Das ist meine neue Mobilnummer. Nachdem wir die Mail abgeschickt haben, löscht Frank sie sowohl aus dem Postausgang als auch aus dem Papierkorb, damit niemand uns auf die Schliche kommt.

Und dann fällt mich plötzlich wie aus dem Nichts die Angst an. Was habe ich getan? Was habe ich bloß *getan*, verdammt? Mein Herz fängt an zu rasen, und ich spüre, wie meine Finger sich ineinander verknoten.

»Kannst du bitte mitkommen?«, frage ich Frank, der mich daraufhin sehr lange ansieht. Er wirkt aufrichtig besorgt, als würde ihm erst jetzt klar werden, was wir da eigentlich getan haben.

»Aud, bist du dir sicher, dass du das willst?«

»Ja.« Ich nicke immer wieder, wie um mich selbst zu überzeugen. »*Ja.* Ich bin mir sicher. Ich brauche bloß ein bisschen moralische Unterstützung. Von dir. Und Linus.«

»Die drei Musketiere.«

»So ungefähr.«

»Hast du es Linus schon gesagt?«

»Nein, aber wir treffen uns später im Park, und dann erzähle ich es ihm.«

32. Kapitel

Als ich im Park ankomme, springt mich plötzlich eine ziemlich heftige Panikattacke an, und einen Moment lang sind wieder die ganzen alten Ängste da. Die Menschen um mich herum sehen wie seelenlose Roboter aus, die auf der Jagd nach mir sind, und hinter jeder Ecke scheint eine grauenhafte Bedrohung zu lauern. Mein Reptiliengehirn schickt mir dringende Signale, mich auf der Stelle hinter einem Busch zu verkriechen.

Du wirst dich nicht *hinter einem Busch verkriechen*, spreche ich mir selbst Mut zu. *Du lässt dir* nicht *von irgendeiner primitiven Eidechse Befehle geben.* Obwohl mir vor Angst ganz schlecht ist und die Panik immer wieder in Wellen über mir zusammenzuschlagen droht, schaffe ich es, wie ein halbwegs normaler Mensch durch den Park zu gehen, bis ich Linus auf einer Bank entdecke. Sein Anblick erdet mich wieder ein bisschen. Als ich sein Orangenschnitz-Lächeln sehe, das auf sein Gesicht tritt, als er mich sieht, fühlt sich das an, als würde jemand mein altes Reptiliengehirn streicheln und ihm zuflüstern, dass alles gut ist.

(Ich habe Linus gegenüber nichts von meinem Reptiliengehirn erwähnt. Es gibt Dinge, die man seinem Freund erzählt, und es gibt Dinge, die man unbedingt für sich behalten sollte, weil man sonst wie eine Geistesgestörte klingt.)

»Hey, Rhabarber.«

»Hey, Orangenschnitz.« Ich berühre seine Hand, und unsere Münder streifen sich.

»Okay«, sagt Linus, sobald wir uns voneinander lösen. »Du bist dran. Frag den Mann da drüben, ob Enten Pflanzenfresser sind.« Er zeigt auf einen älteren Mann, der ein paar Enten Brotstücke zuwirft.

»Sind Enten denn Pflanzenfresser?«

»Natürlich nicht. Sie fressen Würmer. Na los.« Er schiebt mich von der Bank, und ich stehe grinsend auf. Mir graut total davor, aber ich zwinge mich, zu dem Mann zu gehen und eine Unterhaltung über Enten mit ihm zu führen. Danach kehre ich zu unserer Bank zurück und schicke Linus zu einer Gruppe französischer Touristen, um sie zu fragen, in welchem Land wir uns befinden.

Linus ist ein Ass. Ein *Ass*. Er erzählt den französischen Touristen in aufgelöstem Tonfall, dass er vorhatte, nach Schweden zu wandern und sich wohl irgendwie verlaufen haben muss, worauf sie alle anfangen, auf ihren Smartphones herumzutippen und ihre Karten-Apps aufzurufen. »Angleterre! Ingland!«, rufen sie immer wieder und zeigen auf die roten Busse, die alle fünf Sekunden am Park vorbeifahren.

»Ach, *England*«, sagt Linus schließlich, worauf sie eifrig nicken. »Voilà! *Grande-Bretagne!* Iiingland!« Dann gehen sie tuschelnd weiter und drehen sich noch ein paarmal verwundert zu ihm um. Wahrscheinlich werden sie noch den Rest ihrer Ferien über ihn reden.

»Okay«, sagt Linus, als er zur Bank zurückkommt. »Frag den Typen da hinten, ob er Kokosnuss-Eis verkauft.« Er nickt in Richtung des Eisverkäufers, der schon seit ich mich erinnern kann jeden Sommer seinen Eisstand im Park hat.

»Er hat keines.«

»Ich weiß. Deswegen sollst du ja danach fragen.«

»Zu einfach«, sage ich stolz. »Denk dir was anderes aus.«

»Zu anstrengend«, entgegnet Linus träge. »Geh zu dem Eisverkäufer.«

Also trotte ich zu dem Stand rüber, warte geduldig, bis ich an der Reihe bin, und frage dann: »Entschuldigen Sie, haben Sie Kokosnuss-Eis?«

Ich weiß genau, was er antworten wird. Seit ich ungefähr acht war, habe ich ihn jedes Jahr nach Kokosnuss-Eis gefragt, aber er hatte nie welches.

»Heute ja«, sagt er und zwinkert mir zu.

Ich starre ihn verdattert an, als er nach dem Löffel greift, mit dem er das Eis portioniert. »Wie bitte?«

»Kokosnuss-Eis für die junge Lady«, sagt er und taucht seinen Löffel schwungvoll in einen der Behälter. »Nur heute und nur für Sie.«

»*Was?*« Ich blinzle ungläubig, als er schneeweiße Eiskugeln in eine riesige Waffel gibt. »Und das ist wirklich ... Kokosnuss-Eis?«

»Nur für Sie«, wiederholt er und reicht mir die Eistüte. »Dazu ein Chocolate-Chip-Eis für den jungen Herrn«, fügt er hinzu und gibt mir eine zweite. »Ist schon bezahlt.«

»Kokosnuss ist meine Lieblingssorte«, sage ich verwirrt. »Aber das haben Sie doch sonst nie gehabt.«

»Das hat der junge Mann auch gesagt und mich gefragt, ob ich es nicht ausnahmsweise besorgen könnte.«

Ich wirble zu Linus herum, der mit einem noch strahlenderen Lächeln als sonst zu uns herüberschaut.

»Das ist wirklich ... wow!«, sage ich zu dem Eisverkäufer. »Ich meine ... *Danke.*«

Als ich wieder bei Linus bin, schlinge ich ihm die Arme um den Hals, ohne die Eistüten fallen zu lassen, und küsse ihn. »Ich kann nicht glauben, dass du das wirklich gemacht hast!« Ich reiche ihm seine Waffel und koste dann von dem cremigen Weiß in meiner eigenen. Wenn Glück einen Geschmack hat, dann schmeckt es definitiv nach Kokosnuss. *»Oh mein Gott.«*

»Gut?«

»Ich liebe es. Ich *liebe* es.«

»Ich liebe auch etwas«, sagt Linus und leckt von seinem Schokoladeneis ab. »Dich.«

Ich halte verblüfft inne, als mir die Bedeutung seiner Worte aufgeht. *Ich liebe auch etwas. Dich.*

Der Park ist ein wildes Durcheinander aus Sonnenlicht und quakenden Enten und kreischenden Kindern, aber in diesem Moment kommt es mir vor, als würde die ganze Welt nur noch aus seinem Gesicht bestehen. Aus braunen Haaren, ehrlichen Augen und einem Orangenschnitzlächeln.

»Was … aber, wie … meinst du das?«, stammle ich.

»So, wie ich es gesagt habe«, antwortet er, ohne den Blick von mir zu nehmen. »Ich liebe auch etwas.«

»Du hast danach *dich* gesagt.«

»Na ja … vielleicht weil es das ist, was ich gemeint hab.«

Ich liebe es. Ich liebe auch etwas. Dich.

Die Worte tanzen wie Puzzleteile durch meinen Kopf, die man auf verschiedene Arten zusammenfügen kann.

»Was genau hast du damit gemeint?« Ich muss es wissen.

»Ich glaube, das weißt du.« Seine Augen lächeln mit seinem Mund um die Wette. Aber es liegt auch eine Art feierlicher Ernst darin.

»Ich … Ich liebe auch etwas«, sage ich mit zugeschnürter Kehle. »Dich.«

»Mich.«

»Ja.« Ich schlucke. »Dich.«

Mehr brauchen wir nicht zu sagen. Und ich weiß, dass ich mich immer an diesen Moment erinnern werde – an den sonnendurchfluteten Park, die schnatternden Enten und ich in seinen Armen. Er schmeckt nach Schokolade, und ich bin mir sicher, dass ich nach Kokosnuss schmecke.

Zwei Geschmacksrichtungen, die ziemlich perfekt zusammenpassen.

Das Leben bricht erst einige Zeit später in sich zusammen.

Er versteht es nicht. Will es nicht verstehen. Er lehnt meinen Plan nicht nur ab, sondern ist wütend darüber. So wütend, dass er die Faust gegen einen Baumstamm rammt, als wäre der an allem schuld.

»Das ist eine totale Scheißidee«, sagt er immer wieder, während er vor unserer Bank auf und ab geht und den Eichhörnchen finstere Blicke zuwirft. »Total beknackt.«

»Ich muss das machen, Linus, verstehst du …«

»Komm mir jetzt bloß nicht damit!«, ruft er. »Ich dachte, Dr. Sarah hätte dieses Wort aus deinem Sprachschatz verbannt? Ich dachte, das Einzige, was ein Mensch in seinem Leben *muss*, ist, sich den physikalischen Gesetzen zu unterwerfen? Hast du denn gar nichts gelernt? Was ist aus der Idee geworden, in der Gegenwart zu leben statt in der Vergangenheit? Hm, was ist daraus geworden?«

Ich sehe ihn schweigend an. Er hat mir sehr viel genauer zugehört, als mir bewusst war.

»Du *musst* das nicht tun«, redet er weiter. »Du *entscheidest* dich dafür, es zu tun. Was ist, wenn du einen Rückfall hast? Was dann?«

»Dann …« Ich wische mir über die Augen. »Ich werde keinen Rückfall haben. Ich werde damit klarkommen. Es geht mir *besser*, falls du es noch nicht bemerkt …«

»Du läufst immer noch mit einer verdammten Sonnenbrille herum! Du übst immer noch, mit fremden Leuten mehr als drei Sätze zu wechseln! Und jetzt willst du dieses Miststück treffen, das dir das Leben zur Hölle gemacht hat? Warum solltest du mit so jemandem deine Zeit verschwenden? Das ist total selbstsüchtig.«

»Wie bitte?« Ich starre ihn fassungslos an. *»Selbstsüchtig?«*

»Ja, genau: selbstsüchtig! Was ist mit den ganzen Leuten, die versucht haben, dir zu helfen? Die alles tun, damit es dir besser geht? Und was machst du? Setzt deinen ganzen Heilungsprozess aufs Spiel, weil du *musst*? Wenn du mich fragst, ist das nicht nur unverantwortlich, sondern gefährlich. Und wer fegt dann hinterher die Scherben zusammen? Na los, sag's mir, wer?«

Heiße Wut steigt in mir auf. Was weiß er schon? Was, verdammt noch mal, weiß er schon über mich?

»Es wird keine *Scherben* geben«, fauche ich. »Großer Gott, was soll schon *gefährlich* daran sein, sich mit einem Mädchen bei Starbucks zu treffen? Außerdem hat mich nicht das krank gemacht, *was passiert* ist. Das ist nämlich ein weit verbreiteter Irrtum. Es ist nicht das belastende Ereignis *an sich*, das einen krank macht, sondern die Art, wie das jeweilige Gehirn darauf reagiert. So, jetzt weißt du's.«

»Okay, und wie wird dein Gehirn auf *dieses* belastende Ereignis reagieren?«, gibt er genauso aufgebracht zurück.

»Glaubst du, dass es anfangen wird, zu tanzen und *Happy* zu trällern?«

Ich funkle ihn wütend an. »Es wird angemessen reagieren, weil es mir mittlerweile *besser* geht. Und keine Sorge, sollte ich mich irren, erwarte ich nicht von dir, dass *du* hinterher die Scherben zusammenfegst. Genauer gesagt, erwarte ich gar nichts mehr von dir, Linus. Ich hab dein Leben schon kompliziert genug gemacht. Du solltest dir lieber eine andere Freundin suchen. Eine, die keine Sonnenbrille braucht. Vielleicht Tasha – ich hab gehört, dass man mit der total viel Spaß haben kann.«

Ich zwinge mich, aufzustehen und die Fassung zu bewahren, was nicht gerade einfach ist, wenn man gerade das Gefühl hat, dass alles um einen herum bedrohlich näher rückt und im Kopf sämtliche Alarmglocken schrillen.

»Bleib hier, Audrey.«

»Nein. Ich muss weg.«

Mir laufen die Tränen übers Gesicht, aber das macht nichts, weil ich Linus den Rücken zudrehe.

»Dann komme ich mit.«

»Hau ab«, zische ich und winde mich aus seinem Griff. »Lass mich in Ruhe.« Und nachdem ich es geschafft habe, mein Reptiliengehirn den ganzen Tag lang zu ignorieren, ist jetzt der Moment gekommen, in dem ich mich ihm ergebe und losrenne.

33. Kapitel

Es gibt ein paar Dinge, die ich nach einem belastenden Erlebnis unbedingt vermeiden sollte: darüber nachzugrübeln. Es immer und immer wieder im Kopf durchzuspielen. Die Verantwortung für die Gefühle anderer zu übernehmen.

Tja, und was habe ich seit meinem Streit mit Linus im Park gemacht? Darüber nachgegrübelt. Es immer und immer wieder im Kopf durchgespielt. Die Verantwortung für seine Wut übernommen (und sie ihm gleichzeitig übel genommen). Zwischen Verzweiflung und Empörung geschwankt. Zwischen *Ich muss ihn unbedingt sehen* und *Ich will ihn nie wieder sehen* geschwankt.

Ich kapiere einfach nicht, warum er es nicht versteht. Ich dachte, er würde mich bewundern. Ich dachte, er würde über solche Dinge wie Mut und einen Schlussstrich ziehen reden und vielleicht so etwas sagen wie: »Du hast recht, Audrey, du musst es tun, egal wie hart es für dich ist, aber ich werde bei dir sein und das gemeinsam mit dir durchstehen.«

In den letzten beiden Nächten habe ich kaum ein Auge zugemacht. Es kommt mir vor, als wäre mein Geist ein Kessel, in dem eine undefinierbare vergorene Masse vor sich hin blubbert, aus der giftige Bläschen aufsteigen. Ich fühle mich benommen, unwirklich und aufgedreht. Aber auch seltsam fokussiert. Ich werde es tun, ich werde zu diesem Treffen gehen, und es wird ein gewaltiger Schritt nach vorn sein, der alles verändert – wie genau, weiß ich noch nicht, aber dass es so kommen wird, davon bin ich überzeugt. Als müsste ich auf der Zielgeraden nur noch diese letzte Hürde überspringen. Ich werde mich freilaufen. Von was auch immer.

Okay, kurz gesagt: Ich bin ein bisschen besessen. Aber Mum und Dad sind zum Glück zu sehr mit Frank beschäftigt, um etwas davon mitzukriegen. Ich fliege sozusagen weit unterhalb ihres Radars. Seit Mum gestern Abend den Atari in Franks Zimmer gefunden hat, befindet sich unsere Familie erneut in einer verschärften Computerspiel-Krisensituation.

Als ich zum Frühstück runterkomme, geht es schon wieder um das leidige Thema.

»Zum tausendsten Mal – das ist *kein* Computer«, sagt Frank gerade geduldig, »sondern eine Atari-Konsole. Das Verbot bezieht sich auf Computer, und einen Computer definiere ich als eine Maschine, die in der Lage ist, auf unterschiedliche Art und Weise Informationen zu verarbeiten, inklusive Textbearbeitung, E-Mailing und Internet-Browsing. Der Atari kann nichts davon, deswegen ist er kein Computer, und deswegen kann man hier nicht von einem massiven Vertrauensbruch sprechen.« Er schiebt sich einen Löffel Shreddies in den Mund. »Das Problem ist also nicht meine Konsole, sondern eure unpräzisen Begrifflichkeiten.«

Ich finde, Frank sollte später mal Anwalt werden. Seine Argumentation ist absolut stichhaltig, auch wenn Mum nicht sonderlich viel davon hält.

»Hast du das gehört?«, fragt Mum und sieht Dad an, der ein Gesicht macht, als wollte er sich am liebsten hinter seiner Zeitung verstecken. »Der Punkt ist, dass wir eine Abmachung hatten, Frank. Keine Videospiele, egal in welcher Form. Wann *begreifst* du endlich, wie schädlich das für dich ist?«

»Großer Gott, Mum.« Frank vergräbt kurz den Kopf in den Händen. »Wenn hier jemand ein massives Problem mit Computerspielen hat, dann du. Merkst du denn gar nicht, wie fixiert du darauf bist?«

Sie lacht verächtlich. »Ich bin überhaupt nicht fixiert!«

»Doch! Du kannst an nichts anderes mehr denken! Hast du überhaupt *mitbekommen*, dass ich in der Chemieprüfung fünfundneunzig Punkte erreicht habe?«

Mum hält überrascht inne. »Fünfundneunzig Punkte?«

»Als ich dir gestern davon erzählt hab, hast du mir noch nicht mal zugehört, sondern weiter über das *teuflische Atari* geschimpft und dass es sofort *aus dem Haus geschafft werden muss.*«

Mum schweigt einen Moment lang betreten. »Oh«, sagt sie schließlich. »Also … fünfundneunzig Punkte! Das ist wirklich toll!«

»Fünfundneunzig Punkte von tausend«, sagt Frank und fügt dann hinzu: »Das war ein Witz. Ein *Witz.*«

Er sieht mich grinsend an, und ich versuche, zurückzugrinsen, aber mir dreht sich der Magen um. Alles, woran ich denken kann, ist: *Drei Uhr. Drei Uhr.*

Wir sind bei Starbucks als Treffpunkt geblieben, obwohl die Lawtons mehrmals geschrieben und um einen »angemesseneren Ort« gebeten haben, zum Beispiel bei ihnen zu Hause oder in einer Hotelsuite oder im Büro von Izzys Anwalt. Ja, klar.

Frank hat sich auch weiterhin um den schriftlichen Austausch gekümmert und seine Sache absolut genial gemacht. Die Antworten, in denen er alle ihre Vorschläge abgeschmettert hat, hätten eins zu eins von Dad stammen können, genauso wie seine Weigerung, ihnen eine alternative E-Mail-Adresse zu geben, nach der sie immer wieder gefragt haben.

Eigentlich schon witzig. Ich meine, sie haben absolut keine Ahnung, dass sie es bloß mit uns, zwei Jugendlichen, zu tun haben. Sie glauben, dass Mum und Dad da sein werden. Dass es ein großes Familientreffen wird. Von dem sie laut ihrer letzten SMS hoffen, dass es »für alle eine Art Befreiung« sein wird.

Ich für meinen Teil kann immer noch nicht fassen, dass ich Izzy wiedersehen werde. Dass es wirklich passieren wird. Der große Showdown. Ich komme mir wie eine Sprungfeder vor, die angespannt darauf wartet, hochzuschnellen …

Nur noch sieben Stunden, bis es losgeht.

Und dann sind es plötzlich nur noch sieben Minuten, und mir ist speiübel, und mein Kopf dröhnt – es sind aber keine normalen Kopfschmerzen, sondern fühlt sich eher wie ein extrem geschärfter Realitätssinn an. Die Straße wirkt irgendwie plastischer als sonst. Lauter. Rauer.

Frank hat die letzte Stunde ausfallen lassen, um früher von der Schule nach Hause kommen zu können, was kein Problem ist, weil die Prüfungen vorbei sind und im Unterricht sowieso nur noch irgendwelche »pädagogisch wertvollen« Filme geschaut werden. Während er neben mir hergeht, erzählt er, dass heute bei der Morgenandacht in der Aula jemand seine Ratte dabeihatte und einfach laufen ließ. Einerseits würde ich ihn am liebsten anfahren, dass er die

Klappe halten soll, weil ich nachdenken muss, andererseits bin ich für die Ablenkung dankbar.

Ich habe mich dem Anlass entsprechend für seriöse Kleidung entschieden: schwarze Jeans, schwarzes T-Shirt, schwarze Sneakers. Was Izzy wohl anhaben wird? Sie hat nie zu denen gehört, die einen besonders coolen Style hatten – im Gegensatz zu Tasha. Ich frage mich sogar, ob ich sie überhaupt wiedererkenne. Es ist gar nicht so viel Zeit vergangen, seit wir uns das letzte Mal gesehen haben, aber es fühlt sich wie ein ganzes Leben an.

Ich erkenne sie natürlich sofort wieder, obwohl ich sie erst mal nur durch das Starbucks-Schaufenster sehe. Sie sitzt mit ihren angespannt lächelnden Eltern an einem der hinteren Tische und trägt ein rosafarbenes Kleinmädchen-T-Shirt mit einem Spitzenkragen. Was soll *das* denn? Ich würde am liebsten laut lachen. Aber … ich kann nicht.

Ich kann noch nicht einmal lächeln. Und als ich das Café betrete, weiß ich, dass ich auch nicht mehr sprechen kann. Als würde mich nacheinander eine Fähigkeit nach der anderen verlassen. Einfach so, von jetzt auf gleich. Die ganze innere Stärke, die ich mir so mühsam aufgebaut habe, die angespannte Sprungfeder, die Kampfparolen, mit denen ich mir selbst Mut zugesprochen habe … es ist nichts mehr davon übrig.

Ich fühle mich klein und verletzlich.

Nein, nicht klein. Ich bin größer als sie. Wenigstens diesen Trumpf habe ich noch. Ich bin groß.

Aber verletzlich. Und sprachlos. Und jetzt schauen sie auch noch in unsere Richtung. Ich drücke in stummer Verzweiflung Franks Hand, und er scheint die Botschaft zu verstehen.

»Hallo«, übernimmt er das Reden, als wir an ihrem Tisch angekommen sind. »Ich bin Frank Turner, und Sie müssen die Lawtons sein.«

Er streckt eine Hand aus, aber Izzys Eltern starren ihn bloß völlig verwirrt an.

»Wir haben damit gerechnet, dass du mit deinen Eltern kommst, Audrey«, sagt Mrs Lawton.

»Sie sind leider verhindert«, antwortet Frank, ohne mit der Wimper zu zucken. »Ich vertrete sie sozusagen.«

»Aber ...« Mrs Lawton ringt sichtlich um Fassung. »Wir sind davon ausgegangen, dass dies eine Zusammenkunft beider Familien wird, und ich verstehe nicht, warum deine Eltern ...«

»Meine Eltern sind wie schon gesagt verhindert«, unterbricht Frank sie ungerührt, dann zieht er einen Stuhl hervor, und wir setzen uns ihnen gegenüber. Die Lawtons werfen sich einen besorgten Blick zu und führen eine kurze, nur aus Lippenbewegungen und hochgezogenen Brauen bestehende Unterhaltung, bis sie schließlich eine Entscheidung getroffen zu haben scheinen und sich wieder uns zuwenden.

»Wir haben schon mal für uns alle Wasser bestellt«, sagt Mrs Lawton und zeigt auf die Flaschen auf dem Tisch, »aber wenn ihr lieber einen Tee oder Kaffee oder etwas anderes ...«

»Wasser reicht, danke«, sagt Frank. »Okay, dann schlage ich vor, dass wir am besten gleich auf den Anlass dieses Treffens zu sprechen kommen, nämlich, dass Izzy sich bei Audrey entschuldigen möchte, einverstanden?«

»Eines möchte ich an dieser Stelle gern vorwegnehmen«, entgegnet Mr Lawton. »Die letzten Monate sind für uns genauso die Hölle gewesen wie für euch. Meine Frau und ich haben uns immer und immer wieder nach dem *Warum* gefragt. Und auch Izzy hat sich das gefragt, ist es nicht so, Schatz?« Er wirft seiner Tochter einen ernsten Blick zu. »Wie konnte so etwas passieren? Was ist *tatsächlich* passiert, und wer trägt eigentlich die Schuld daran?«

Er legt seine Hand auf die von Izzy und drückt sie, und da schaue ich sie zum ersten Mal richtig an. Gott, sie hat sich so verändert. Sie sieht aus wie elf. Es hat irgendwie etwas Verstörendes. Als wäre das Mädchen mit dem braven Pferdeschwanz, diesem rosa Spitzenkragen-T-Shirt und den unschuldig zu seinem Vater aufblickenden Kulleraugen, das mir gegenübersitzt, eine völlig andere Person. Ihre Lippen sind mit Lipgloss nachgezogen, dessen süßlichen Himbeergeschmack ich bis zu mir riechen kann.

Izzy hat mich bis jetzt weder angeschaut, noch haben ihre Eltern sie dazu aufgefordert. Es wäre das Erste gewesen, was ich an ihrer Stelle getan hätte. Ich hätte sie dazu gebracht, mich anzuschauen. Mich zu *sehen*.

»Izzy hat eine ziemlich harte Zeit hinter sich«, fährt Mr Lawton in seinem Text fort, der eindeutig einstudiert ist. »Wie ihr wahrscheinlich wisst, wird sie im Moment noch zu Hause unterrichtet und ist in therapeutischer Behandlung.«

Willkommen im Klub, denke ich.

»Aber es fällt ihr sehr schwer, nach vorn zu schauen, nicht wahr, Schatz?« Mr Lawton greift wieder nach Izzys Hand, und sie schaut flehend zu ihm auf. »Sie leidet an einer klinischen Depression.«

Er klingt beinahe triumphierend, als er das sagt. Ich meine, was erwartet er? Dass wir applaudieren? Ihm sagen, wie leid uns das tut – *Wow, eine Depression, Gott, das muss ja ganz furchtbar sein!*

»Na und?«, gibt Frank schneidend zurück. »Was glauben

Sie, wie es Audrey geht?« Er sieht Izzy an. »Ich weiß, was du meiner Schwester angetan hast. An deiner Stelle hätte ich auch Depressionen.«

Mr und Mrs Lawton ziehen scharf die Luft ein, und Mr Lawton reibt sich über die Stirn.

»Ich hatte auf eine *konstruktivere* Herangehensweise an dieses Treffen gehofft«, sagt er. »Vielleicht können wir uns darauf einigen, uns mit derartigen Beleidigungen zurückzuhalten.«

»Das ist keine Beleidigung, sondern die Wahrheit!«, sagt Frank. »Ich dachte, Izzy wollte sich entschuldigen? Wo bleibt sie, diese Entschuldigung?« Er stupst Izzy am Arm, und sie zieht ihn keuchend zurück.

»Izzy hat so eine Art Gedicht für Audrey vorbereitet, das sie gern vorlesen würde«, sagt Mr Lawton und tätschelt Izzys Schulter. »In einem der Poetry-Workshops, die sie im Rahmen ihrer Therapie besucht.«

Gedicht? *Gedicht?*

Ich höre Frank schnauben, worauf Mr und Mrs Lawton ihm einen missbilligenden Blick zuwerfen.

»Das ist ein sehr schwieriger Moment für Izzy«, sagt Mrs Lawton kühl. »Sie ist noch sehr zerbrechlich.«

»Wie wir alle.« Mr Lawton nickt mir zu und sieht seine Frau dann kurz mahnend an.

»Natürlich«, entgegnet Mrs Lawton, ohne wirklich überzeugt zu klingen. »Wir möchten euch jedenfalls bitten, ihr zunächst einmal einfach nur zuzuhören. Im Anschluss können wir dann gern über alles sprechen.«

Es ist still, als Izzy ihre DIN-A4-Seiten auseinanderfaltet. Sie hat mich *immer noch nicht* richtig angeschaut.

»Du schaffst das, Izzy«, flüstert ihre Mutter. »Nur Mut.«

Ihr Vater tätschelt ihre Hand, und aus dem Augenwinkel sehe ich, wie Frank sich verstohlen den Finger in den Hals steckt und leise Kotzgeräusche macht.

»*Als die Dunkelheit kam*«, fängt Izzy mit zitternder Stimme an. »Von Isobel Lawton. *Sie kam über mich, die Dunkelheit. Ich gehorchte, als ich es nicht sollte. Ich tat Dinge, die ich nicht sollte. Und jetzt schaue ich zurück, und mir wird klar, dass mein Leben ein verhedderter Knoten ist …*«

Okay, wenn sie für diesen Poetry-Workshop Geld ausgegeben haben, dann hat man sie ganz schön über den Tisch gezogen.

Während ich zuhöre, warte ich auf irgendeine starke emotionale Reaktion. Ich warte darauf, dass sich irgendetwas in mir regt – Wut, Hass, Aggression, was auch immer. Ich warte auf den großen Moment; auf die Konfrontation. Aber nichts passiert. Ich bekomme keinen Bezug dazu. Ich kann es nicht *fühlen*.

Von dem Moment an, in dem ich durch die Tür getreten bin, ist nichts so gelaufen, wie ich es erwartet habe. Ich habe mir vorgestellt, wie die Warrior-Goddess aus *LOC* zu sein, aber das bin ich nicht. Ich bin leer und verletzlich und irgendwie *weniger*. Ich gewinne keine Schlachten, sondern sitze bloß schweigend da, klammere mich an der Tischkante fest, bin unfähig zu sprechen und zu nichts anderem in der Lage, als meinen eigenen rasenden, ruhelosen Gedanken zu folgen.

Aber der Witz daran ist, dass es noch nicht einmal eine Schlacht zu gewinnen gibt, oder? Den Lawtons geht es gar nicht um mich. Egal, was ich sagen würde – sie würden sowieso nicht zuhören. Alles, was sie wollen, ist, ihre Tochter als reumütige Heldin zu inszenieren, die die Größe hat, für ihr fehlgeleitetes Verhalten um Verzeihung zu bitten. Ich habe in dem Stück bloß eine kleine Nebenrolle. Und ich spiele bei diesem Theater auch noch mit. Warum tue ich mir das überhaupt an?

Plötzlich steigt Abscheu in mir auf, als ich Izzys gebeugten Kopf betrachte.

Sie wird mich nicht anschauen, wetten? Sie kann es nicht. Weil ich die Blase zum Platzen bringen könnte.

So kann man es anscheinend auch angehen. Wieder elf werden, Pferdeschwanz tragen, sich zu Hause unterrichten lassen, die Verantwortung an die Eltern abgeben, sich von ihnen die Bestätigung holen, dass alles in Ordnung ist – aber nein, mein Liebling, du bist *eigentlich* kein Monster, das andere schikaniert, es sind diese fiesen Leute, die nicht verstanden haben, was in dir vorgeht. Aber wenn du ein Gedicht schreibst, wird alles wieder gut.

Plötzlich höre ich Linus' Stimme in meinem Kopf: *Warum solltest du mit so jemandem deine Zeit verschwenden?*

Tja, warum? Warum verschwende ich tatsächlich meine Zeit mit ihr? Was mache ich hier?

»… aber aus allen Richtungen kommen dunkle Streitmächte, keine Liebe, nur Kummer und Leid …«

Izzy leiert weiter ihren Text herunter, aus dem ein armseliger Rap-Song geworden ist, und ich sehe, dass noch eine DIN-A4-Seite auf uns wartet. Es ist definitiv Zeit zu gehen.

Ich drücke Franks Hand und schaue zum Ausgang. Er zieht die Brauen hoch, und ich nicke bestätigend. Ich gebe sogar einen leisen, unartikulierten Laut von mir.

»Tja, wir müssen dann mal wieder«, unterbricht Frank Izzys monotonen Sprechgesang. »Vielen Dank für das Wasser.«

»Ihr wollt gehen?«

Mr und Mrs Lawton schauen uns erschüttert an.

»Aber Izzy ist noch gar nicht fertig.«

»Es gab doch noch gar keinen richtigen Austausch zwischen uns.«

»Unser Treffen hat doch im Grunde gerade erst angefangen!«

»Stimmt«, sagt Frank unbekümmert, als wir unsere Stühle zurückschieben und aufstehen. »Alles klar, Aud?«

»Ihr könnt doch nicht einfach gehen, bevor Izzy ihr Gedicht zu Ende vorgelesen hat!«, ruft Mrs Lawton empört. »Ich meine, was ist denn das für ein Benehmen?«

Und dann finde ich endlich meine Sprache wieder. »Ausgerechnet Sie sprechen davon, wie man sich zu *benehmen* hat?«, frage ich leise.

Es wirkt wie eine Art Zauberformel, die alle zum Schweigen und Erstarren bringt.

Eine seltsame Stille breitet sich aus – als hätte das gesamte Café für eine Sekunde die Stimmung an unserem Tisch wahrgenommen.

Mr Lawtons Gesicht wirkt plötzlich eingefallen, als hätte es die Realität geschafft, ihm diese eine Sekunde lang die Augen für die Wahrheit zu öffnen und ihn dazu zu zwingen, mich zu sehen und zu erkennen, wer ich bin. Nämlich der Mensch, dem sie all diese Dinge angetan haben.

Ja, diese Dinge. Die Dinge, die sie gemacht haben. Und gesagt. Und geschrieben. Ihre Tochter mit ihrem braven Pferdeschwanz. Ganz genau.

Ich schaue Izzy nicht an.

Warum soll überhaupt ich die Energie aufbringen, die es mich kosten würde, meine Augen in ihre Richtung zu wenden?

Warum sollte ich auch nur eine Mikrokalorie Energie auf Izzy verschwenden?

Frank und ich gehen, ohne zurückzuschauen, ohne darüber zu reden, ohne noch eine weitere Sekunde unseres Lebens mit diesem großen Haufen Dreck zu verschwenden.

34. Kapitel

Und jetzt sollte ich eigentlich total euphorisch sein, oder? Ich habe schließlich gewonnen, oder?

Aber jetzt, wo alles vorbei ist, fühle ich mich irgendwie einfach nur leer. Franks einziger Kommentar auf dem Rückweg war: »Was für kranke Spinner.« Dann verabschiedete er sich, weil er noch mal in die Schule zu seiner Informatik-AG musste, und als ich ihn fest umarmte und: »Danke, Frank. Ich weiß nicht, wie ich das jemals wiedergutmachen kann«, in seine Schulter murmelte, meinte er nur: »Lass mich am Freitagabend *beide* Beläge für die Pizza aussuchen, okay?«

Und jetzt ist es sieben Uhr abends, und ich bin allein. Mum und Dad sind in ihrem Salsa-Tanzkurs. Sie wissen von nichts. Ist das nicht total absurd? Ich meine, ich habe mich *mit Izzy getroffen*, und sie haben nicht den Hauch einer Ahnung davon.

Ich habe Linus eine SMS geschrieben und ihm erzählt, wie es gelaufen ist. Ich habe mich für die Dinge entschuldigt, die ich ihm an den Kopf geworfen habe, und zugegeben, dass er recht hatte, dass ich nie zu diesem Treffen hätte gehen sollen, dass ich ihn vermisse und schrecklich gern sehen würde. Ich will dorthin zurück, wo wir waren. Ich will, dass er mir noch mehr verrückte Aufgaben stellt. Ich will vergessen, dass ich Izzy wiedergesehen habe.

Ich glaube, wir hatten beide recht. Ich, weil ich keinen Rückfall hatte und es keine Scherben aufzufegen gibt. Und Linus, weil ich erst gar nicht meine Zeit mit ihr hätte verschwenden sollen. Und wenn er geantwortet hat, werde ich ihn fragen, ob er Lust hat, vorbeizukommen, und dann knüpfen wir vielleicht an diese *andere* Unterhaltung an, die wir im Park geführt haben.

Das war vor zwei Stunden, und er hat immer noch nicht zurückgeschrieben. Ich habe ungefähr eine Million Mal nachgeschaut, ob ich Netz habe, aber damit ist alles in Ordnung. Was soll's. Vielleicht ist er gerade beschäftigt.

Nur dass er um zehn immer noch nicht geantwortet hat. Und bisher hat er *immer* geantwortet. Jedes Mal innerhalb einer Stunde. Egal, wo er gerade war – im Unterricht, beim Abendessen oder sonst wo. Er hat nie *nicht* geantwortet. Bis jetzt.

Es ist elf. Keine Nachricht von ihm.

Es ist Mitternacht. Keine Nachricht.

Und jetzt ist es ein Uhr morgens, und ich weiß nicht mehr, was ich tun soll. Ich kann nicht schlafen. Ich kann noch nicht einmal liegen. Offiziell bin ich vor drei Stunden »ins Bett gegangen«, aber mein Laken ist noch unberührt. Ich tigere unruhig in meinem Zimmer auf und ab und versuche meine durcheinanderwirbelnden Gedanken zu beruhigen, aber sie sind wie ein Hurrikan.

Ich habe es vermasselt. Linus wird nie wieder schreiben. Es ist vorbei. Er hatte recht, es war total selbstsüchtig von mir. Ich hätte nie zu diesem bescheuerten Treffen gehen sollen. Wieso habe ich das bloß gemacht? Wieso? Das ist mal wieder typisch für mich. Ich bin echt so eine Versagerin. Und jetzt habe ich auch noch das einzig Gute in meinem Leben kaputt gemacht, und er hasst mich, und es gibt nichts, was ich dagegen tun kann. Es ist alles vorbei. Und das ist ganz allein meine Schuld, weil ich eine verdammte zu nichts zu gebrauchende Idiotin bin …

Meine Gedanken drehen sich immer schneller im Kreis, und ich laufe immer hektischer hin und her und grabe die Fingernägel in das Fleisch meiner Unterarme und versuche … Ich weiß nicht. Ich verstehe es nicht. Ich schaue mich im Spiegel an und zucke vor mir selbst zurück, als ich den wilden Ausdruck in meinen Augen sehe. Ich spüre ein seltsames Kribbeln im ganzen Körper, als wäre ich lebendiger, als ich es sein sollte, als hätte mein Körper eine Überdosis Leben in sich. Kann ein Körper mit zu viel Leben vollgepumpt sein? Weil es sich nämlich genau so anfühlt. Und alles ist zu schnell. Mein Herz, meine Gedanken, meine Füße, meine zerkratzten Arme …

Vielleicht sollte ich irgendetwas nehmen, denke ich plötzlich, als hätte es mir die Stimme der Vernunft persönlich ins Ohr geflüstert. Warum bin ich da nicht schon früher draufgekommen?

Ich wühle fieberhaft durch die kleine Kiste mit meinen

Zaubermitteln und werfe dabei Fläschchen und Tablettenpackungen zu Boden. Okay, eine Clonazepam. Vielleicht zwei. Oder besser drei. Ich schlucke sie herunter und warte auf den beruhigenden Effekt. Aber die Gedanken jagen weiter wie Rennwagen mit aufheulendem Motor durch meinen Kopf, dass ich es kaum noch aushalte. Ich *muss* irgendetwas tun, damit es aufhört…

Und dann kommt mir plötzlich noch eine geniale Idee. Ich werde einen Spaziergang machen und die ganze überschüssige Energie verbrennen. Die frische Luft wird mir bestimmt guttun. Und danach lege ich mich hin und schlafe mich gesund, wie es so schön heißt, und wenn ich morgens aufwache, wird die Welt schon wieder ganz anders aussehen.

EINBLICKE IN DAS HARMONISCHE LEBEN MEINER LIEBEVOLLEN FAMILIE – Filmskript

INNEN. 5 ROSEWOOD CLOSE. TAG.

Das Bild der Kamera wackelt, als jemand sie auf eine erhöhte Oberfläche stellt. Als dieser Jemand ein paar Schritte zurückgeht, sehen wir, dass es Frank ist, der im Wohnzimmer steht und extrem besorgt in die Kamera schaut.

FRANK

Funktioniert das jetzt? Okay. Hallo. Ich bin Frank Turner, und das ist so was wie mein Video-Tagebuch. Meine Schwester Audrey ist verschwunden. Es ist ein absoluter Albtraum. Als wir heute Morgen aufgestanden sind, war sie einfach weg. Mum und Dad sind total …

(er schluckt)

Wir haben überall nach ihr gesucht und alle möglichen Leute angerufen, und danach haben Mum und Dad die Polizei verständigt. Die sind dort wirklich nett gewesen und haben versucht, uns zu beruhigen und so. Aber …

Er schließt kurz die Augen.

FRANK

Ich kann immer noch nicht glauben, dass das wirklich passiert.

Er schweigt eine Weile, und sein Blick wandert ins Leere.

FRANK

Sie geben mir die Schuld. Was ja auch …

Er seufzt schwer.

FRANK

Egal. Gleich ziehen wir wieder los und suchen weiter. Wenn ich nur wüsste, wo - ich meine, wir haben schon überall geschaut. Vielleicht in den ganzen kleinen Seitenstraßen? Aber Mum meinte, dass ich erst was essen soll. Als ob ich jetzt irgendwas runterkriegen würde …

Er seufzt wieder schwer.

FRANK

Ich hab ihnen erzählt, wo wir gestern waren. Ich hatte keine andere Wahl. Hey, Aud, wenn du das hier siehst - ich hatte keine andere Wahl.

Lange Pause.

FRANK

Komm bitte wieder nach Hause, Audrey, damit du das hier siehst.

Es klingelt an der Tür, und er zuckt zusammen.

FRANK

Vielleicht ... Bin gleich wieder da.

Er rennt aus dem Zimmer. Ein paar Sekunden später kehrt er mit hängenden Schultern und in Begleitung von Linus zurück.

FRANK

(in die Kamera)
Es war nicht sie. Es war Linus.

LINUS

(zu Frank)
Tut mir leid.

Er schaut unbehaglich in die Kamera.

LINUS

Tut mir leid.

Mum kommt ins Zimmer. Ihre Züge sind angespannt, ihr Blick hektisch, ihre Gesten fahrig.

MUM

Wir wollen ihre Sachen durchgehen, Frank, und ich muss wissen …

Als sie Linus sieht, verstummt sie und mustert ihn feindselig.

MUM

(kalt)

Was willst du denn hier?

Linus ist über ihr aggressives Verhalten sichtlich erschrocken.

LINUS

Ich … ich wollte nur - Frank hat mir wegen Audrey Bescheid gegeben, und ich dachte …

MUM

Weißt du, wo sie ist?

LINUS

Nein! Natürlich nicht! Das hätte ich doch sofort erzählt!

Er schluckt nervös unter Mums scharfem Blick, fährt aber fort.

LINUS

Frank sagte, dass Sie wissen wollen, wem sie alles geschrieben hat? Na ja, sie hat mir gestern diese SMS hier geschickt, aber anscheinend ist sie nicht sofort durchgegangen, weil ich sie erst vorhin bekommen hab. Ich wusste bis eben gar nicht, dass sie mir geschrieben hat. Jedenfalls, ich weiß nicht, ob es etwas hilft, aber …

Er reicht Mum das Handy. Während sie die Nachricht liest, wird ihr Gesichtsausdruck immer finsterer.

MUM

(zu Linus)
Du hast also ebenfalls von diesem Treffen mit den Lawtons gewusst. Ist das deine Idee gewesen?

LINUS

Was? Nein!

MUM

Aber anscheinend habt ihr irgend so ein Spiel gespielt, bei dem du ihr »verrückte Aufgaben« gestellt hast.

Sie tippt auf das Handy.

MUM

Hier steht, sie will, dass du ihr noch eine »verrückte Aufgabe« stellst.

LINUS

(bestürzt)
Aber doch nicht so was. Bei dem Spiel ging es immer nur darum, bei Starbucks oder im Park mit irgendwelchen Leuten ein Gespräch zu führen.

Mum scheint ihn nicht zu hören.

MUM

Kann es sein, dass eine dieser »verrückten Aufgaben« lautete, mitten in der Nacht das Haus zu verlassen, Linus?

LINUS

Großer Gott, nein! Wie können Sie so was überhaupt …

Er sieht Frank an.

LINUS

Bitte sag ihr, dass ich so was nie machen würde!

FRANK

Hör auf, Mum. Du schätzt Linus völlig falsch ein.

Mum geht nicht darauf ein, sondern sieht Linus drohend an.

MUM

Alles, was ich weiß, ist, dass sie auf einem guten Weg war, bevor du aufgetaucht bist.
Und jetzt ist sie verschwunden.

LINUS

Das ist nicht fair.

Es fällt ihm schwer, nicht die Beherrschung zu verlieren.

LINUS

Das ist einfach nicht fair. Ich geh dann mal besser wieder.
(zu Frank)
Gib Bescheid, wenn ich irgendwie helfen kann.

Nachdem Linus gegangen ist, dreht Frank sich wütend zu seiner Mutter um.

FRANK

Wie kannst du bloß Linus dafür die Schuld geben? Ausgerechnet ihm? Das ist echt so was von daneben.

Plötzlich bricht die ganze Angst und Verzweiflung aus Mum heraus.

MUM

Sie ist verschwunden, Frank! Verstehst du denn nicht? Sie ist verschwunden. Ich muss alles versuchen, ich muss alles in Betracht ziehen, jede Möglichkeit …

Sie verstummt abrupt, als Dad atemlos mit seinem Handy ins Wohnzimmer gerannt kommt.

DAD

Sie haben sie gefunden. Im Park. Sie lag schlafend hinter einem … Wir müssen sie übersehen haben …

Er kann kaum sprechen.

DAD

Sie haben sie.

35. Kapitel

Das Seltsame ist, dass ich in dieser Nacht meine Sonnenbrille verloren habe und es noch nicht einmal gemerkt habe, bis Dad plötzlich sagte: »Audrey! Du hast deine Sonnenbrille ja gar nicht auf!«

Und tatsächlich. Meine Augen waren nackt. Nach all diesen Monaten. Und Dad musste mich darauf hinweisen.

Zu dem Zeitpunkt waren wir gerade bei der Polizei, und Sinead, die nette Polizistin, die sich um uns kümmerte, dachte, wir würden uns darüber ärgern, dass ich meine Sonnenbrille im Park verloren habe. Es dauerte eine Weile, bis wir ihr verständlich gemacht hatten, dass ich sie *nicht* zurückhaben wollte.

Ich will sie wirklich nicht zurück. Ich komme gut ohne sie klar. Die Welt wirkt nicht mehr so dunkel, obwohl ich nicht weiß, ob das an der fehlenden Sonnenbrille liegt oder daran, dass ich meine Medikamente wieder nehme. Fürs Erste zumindest. Dr. Sarah hat mir einen langen Vortrag darüber gehalten, wie gefährlich es ist, eigenmächtig die Medikamente abzusetzen, dass es zu Benommenheit (stimmt) und rasendem Herzschlag (stimmt) und einer Menge anderer Symptome führen kann, und ich musste ihr versprechen, so etwas nie wieder zu tun.

Die Tabletten, die sie mir gegeben hat, haben mich total

müde gemacht, weshalb ich in den letzten beiden Tagen ziemlich viel geschlafen habe, aber es ist ständig jemand in mein Zimmer gekommen, um nach mir zu schauen. Wahrscheinlich um sich zu vergewissern, dass ich noch da bin.

Dad hat mir von dem neuen Song erzählt, an dem er gerade schreibt, und Frank hat mich mit YouTube-Videos zum Thema Profiküchenmesser (langsam fängt es an, ein bisschen zu nerven) bombardiert, und Felix hat mir erzählt, dass er seinem Freund Ben in der Schule die Haare geschnitten hat und dass Ben danach geweint hat. Dad hat die Geschichte bestätigt, aber Felix ist felsenfest davon überzeugt, dass Ben geweint hat, »weil er sich so *gefreut* hat«.

Mum hat am häufigsten nach mir geschaut. Sie saß den ganzen Nachmittag bei mir, und wir haben uns *Betty und ihre Schwestern* zusammen angeschaut – der perfekte Film, um ihn sich mit seiner Mum anzuschauen, wenn man das Bett hüten muss und sich ein bisschen komisch fühlt. (Den alten mit Elizabeth Taylor, falls sich jemand fragt.)

Währenddessen haben wir die Taschen dekoriert, die wir gestern aus Filz gemacht haben. Das ist so eine Art neues Projekt von Mum: zusammen basteln. Keine von uns ist besonders gut darin, aber ... ihr wisst schon. Es ist schön. Es ist entspannend. Es geht dabei um *nichts*. Und Mum sitzt einfach auf meinem Bett und verbringt Zeit mit mir, ohne sich besorgt im Zimmer umzuschauen, ohne ständig nach Hinweisen zu suchen, die ihr etwas über meinen Gemütszustand verraten. Ich glaube, das braucht sie jetzt nicht mehr. Sie weiß, was in mir vorgeht. Zumindest so ungefähr.

Als ich gerade versuchte, einen Stern auf die Vorderseite meiner Tasche zu kleben, sagte ich: »Mum? Warum gehst du eigentlich nicht wieder arbeiten?«

Sie erstarrte ein bisschen und schaute erst auf, als sie damit fertig war, ein Seidenband zu einer Schleife zu binden und an den Filz zu heften. »Warum ich nicht wieder arbeiten gehe?«, wiederholte sie schließlich meine Frage.

»Ja. Du bist schon seit einer Ewigkeit nicht mehr im Büro gewesen. Genauer gesagt, seit ...« Ich verstummte.

»Ach, na ja, es ist alles nicht so einfach gewesen.« Mum lachte kurz auf.

»Ich weiß. Aber du bist so gut in deinem Job. Und du gewinnst Auszeichnungen und hast tolle Blazer an ...«

Mum warf den Kopf zurück und lachte wieder, aber diesmal richtig. »Man geht nicht arbeiten, bloß um tolle Blazer anzuziehen, Schatz.« Sie dachte einen Moment nach. »Meistens jedenfalls nicht.«

»Du bleibst wegen mir zu Hause, oder?«, bohrte ich weiter.

»Liebes ...« Mum seufzte. »Ich bin gern hier bei dir. Ich würde nirgendwo anders sein wollen.«

»Ich weiß.«

Wir schwiegen eine Weile und schauten zu, wie Jo Lauries Antrag ablehnt; jedes Mal, wenn ich die Szene sehe, wünsche ich mir, sie würde Ja sagen.

»Ich finde trotzdem, dass du wieder anfangen solltest«, sagte ich. »Du hast immer so ein Funkeln, wenn du an einem spannenden Projekt dran bist.«

Mum sah mich überrascht an. »Ich hab ein *Funkeln*?«

»Ja, du funkelst. Wie Super-Mum.«

Mum senkte gerührt den Kopf und blinzelte ein paarmal, während sie ein zweites Band durch die Schleife zog. Schließlich sagte sie: »Das ist nicht so einfach, Audrey. Ich wäre wahrscheinlich wieder öfter weg, müsste Überstunden machen, du wechselst bald an eine neue Schule ...«

»Dann sorgen wir eben dafür, dass es funktioniert«, sagte ich und versuchte so erwachsen und vernünftig wie möglich zu klingen. »Es hat keinen Sinn, wenn nur ich wieder in Ordnung komme, die Dinge müssen für jeden von uns wieder in Ordnung kommen. Ich meine, wir haben alle eine schwere Zeit durchgemacht, oder?«

Darüber hatte ich schon den ganzen Vormittag nachgedacht. Dass ich Mum, Dad, Frank und Felix nicht einfach zurücklassen und glücklich aus der Tür springen kann, wenn es mir wieder gut geht. Wir haben alle unter dem, was passiert ist, gelitten. Wir sollten alle glücklich aus der Tür springen, und zwar *gemeinsam*.

Na ja, okay. Frank könnte meinetwegen glücklich aus der Tür *stapfen*.

Eine Weile schauten wir schweigend den Film weiter. Irgendwann sagte Mum plötzlich: »Dr. Sarah hat mir erklärt, warum du deine Medikamente abgesetzt hast. Du wolltest eine gerade verlaufende Linie haben?«

Ich sank ein bisschen in mich zusammen. Das Thema Medikamente hätte ich eigentlich gern vermieden. Aber ich dachte mir schon, dass das reines Wunschdenken war.

»Ich wollte, dass es mir besser geht«, sagte ich leise und spürte, wie ich rot wurde. »Ich meine, so richtig besser, ohne Medikamente und so. Ich wollte wieder zu hundert Prozent ich sein.«

»Dir *geht* es besser, Schatz.« Mum nahm mein Gesicht in beide Hände, so wie früher, als ich noch klein war. »Du blühst von Woche zu Woche mehr auf. Du bist wieder zu neunzig Prozent du. Ach, was sage ich – fünfundneunzig! Siehst du das denn gar nicht?«

»Aber ich hab diese verdammte nach oben und unten

ausschlagende Linie so satt«, seufzte ich frustriert. »Zwei Schritte vor, einer zurück. Das ist so *anstrengend*. Es dauert so *lange*. Wie dieses Leiterspiel, das scheinbar kein Ende hat.«

Und Mum sah mich an, als wüsste sie nicht, ob sie lachen oder weinen soll. »Aber so ist das Leben, Audrey«, sagte sie. »Wir haben alle eine Linie in unserem Diagramm, die mal nach oben, mal nach unten ausschlägt. Bei mir ist es jedenfalls definitiv so. Sie geht ein Stückchen hoch, dann wieder ein Stückchen runter. Das ist das Leben.«

Und dann lernt Jo Professor Bhaer kennen, und wir mussten uns wieder auf den Film konzentrieren.

Kurz darauf stirbt Beth. Auch bei den March-Schwestern schlägt die Linie also manchmal nach unten aus.

36. Kapitel

Als ich an dem Abend nach unten gehe, um mir eine heiße Schokolade zu machen, höre ich, wie Dad zu Mum sagt: »Ich hab Frank einen neuen Laptop bestellt, Anne. So, jetzt ist es raus.«

Wow.

Ich schleiche näher und sehe durch die offene Tür, wie Mum fast der Teebecher aus der Hand fällt.

»Einen neuen *Laptop*?«

»Gebraucht. Zu einem hervorragenden Preis. Ich war bei Paul Taylor, der mir ein super Angebot gemacht hat, und …« Dad verstummt, als er Mums Gesicht sieht. »Okay, Anne. Ich weiß, was wir gesagt haben. Ich *weiß*. Aber ich kann die angespannte Stimmung in diesem Haus langsam nicht mehr ertragen. Und Frank hat recht, er braucht das Internet für seine Hausaufgaben, und er kann sich in meinen E-Mail-Account hacken, wie wir mittlerweile wissen …«

»Du bestellst einfach so einen Computer für ihn, ohne vorher mit mir darüber zu sprechen?«

Mum schüttelt den Kopf, aber sie klingt nicht so sauer, wie ich erwartet hätte. Sie wirkt sogar beinahe ruhig.

Es ist total unheimlich. Ich weiß nicht, was ich davon halten soll. Stocksauer und wortgewaltig gefällt sie mir irgendwie besser.

»Ist es denn wirklich *so* schlimm, wenn Frank ab und zu am Computer sitzt und spielt?«, fragt Dad.

»Oh, ich weiß es nicht, Chris.« Mum reibt sich übers Gesicht. »Ich weiß es nicht mehr. Ich weiß gar nichts mehr.«

»Tja, da geht's dir wie mir.« Er zieht sie an sich. »Jedenfalls hab ich ihm einen Laptop bestellt.«

»Okay.« Mum lässt sich gegen Dad sinken, und mir fällt auf, wie erschöpft sie aussieht. Frank hat erzählt, dass er Mum noch nie so erlebt hätte wie in der Zeit, als ich verschwunden war. Sie sei irgendwie grau gewesen, meinte er. Und ihre Augen hätten so erloschen ausgesehen, als wäre ihre Batterie leer.

Ich werde nie darüber hinwegkommen, dass ich ihnen das angetan habe. Aber ich mache mich deswegen nicht fertig. Ich habe mit Dr. Sarah darüber gesprochen, und wir haben uns darauf geeinigt, dass ich es am besten damit wiedergutmachen kann, indem ich auf mich aufpasse. Meine Medikamente nehme. Positiv denke.

»Kannst du dich noch an das Weihnachten erinnern, als sie Durchfall hatten?«, sagt Mum jetzt zu Dad. »In dem Jahr, als sie ungefähr zwei und drei waren? Und ihre Weihnachtsstrümpfe und ich weiß nicht was noch alles mit *Kacka* vollgeschmiert haben und wir versucht haben, uns damit zu trösten, dass es irgendwann bestimmt einfacher wird?«

»Oh ja, daran kann ich mich sogar noch sehr gut erinnern.«

»Wir haben alles sauber gemacht und uns gegenseitig immer wieder versichert: *Wenn sie erst einmal älter sind, wird es einfacher.* Weißt du noch?«

»Und ob.« Dad lächelt sie liebevoll an.

»Ganz ehrlich?« Mum fängt leicht hysterisch an zu lachen.

»Ich würde jetzt gerade so ziemlich alles für ein bisschen Kacka geben.«

Ich schleiche lautlos die Treppe zurück nach oben. Die heiße Schokolade kann ich mir auch später noch machen.

37. Kapitel

Das einzige Puzzleteil, das jetzt noch fehlt, ist Linus. Aber es ist ein großes Puzzleteil.

Frank hat mir vorhin die Videoaufnahme gezeigt, in der Mum auf Linus losgeht. Ich konnte es wirklich kaum glauben. Erstens, dass Mum Linus überhaupt für irgendetwas verantwortlich gemacht hat. Zweitens, dass er meine Nachricht erst am nächsten Tag bekommen hat. Drittens, dass er sofort vorbeigekommen ist, als Frank ihm von meinem Verschwinden erzählt hat.

Er hatte mich also doch nicht abgeschrieben. Er hasste mich nicht. Ich hatte nicht alles kaputtgemacht. Ich hatte mich in so ziemlich allem geirrt. Als ich mir die Aufnahme ein zweites Mal anschaute, kam ich mir ziemlich dumm vor, und ich sah Mum an, dass sie sich noch viel schlechter fühlte.

»Oh Gott, ich kann mich doch nicht wirklich so anhören?«, sagte sie immer wieder entsetzt. »Nein, das hab ich nicht wirklich gesagt, oder?«

»Und ob du dich so anhörst«, rieb Frank Salz in die Wunde. »In Wirklichkeit hörst du dich sogar noch schlimmer an. Die Kamera gibt das bloß nicht wieder.«

Er hat ein bisschen übertrieben. Im echten Leben klingt sie nicht *ganz* so schrill.

»Dann werde ich mich wohl bei Linus entschuldigen müssen«, sagt sie jetzt seufzend.

»Ich auch«, nicke ich.

»Ich auch«, murmelt Frank zerknirscht.

»Wieso das denn?« Mum und ich sehen ihn erstaunt an.

»Wir haben uns wegen *LOC* gestritten. Er hat über das Turnier geredet, und da bin ich ... keine Ahnung ... wohl irgendwie eifersüchtig geworden.«

Frank sieht wie ein zu groß geratener Grundschüler aus. Er hat Tintenflecke an seinen Fingern und starrt geknickt auf seine Knie hinunter. Ich würde ihn so gern ein bisschen aufmuntern und ihm ins Ohr flüstern, dass er bald einen neuen Laptop bekommt, von dem er ja noch nichts weiß, aber ich habe schon genug hinter dem Rücken meiner Eltern getrieben. Fürs Erste jedenfalls.

»Tja, wie es aussieht, müssen wir uns wohl alle bei Linus entschuldigen«, sagt Mum jetzt wieder in ihrer gewohnt dynamischen Art.

»Zu spät, Mum«, sage ich tonlos. »Linus und seine Eltern wandern aus. Er müsste genau in diesem Moment am Flughafen sein. Wir haben unsere Chance verpasst.«

Mum springt wie von der Tarantel gestochen auf. *»Wie bitte?«*

»Das können wir noch schaffen.« Dad schaut prüfend auf seine Uhr. »Welcher Flughafen? Wir nehmen deinen Wagen, Anne.«

»Welcher Flug?«, fragt Mum hektisch. »Audrey! Welcher Flug?«

Meine Eltern haben offensichtlich zu viele Richard-Curtis-Filme geschaut.

»Er ist nicht am *Flughafen*, Herrgott noch mal!«, rufe ich.

»Das war ein *Witz*. Das hättet ihr doch längst mitbekommen, wenn Linus auswandern würde, oder etwa nicht?«

»Oh.« Mum lässt sich peinlich berührt auf ihren Stuhl zurückfallen. »Es ist bloß einen Moment mit mir durchgegangen. Okay, was sollen wir dann machen?«

»Wir treffen uns mit ihm bei Starbucks«, sage ich, nachdem ich kurz nachgedacht habe. »Frank, du schreibst ihm eine Nachricht.«

Es ist ehrlich gesagt ziemlich lustig mit anzuschauen, wie Linus ein paar Sekunden lang geschockt stehen bleibt, als er das Café betritt und die ganze Familie Turner an einem großen Tisch sitzen sieht. Womöglich spielt er sogar kurz mit dem Gedanken, sich sofort wieder aus dem Staub zu machen, aber, na ja, Linus ist eben niemand, der sich einfach so aus dem Staub macht. Nachdem er sich gefangen hat, kommt er entschlossen an unseren Tisch. Er mustert uns der Reihe nach, wirft Mum einen besonders langen Blick zu und lässt ihn dann schließlich zu mir weiterwandern.

Er braucht ungefähr dreißig Sekunden, um es zu merken.

»Deine Sonnenbrille!«

»Ich weiß.« Ich kann nicht anders, als übers ganze Gesicht zu strahlen.

»Aber … wie … wann …?«

»Keine Ahnung. Ist mir einfach von der Nase gefallen und … Da bin ich.«

»Also, Linus«, sagt Mum. »Wir sind hier, weil wir uns alle bei dir entschuldigen möchten. Frank?«

»Tut mir leid, dass ich meinen ganzen Frust an dir ausgelassen hab, Mann«, sagt Frank und wird rot.

»Oh.« Linus wirkt ein bisschen verlegen. »Ähm … Ist schon okay.«

Sie rammen die Fäuste aneinander, und danach sieht Frank Mum an.

»Du bist dran.«

»In Ordnung.« Mum räuspert sich. »Es tut mir sehr leid, dass ich meine Ängste und Sorgen an dir ausgelassen habe. Du hattest recht, das war alles andere als fair. Ich weiß, wie gut du Audrey getan hast, und kann mich wirklich nur tausendmal bei dir entschuldigen.«

»Okay. Ähm.« Jetzt wirkt Linus erst recht verlegen. »Das ist echt total nett, aber ihr braucht das nicht zu machen. Ich meine, ich weiß doch, dass ihr alle einfach mit den Nerven fertig wart.«

»Es ist uns aber ein Bedürfnis.« Mums Stimme zittert plötzlich ein bisschen. »Wir haben dich alle sehr gern, Linus. Und ja, es war ein schlimmer Moment für uns, aber ich hätte dich trotzdem nicht so anschreien dürfen. Es tut mir wirklich schrecklich leid.«

»Tut mir wirklich schrecklich leid!«, plappert Felix dazwischen, der die ganze Zeit Butterkekse in sich hineingestopft hat. »Wir müssen uns bei Linus entschuldigen. 'tschuldigung, Linus.« Er sieht ihn strahlend an. »'tschuldigung, 'tschuldigung, 'tschuldigung.«

»Vielen Dank, Felix, das ist echt nett von dir«, sagt Linus.

Felix mustert Linus und legt seinen Kopf mit den zerzausten Pusteblumenhaaren schräg, als versuchte er herauszufinden, warum wir eigentlich alle hier sind. Plötzlich geht ein Leuchten über sein Gesicht, als hätte er die Lösung gefunden.

»Hat Mummy dir die Haare geschnitten?«, fragt er. »Hast

du danach geweint? Ben hat geweint, weil er sich so *gefreut* hat.«

»Äh, nein, Felix, mir hat niemand die Haare geschnitten«, antwortet Linus verwirrt.

»Ben hat geweint, weil er sich *gefreut* hat«, wiederholt Felix.

»So«, sagt Mum und sieht Dad an. »Du bist dran, Chris.«

Dad hebt überrascht den Kopf. Offensichtlich war ihm bis eben nicht klar, dass das eine Gruppenentschuldigung ist, an der sich *jedes* Mitglied der Familie beteiligt.

»Tja ... also. Was meine Frau gesagt hat, gilt natürlich auch für mich«, erklärt Dad. »In Ordnung?«

Linus nickt lächelnd. »In Ordnung.«

»Ach, und, Linus?«, fügt Mum hinzu. »Wir würden dir gern mit irgendetwas eine Freude machen, sozusagen als kleine Entschädigung. Ich dachte da vielleicht an Karten fürs Theater ... oder an einen Ausflug in einen Vergnügungspark? Du darfst dir etwas aussuchen.«

»Wirklich? Ich darf mir etwas aussuchen?« Linus schaut verschmitzt von Mum zu Dad. »Egal, was?«

»Nun ja, es sollte natürlich im Rahmen bleiben und nicht *allzu* teuer sein ...«

»Das, woran ich denke, würde nicht viel kosten.«

»Das klingt doch großartig!«, ruft Dad sofort, und Mum wirft ihm einen stirnrunzelnden Blick zu.

»Ich würde gern mit Frank bei den Qualifikationsspielen für die *LOC*-Meisterschaft mitmachen«, sagt Linus. »Darüber würde ich mich wirklich am meisten freuen.«

»Oh.« Mum sieht ihn verwirrt an. »Tatsächlich?«

»Du bist doch schon in einem Team«, brummt Frank, aber ich sehe ihm an, dass er total gerührt ist, weil er Linus noch nicht einmal anschauen kann.

»Ich will aber wieder in deinem Team sein. Die anderen haben noch einen Ersatzmann, sie sind also nicht auf mich angewiesen.«

»Mein Team existiert bloß leider nicht mehr!«, gibt Frank frustriert zurück. »Ich hab kein Team, keinen Computer …«

»Noch«, platzt es aus Dad heraus. »Noch.«

»Was?« Frank schaut ihn verständnislos an.

»Du hast *noch* keinen Computer.« Dad zwinkert ihm grinsend zu. »Halte einfach nach einem großen braunen Karton Ausschau, mehr sage ich nicht. Aber ich warne dich – Finger weg von meinem E-Mail-Account.«

»Echt?« Frank sieht aus, als könnte er sein Glück kaum fassen. »Meint ihr das wirklich ernst?«

»Unter *einer* Bedingung«, entgegnet Mum. »Du hältst dich an die Regeln und machst, ohne zu murren, den Rechner aus, wenn ich es dir sage. Sonst fliegt er sofort aus dem Fenster.« Sie gönnt sich ein kleines zufriedenes Lächeln. »Du weißt, dass ich es ernst meine.«

»Ich mach alles, was ihr wollt!«, beteuert Frank und nickt wie wild. »Alles!«

»Jetzt kannst du doch bei diesem Turnier mitmachen«, sagt Dad, der davon fast genauso begeistert zu sein scheint wie Frank. »Ich hab in der *Sunday Times* einen Artikel darüber gelesen. Dieses *LOC* muss ja wirklich eine Riesensache sein!«

»Total! Genau das hab ich doch die ganze Zeit versucht, euch zu erklären«, ruft Frank. »In Korea ist es mittlerweile ein anerkannter Publikumssport! Und in Amerika gibt es dafür sogar Stipendien!«

»Du solltest den Artikel unbedingt lesen, Anne«, sagt Dad. »Wie hoch ist noch mal das Preisgeld – sechs Millionen Dollar?« Er sieht Frank grinsend an. »Weißt du schon, was du damit machen würdest?«

»Vergiss es«, sagt Frank und sinkt plötzlich mutlos in sich zusammen. »Wir werden es nie schaffen, ein neues Team zusammenzustellen. In einer Woche ist ja schon die Qualifikation.«

»Wir könnten Ollie fragen«, schlägt Linus vor. »Für einen Zwölfjährigen ist er gar nicht so schlecht.«

»Ich würde auch mitmachen«, sage ich, ohne nachzudenken. »Also natürlich nur, wenn ihr wollt.«

»Du?«, sagt Frank skeptisch. »Sorry, aber du hast von *LOC* echt null Ahnung.«

»Dann trainiere ich eben.«

»Genau, dann trainiert sie eben!«, sagt Mum. »Sehr schön, das hätten wir also auch geklärt.« Sie wirft einen Blick auf ihre Uhr und schaut anschließend Linus und mich an. »So, dann lassen wir euch jetzt mal allein, damit Audrey ... ähm ... damit ihr beiden ...« Sie hält inne. »Egal. Ihr habt euch sicherlich noch eine Menge zu erzählen, und das wäre euch vor uns doch bestimmt peinlich.«

Das Problem ist, dass niemandem irgendetwas peinlich war, bevor sie das Wort *peinlich* benutzte. Also rutschen Linus und ich verlegen schweigend auf unseren Stühlen hin und her, während sie alle aufstehen, Felix seinen Keks fallen lässt und einen neuen will und Dad hektisch nach seinem BlackBerry sucht, bis Mum ihm sagt, dass er es zu Hause gelassen hat. Ehrlich, ich liebe meine Familie über alles, aber sie kann einem wirklich den letzten Nerv rauben.

Als sie endlich gegangen sind und die Glastür hinter ihnen ins Schloss gefallen ist, wende ich mich Linus zu und schaue ihn an.

»Darf ich vorstellen: meine Augen«, sage ich leise. »Wie findest du sie?«

»Ich finde sie toll.« Er lächelt. »Absolut umwerfend.«

Wir sehen uns einfach nur an. Und auf einmal spüre ich, wie zwischen uns etwas Neues entsteht, etwas, das noch viel intimer ist als alles, was wir bisher getan haben. Blickkontakt. Eine der intensivsten zwischenmenschlichen Kontaktformen, die es gibt.

»Es tut mir so leid, Linus«, sage ich schließlich und senke den Kopf. »Ich hätte auf dich hören sollen, du hattest recht und …«

»Stopp.« Er legt seine Hand auf meine. »Schau mir in die Augen, Audrey. Meinst du nicht, darüber haben wir mittlerweile genug geredet?«

Ich schaue ihn an und nicke. Nachdem ich wieder zu Hause war, haben wir uns schließlich schon ungefähr fünf Milliarden Nachrichten geschrieben. (Wovon Mum allerdings nichts wissen darf, weil ich mich ja »ausruhen« sollte.)

»Dann … ist jetzt wieder alles gut zwischen uns?«

»Kommt drauf an«, sagt Linus bedächtig, und in mir steigt sofort ein beklommenes Gefühl auf.

»Worauf?«

»Na ja …« Linus sieht mich einen Moment lang nachdenklich an. »Ob du es schaffst, die blonde Frau da drüben nach dem Weg zum Zirkus zu fragen.«

Ich muss lachen und merke, dass dieses Lachen so unbeschwert ist wie schon seit einer Ewigkeit nicht mehr. »Zum *Zirkus*?«

»Sag ihr, du hättest gehört, der Zirkus wäre in der Stadt, und du wolltest unbedingt hin und dir vor allem die Elefantennummer anschauen.«

»Okay.« Ich stehe auf und mache eine spielerische Verbeugung vor ihm. »Siehst du? Keine Sonnenbrille! Nur Augen!«

»Ich weiß«, sagt er lächelnd. »Und ich liebe sie.«

»Ja?« Ich strahle stolz. »Du liebst sie?«

»Und noch etwas anderes. Dich.«

Irgendetwas schnürt mir die Kehle zu. Er schaut mich unverwandt an, und diesmal gibt es keinen Zweifel daran, was er meint.

»Ich … auch«, stammle ich. »Dich.«

Unsere Blicke versinken wieder ineinander. Wir sind wie Verhungerte, die sich den Bauch mit Sahnetorte vollschlagen. Aber Linus hat mir eine neue verrückte Aufgabe gestellt, und ich werde auf keinen Fall kneifen. Also reiße ich mich von ihm los und stehe auf, um eine fremde blonde Frau nach einem Zirkus zu fragen, den es gar nicht gibt. Ich schaue kein einziges Mal über die Schulter zu ihm zurück, während ich mit ihr spreche. Aber ich kann die ganze Zeit seinen Blick auf mir spüren. Wie warme Sonnenstrahlen.

38. Kapitel

Mum hat T-Shirts für uns bedrucken lassen. Mannschafts-T-Shirts, um genau zu sein. Ja, richtig gelesen. Wir sind »Die Strategen« – ein Name, über den das Los entschieden hat, weil wir uns auf keinen einigen konnten.

Im Spielzimmer sieht es aus wie auf einer Gaming Convention. Ollie und Linus haben gestern ihre Rechner vorbeigebracht, sodass sich jetzt zwei PCs mit großen Monitoren (der von Dad, den er mir für die Qualifikationsspiele leiht, und der von Ollie) sowie zwei Laptops auf dem Tisch aneinanderreihen, außerdem ist jeder Platz mit einem Headset, einer Flasche Wasser und – ein Last-Minute-Überraschungs-Kauf von Mum – Donuts von Krispy Kreme ausgestattet.

Eigentlich könnte auch jeder online von seinem eigenen Zimmer aus spielen, aber Mum meinte: »Wenn das ein Teamsport ist, dann spielt ihn auch als Team.« Und da heute Samstag ist, ist es für niemanden ein Problem.

Mum hat plötzlich angefangen, sich zum ersten Mal wirklich für *LOC* zu interessieren, und wir haben praktisch die ganze Woche nichts anderes gemacht, als ihr die Hintergrundgeschichte des Spiels, die einzelnen Charaktere und Level zu erklären und Fragen wie »Aber warum müssen die denn alle so *raffgierig* und *brutal* sein?« zu beantworten, bis Frank irgendwann entnervt stöhnte: »Das Spiel heißt *Land of Conquerors*, Mum, nicht *Land of Gutmenschen*, okay?«, worauf Mum verlegen: »Verstehe … Tja, dann …«, seufzte.

Ich habe schon ein paar Stunden online trainiert und ein bisschen an meiner Technik gefeilt. Natürlich bin ich nicht Frank, aber ich werde die anderen nicht enttäuschen. Hoffe ich jedenfalls. Ich glaube, ich bin sogar eine Spur besser als Ollie, der mich während unserer ersten Trainings-Session gefragt hat, ob ich jetzt mit Linus zusammen bin. Als ich nickte, guckte er ungefähr dreißig Sekunden lang so, als wäre er am Boden zerstört, und meinte danach heldenhaft: »Okay. Dann lass uns einfach gute Freunde und Teamkollegen sein.« Irgendwie ist er ja doch ganz süß.

»Cola für unser Spitzenteam!«, ruft Dad und kommt mit ein paar Dosen im Arm ins Spielzimmer gelaufen.

»Ach, Chris!«, sagt Mum stirnrunzelnd. »Ich hab ihnen extra Wasser besorgt!«

»Eine Cola wird ihnen ja wohl nicht schaden.«

»Oh Gott, schau dir das an.« Mum sieht sich im Zimmer um, als würde sie ihre Umgebung in diesem Moment zum ersten Mal richtig wahrnehmen. »*Schau* dir dieses Zimmer an. Cola? Donuts? Computer?« Ich weiß, was sie meint. Es ist, als hätten auf einmal sämtliche Dinge siegreich Einzug bei uns gehalten, die in ihren Augen bisher gefährliches Teufelszeug waren. Irgendwie tut sie mir fast leid. »Glaubst du, wir sind schlechte Eltern?« Besorgt sieht sie Dad an.

»Vielleicht.« Er zuckt mit den Achseln. »Wahrscheinlich. Aber hey, was soll's?«

»Audrey?« Sie wirbelt zu mir herum. »Sind wir schlechte Eltern?«

»Mal mehr, mal weniger«, antworte ich, ohne eine Miene zu verziehen.

»Jedenfalls sind wir keine so schlechten Eltern wie *die* hier«, sagt Dad und reicht Mum eine Ausgabe der *Daily Mail*, die er offensichtlich von draußen mitgebracht hat. »Seite drei. Lies.«

Sie schlägt die Zeitung begierig auf und trägt laut die Überschrift des Artikels vor: *»Wir müssen uns jeden Tag alle gleich anziehen! Mutter zwingt ihre sechs Kinder im Partnerlook zur Schule.«* Mum schaut mit einem erleichterten Lächeln in die Runde. »Im Vergleich dazu sind wir ja gar nicht so übel! Hört euch das an: *Trotz der Hänseleien, denen die Kinder an der Schule ausgesetzt sind, zeigt Christy Gorringe, zweiunddreißig, keinerlei Einsicht und sagt: Ich möchte, dass man meinen Kinder ansieht, dass sie zusammengehören, und schneidere ihre Kleider alle selbst.*« Mum schüttelt fassungslos den Kopf. »Jetzt seht euch das an!«

Sie dreht die Zeitung um, damit wir uns die sechs wie Orgelpfeifen nebeneinanderstehenden Unglückskinder angucken können, die alle die gleichen gepunkteten T-Shirts anhaben.

»Damit ist mein Tag gerettet!«, sagt Mum strahlend und schiebt dann hastig und mit angemessen betroffenem Gesichtsausdruck hinterher: »Wobei einem die armen Kinder natürlich wirklich leidtun können.«

Dad nickt. »Die armen Kinder.«

»Aber wenigstens wissen wir jetzt, dass wir uns gar nicht so schlecht schlagen.« Sie klopft auf die Zeitung. »Immerhin zwinge ich meine Kinder nicht dazu, die gleichen hässlichen Sachen zu tragen. Ihr könntet viel schlimmer dran sein.«

Ich weiß nicht, was ohne die *Daily Mail* aus Mum werden würde.

EINBLICKE IN DAS HARMONISCHE LEBEN MEINER LIEBEVOLLEN FAMILIE – Filmskript

INNEN. 5 ROSEWOOD CLOSE. TAG.

Die Kamera (von Dad gehalten) schwenkt langsam durch das mit leeren, umgekippten Coladosen und Wasserflaschen zugemüllte Spielzimmer.

Wir sehen Frank, Ollie, Linus und Audrey von hinten. Ihre ganze Konzentration ist auf das Spiel gerichtet. Mum blickt ihnen über die Schultern, schaut stirnrunzelnd von Bildschirm zu Bildschirm und versucht vergeblich, dem Spielverlauf zu folgen.

FRANK

Los, schnapp ihn dir, verdammt.

Er klickt wie wild auf seiner Maus herum, einen Moment später kommt es auf seinem Bildschirm zu einer mächtigen Explosion.

MUM

(beunruhigt)
Was war das? Welcher von denen bist du?

LINUS

Schießt doch. Macht schon, schießt!

AUDREY

Bleib in den Bäumen. Neeiiin! Ollie, du Anfänger!

Ollie ist hochrot im Gesicht und klickt planlos auf seiner Maus herum.

OLLIE

Sorry.

Mums Kopf ruckt hektisch von Bildschirm zu Bildschirm.

MUM

Bist du tot? Was passiert, wenn du tot bist? Wie kommst du denn jetzt weiter?

FRANK

Ich fackel das Arschgesicht mit dem Flammenwerfer ab. Stirb! Stirb!

MUM

(entsetzt)
Frank!

Aus dem Lautsprecher dringt eine Flut wilder russischer Flüche.

FRANK

Na kaleni, cyka.

MUM

Was heißt das? Gehört das zum Spiel?

LINUS

Das ist etwas, was einer der russischen Online-Spieler gesagt hat, ich glaub nicht, dass Sie wirklich wissen wollen, was das heißt.

MUM

Dann ist der Russe der Kerl da? Oder bist du das, Frank?

Sie zeigt auf den Bildschirm.

MUM

Für mich sehen die irgendwie alle gleich aus. Für dich nicht auch, Chris?

Die Kamera (immer noch von Dad gehalten) zoomt an einen der Bildschirme heran.

DAD (OFF)

(ungeduldig)

Natürlich nicht. Los, stirb! Stirb!

39. Kapitel

Wir haben nicht gewonnen. Nein, schlimmer. Wir haben nicht nur nicht gewonnen, wir wurden praktisch von der Erdoberfläche gefegt.

Ich glaube, Mum war noch fertiger als wir. Wahrscheinlich hatte sie uns im Geiste schon für das Finale in Toronto eingecheckt und mit dem Sechs-Millionen-Dollar-Scheck vor den Gesichtern der anderen Eltern herumgewedelt.

»Aber wie haben sie es denn geschafft, euch zu schlagen?«, fragt sie immer noch fassungslos.

»Sie waren eben die besseren Spieler«, antwortet Frank niedergeschlagen. »Die waren echt richtig gut.«

»Ihr wart auch richtig gut«, tröstet Mum ihn. »Du hast unheimlich viele Leute umgebracht, Frank. Deine Technik ist fantastisch. Ist doch so, Chris, oder? Seine Technik ist absolut fantastisch.«

Man muss Mum einfach lieben. Mittlerweile könnte man fast denken, *LOC* wäre ihr einziger Lebensinhalt.

»Möchte irgendjemand den letzten Donut?«, fragt sie. Wir schütteln alle den Kopf. Jetzt wo die Computer verstummt sind und die Schande der Niederlage in der Luft liegt, herrscht eine ziemlich traurige Stimmung im Spielzimmer, was Mum offensichtlich merkt.

»Ach, was soll's!«, ruft sie betont fröhlich. »Dabei sein ist alles! Deswegen gehen wir jetzt alle zu Pizza Express und feiern unser Team!«

»Cool.« Frank nimmt sein Headset ab und schaltet den Laptop aus. »Danach schau ich vielleicht noch bei Ade im *Fox and Hounds* vorbei«, sagt er beiläufig. »Er meinte, dass ich an den Wochenenden in der Küche aushelfen könnte oder so. Muss mir nur noch das Okay vom Geschäftsführer holen. Ich ruf Ade mal kurz an und frag, ob es nachher passt.«

»Oh«, sagt Mum überrascht. »Tja … also … Klar. Mach das, Frank. Gute Idee!« Als er aus dem Zimmer läuft, dreht sie sich mit offenem Mund zu Dad um. »Hab ich das gerade richtig verstanden? Frank sucht sich einen *Job*?«

Aber Dad hört sie nicht. Er hat eines der Headsets auf und steckt mitten in einem Online-Gefecht mit Ollie.

»Dad!«, rufe ich erstaunt. »Seit wann kannst du denn *LOC* spielen?«

»Hab bloß hier und da ein bisschen was aufgeschnappt«, murmelt er und klickt fieberhaft auf der Maus herum.

»Mit wem spielt ihr überhaupt?«

»Mit ein paar Leuten aus der Schule«, sagt Ollie, der genauso vertieft ist. »Sie waren grade online, deswegen … Na los, schnappen Sie ihn sich!«

»Schon dabei«, sagt Dad atemlos. »Oh, scheiße. Sorry.«

Mum schaut Dad sprachlos an. »Chris? Was machst du da?« Sie klopft ihm auf die Schulter. »Chris! Ich rede mit dir! Hast du gehört, was ich gerade wegen Frank gesagt hab?«

»Natürlich.« Dad nimmt kurz das Headset ab. »Du willst ihm Hausarrest geben. Ich bin einverstanden.«

Ich fange zu prusten an, und selbst Mum muss lächeln.

»Spiel weiter, du großer Junge«, sagt sie milde. »Aber in einer halben Stunde gehen wir Pizza essen, okay? *In einer halben Stunde*. Und es ist mir egal, wenn du das Spiel dann unterbrechen musst.«

»Alles klar«, sagt Dad und klingt plötzlich genau wie Frank. »Sehr gut. Kann es kaum erwarten.« Er klickt wie wild auf der Maus herum und rammt die Faust in die Luft, als einen Moment später der Bildschirm in allen Farben explodiert. »Stirb, du Bastard! Stirb!«

EINBLICKE IN DAS HARMONISCHE LEBEN MEINER LIEBEVOLLEN FAMILIE – Filmskript

INNEN. 5 ROSEWOOD CLOSE. TAG.

Das Bild der Kamera wackelt, als jemand sie hochhebt und auf einer Oberfläche abstellt. Anschließend geht dieser Jemand rückwärts, und wir sehen, dass es sich um Audrey handelt, die in ihrem Zimmer steht. Sie zögert kurz und blickt dann ein bisschen verlegen in die Kamera.

AUDREY

Okay, da bin ich. Audrey. Ich hab mich euch noch nicht vorgestellt. Wahrscheinlich sehe ich ganz anders aus, als ihr dachtet. Vielleicht sind meine Haare dunkler oder heller oder was auch immer … Jedenfalls … Hallo. Freut mich, euch kennenzulernen.

Sie zieht einen Stuhl heran, setzt sich und schaut eine Weile schweigend in die Kamera, als müsste sie ihre Gedanken sortieren.

AUDREY

Ich hab viel über alles nachgedacht. Und ich schätze, Mum hatte recht mit der nach oben und nach unten ausschlagenden Diagramm-Linie. Sie verläuft bei keinem von uns gerade nach oben. Noch nicht einmal bei Felix. Ich glaube, mir ist klar geworden, dass es im Leben vor allem darum geht, nicht stehen zu bleiben. Man klettert hoch, man rutscht ab und man rappelt sich wieder auf. Es ist nicht schlimm, abzurutschen, solange man sich dabei gleichzeitig mehr oder weniger kontinuierlich nach vorn bewegt. Mehr kann man sich nicht erhoffen.

Sie schweigt wieder eine Weile und blickt zu Boden. Dann schaut sie mit einem strahlenden Lächeln auf.

AUDREY

Egal. Ich hab gleich einen wichtigen Termin mit …

Sie bückt sich und zaubert ein schickes silbernes Döschen hervor.

AUDREY

Dem hier! Das hat mir Mum gekauft. Ein Augen-Make-up-Set. Moment …

Sie klappt die Palette auf und hält sie stolz in die Kamera.

AUDREY

Das hier ist Wimperntusche und das hier ... hm ... »Concealer«?

Sie dreht die kleine Tube hin und her und verzieht ratlos das Gesicht.

AUDREY

Ich hab keine Ahnung, was man damit macht. Aber Mum kann es mir bestimmt zeigen. Ich meine, wir essen bloß bei Pizza Express zu Mittag, aber Linus kommt auch mit, also ist es irgendwie auch so eine Art Date, oder?

Sie hält erneut einen Moment inne.

AUDREY

Ich glaube, Mum ist total froh, dass sie mir wieder in die Augen schauen kann. Sie hat gesagt, dass sie das Erste waren, was sie von mir wahrgenommen hat, als ich auf die Welt kam. Meine Augen. Sie sind ich. Sie machen mich aus.

Audrey spielt kurz mit dem Deckel der Schminkpalette herum, dann klappt sie ihn zu und schaut in die Kamera.

AUDREY

Jedenfalls hat es Spaß gemacht, diesen Film zu drehen. Vielleicht nicht immer, aber meistens. Na ja, ihr wisst schon. Also, danke fürs Zuschauen, wer immer ihr seid.

Sie senkt den Blick, und als sie ihn wieder hebt, lächelt sie glücklich.

AUDREY

Ich schätze, das war's. Ich schalte die Kamera jetzt aus.

Als sie aufsteht und sich der Kamera nähert, werden ihre blauen Augen immer größer, bis sie zuletzt das ganze Bild einnehmen. Sie blinzelt ein paarmal, dann zwinkert sie ihrem unsichtbaren Publikum zu.

AUDREY

Bis dann.

Sophie Kinsella

Sophie Kinsella ist Schriftstellerin und ehemalige Wirtschaftsjournalistin. Ihre Schnäppchenjägerin-Romane um die liebenswerte Chaotin Rebecca Bloomwood werden von einem Millionenpublikum verschlungen. Die Verfilmung ihres Bestsellers »Shopaholic – Die Schnäppchenjägerin« wurde zum internationalen Kinohit. Sophie Kinsella eroberte die Bestsellerlisten aber auch mit Romanen wie »Göttin in Gummistiefeln«, »Kennen wir uns nicht?«, »Kein Kuss unter dieser Nummer« oder mit ihren unter dem Namen Madeleine Wickham verfassten Romanen im Sturm. Die Autorin lebt mit ihrer Familie in London.
Mehr Informationen zur Autorin und zu ihren Romanen finden Sie unter www.sophie-kinsella.de

Die Romane mit Schnäppchenjägerin Rebecca Bloomwood in chronologischer Reihenfolge:

Die Schnäppchenjägerin. Roman
Fast geschenkt. Roman
Hochzeit zu verschenken. Roman
Vom Umtausch ausgeschlossen. Roman
Prada, Pumps und Babypuder. Roman
Mini Shopaholic. Roman
Shopaholic in Hollywood. Roman
Shopaholic & Family. Roman

Außerdem lieferbar:

Sag's nicht weiter Liebling. Roman
Göttin in Gummistiefeln. Roman
Kennen wir uns nicht? Roman
Charleston Girl. Roman
Die Heiratsschwindlerin. Roman
Reizende Gäste. Roman
Kein Kuss unter dieser Nummer. Roman
Das Hochzeitsversprechen. Roman

(Alle auch als E-Book erhältlich)

GOLDMANN
Lesen erleben